꿈을 가진
엄마는
멈추지 않는다

꿈을 가진 엄마는 멈추지 않는다

발행일	2017년 10월 31일

지은이	안 은 선		
펴낸이	손 형 국		
펴낸곳	(주)북랩		
편집인	선일영	편집	이종무, 권혁신, 최예은
디자인	이현수, 김민하, 한수희, 김윤주	제작	박기성, 황동현, 구성우
마케팅	김회란, 박진관, 김한결		
출판등록	2004. 12. 1(제2012-000051호)		
주소	서울시 금천구 가산디지털 1로 168, 우림라이온스밸리 B동 B113, 114호		
홈페이지	www.book.co.kr		
전화번호	(02)2026-5777	팩스	(02)2026-5747

ISBN	979-11-5987-828-2 03810 (종이책)	979-11-5987-829-9 05810 (전자책)

(주)북랩 성공출판의 파트너

북랩 홈페이지와 패밀리 사이트에서 다양한 출판 솔루션을 만나 보세요!

홈페이지 book.co.kr · **블로그** blog.naver.com/essaybook · **원고모집** book@book.co.kr

안 은 선
에 세 이

꿈을 가진 엄마는 멈추지 않는다

경력단절 여성들의
멘토가 된 어느 평범한 주부의
인생 도약 프로젝트

북랩 book Lab

　방과 후 강사 8년 차, 평생교육원 원장, 교육부인가 사회적 협동조합 이사장, ㈜나노 교육 홍보기획이사, 부산·울산·제주도·총괄본부장. 이런 직함들은 내가 평범한 주부로 살아갈 때는 상상할 수 없는 것들이었다.

　결혼하고 두 아이를 낳는 동안 넉넉한 살림은 아니었지만 8년을 연애하고 결혼을 한 남편과 작은 행복을 맛보며 살았다. 경제적으로 가정에 보탬이 되고자 시작했던 초등학교 방과 후 강사는 힘든 일이었지만 행복했다. 일이 즐거웠다. 하지만 벼락같이 찾아온 둘째 아들의 장애는 내 삶을 송두리째 흔들어 놓기 시작했다. 30년이 넘도록 평범하다면 평범한 삶이었다. 조금이나마 남들과 나누며 살 여유가 있는 삶이었지만 둘째 아이의 장애를 받아들인 내 삶은 치열하게 바뀌기 시작했다.

　아들을 통해 알게 된 정부 지원 바우처 프로그램으로 열심히 치료에 전념했다. 아들은 올해 7년 동안 받았던 치료를 종료했다. 만약에 바우처 프로그램이 없었다면 나는 경제적으로 너무 힘이 들어 아이의 치료를 제대로 할 수 없었을 것이다.

"왜 우리 아이가 부족한 아이들과 수업을 들어야 하죠? 부족한 아이들은 그런 아이들끼리 반을 꾸리시든지 다른 곳으로 내보내 주세요"라는 이야기를 유치원 OT 때 듣지 않았다면 내가 직접 바우처 프로그램을 운영하는 일도 없었을 거란 생각이 들었다. 특수 아동이라는 꼬리표를 달고 유치원에 갔을 때 주변의 이기적인 엄마들을 보며, '건강한 엄마가 건강한 아이를 양육할 수 있다'는 깨달음을 얻었다. 그래서 시작한 경력단절 여성 재취업 프로젝트와 평생교육원 설립은 나에게 또 하나의 사명이 되었다.

얼마 전 10살이 된 아들이 나에게 "엄마 나를 왜 이렇게 낳았어요?"라는 질문을 해서 한참을 고민했다. "특별한 이유가 있어서 그렇게 하신 걸 거야. 다 이유가 있을 거야. 넌 특별한 아이야"라고 이야기를 해 주었다. 만약 나에게 아들이 오지 않았다면 나는 재취업 프로젝트를 하지도 않았을 거고 수많은 사람이 희망을 찾도록 돕는 일은 시작도 안 했을 것이다.

경력단절 여성 재취업 프로젝트를 벌써 4년째 하고 있다. 방과후 강사를 양성하는 과정으로, 부산, 울산, 창원, 제주에서 매년 1~2회 정도 무료로 진행한다. 블로그를 통해 수많은 문의 전화가 들어오지만, 시간적인 한계와 여러 가지 일정 때문에 자주 진행할 수 없음이 안타깝다. 이 책에는 재취업 프로젝트를 통해 만난 여러 방과 후 선생님들과의 이야기가 있다. 간절함을 통해 재취업에 성공한 것이다.

나는 그분들을 통해 힘을 얻는다. 내가 정말 힘이 들 때 내 곁에 한 사람이라도 따뜻한 위로의 말과 잘할 수 있다는 응원을 해 줬다면 그렇게 힘든 삶을 살지 않았을 거라는 생각이 들어서 내가 하는 일을 통해 한 사람이라도 힘을 얻는다면 좋겠다는 마음으로 이 일을 시작했다.

겉으로 보기에는 평범해 보이는 그분들의 삶을 조금 더 들여다보니 다들 치열하게 살아가고 있다는 것을 알게 되었다. 연습도 없이 부모가 되었고, 갑자기 힘들어진 경제 상황 때문에 오로지 돈을 벌기 위해 원하지 않는 일을 해야만 하는 내 주변의 수많은 주부에게 꿈을 찾는 즐거움을 드리고 싶었다.

꼭 재취업을 목적으로 하지는 않았다. 다시 공부하고 싶은 분들이 공부를 할 수 있는 방법을 알려주기도 했다. 내가 만약 아버지의 말을 듣고 대학교에 편입했더라면 나는 주부들이 다시 공부를 시작할 수 있도록 도와주는 방법을 찾지 않았을 것이다.

나는 인터넷에서 '꿈지(知)락(樂)써니'로 활동하고 있다. 꿈을 찾는 즐거움을 드리는 사람이 되고 싶었기 때문이다. 이 책을 읽는 동안 꿈을 찾는 방법을 생각해 보았으면 좋겠다. 오늘도 엄마, 아내, 딸로서 살아가는 주부들에게 힘을 주고 싶다.

꿈을 가진 엄마는 멈추지 않는다.

2017년 10월
안은선

차 례

들어가는 글 • 004

PART 1 _
나는 이렇게 시작했다

결혼과 출산 • 012

전쟁 같은 육아 • 018

경제활동을 시작하다 • 023

현실과 이상 • 030

PART 2 _
도전과 좌절

월 400만 원 수입 • 038

상처와 아픔 • 045

내 아이의 미래를 만나다 • 053

멘토와의 만남 • 060

힘든 결정의 시간 • 067

본부장 승격, 성공을 맛보다 • 074

새로운 시련 • 080

내가 직접 하자 • 088

PART 3 _

경력단절 여성 재취업 프로젝트

내가 만난 아이들 • 098

엄마의 마음으로 • 105

상처 없는 사람은 없다 • 111

나의 성공에서 나눔의 성공으로 • 118

타인을 돕는 삶 • 124

나의 길을 정하다 • 132

다이아몬드가 되는 과정 • 139

PART 4 _

꿈을 가진 엄마는 멈추지 않는다

성공 연습하기 • 148

취업에는 공식이 있다 • 156

경력 유지도 단절도 나의 선택이다 • 164

상황과 환경은 핑계에 불과하다 • 170

다시 용기 내어 보기 • 177

지금 시작해도 늦지 않다 • 184

학력과 전공은 이력서 한 줄 • 190

두려워하지 않는 게 문제다 • 197

PART 5 _

대한민국 엄마들을 위하여

나도 충분히 아팠다 • 206

내 삶의 가치는 내가 만든다 • 213

함께 가야 멀리 간다 • 220

가족을 내 편으로 • 227

좋아하는 것, 잘하는 것 • 233

포기할 수 없는 이유를 찾아라 • 239

내 꿈이 아이들에게 다운로드 • 245

직업에서 사명 찾기 • 253

내 슬픔을 자기 등에 지고 가는 자와 함께하기 • 259

내가 선택한 가족 • 266

전하라, 그리고 성공하라 • 272

마치는 글 • 278

PART 1

나는 이렇게
시작했다

결혼과 출산

2005년, 8년의 연애 끝에 결혼했다. 미팅이며 MT를 다니던 대학교 1학년 때 펜팔로 만난 남자친구는 매력적이지는 않았지만 내가 언제 수업을 듣는지 친구를 통해 알아내어 매 시간 동아리방에 전화하던 착하고 순진한 남자였다.

8년의 연애 기간 동안 한 번도 다투거나 헤어져 본 적이 없었다. 20대를 같이 보낸 남자친구와의 결혼은 당연한 것처럼 여겨졌다. 친정 부모님의 종교적인 반대로 약간 늦어졌지만 결국에는 부모님을 설득해 결혼하였다.

결혼하고 얼마 지나지 않아 남편이 다니는 직장이 부도가 났다. 큰아이를 임신한 상태였다. 결혼하자마자 생긴 아이를 14주 만에 계류유산으로 잃은 후 어렵게 다시 얻은 아이였다. 남편은 다니던 직장에서 월급과 퇴직금을 받지 못했다. 회사는 우리의 사정을 봐주지 않았다. 결국에는 행정소송까지 가게 되면서 남편은 새로운 직장을 구하는 스트레스와 가장으로서, 아빠로서 가지는 책임감에 굉장히 괴로워했다. 배는 불러 오고 경제적인 부담은 더해 갔다.

결혼할 때 가져온 내 차를 팔아야 했다.

나는 20대 초반부터 타지에서 직장을 다니면서 자취 생활을 했다. 농사를 지으시는 부모님에게 큰 짐을 지게 해 드리고 싶지 않아 중·고등학생일 때는 새벽에 신문 배달을 했고, 대학에 다닐 때는 주유소에서 아르바이트를 해서 용돈을 벌 정도로 생활력이 강했다.

몇 달을 지나 남편은 새로운 직장을 구했고 힘겨운 소송을 끝내서 퇴직금과 월급도 받게 되었다. 하지만 그동안 늘어난 빚을 갚고 나니 다시 힘든 생활이 이어졌다.

큰아이는 장마가 시작되는 6월 말에 태어났다. 자신을 꼭 닮은 딸이어서 그랬는지 처음으로 아빠가 되어서 그랬는지 모르겠지만 남편은 굉장히 행복해하고 좋아했다. 남편과 상의 후 큰아이 이름을 이안이라고 지었다. 이안이는 예민한 아이였다.

여름비가 굉장히 많이 내렸다. 이제 막 태어난 아이는 작은 방이 갑갑한지 눕히기만 하면 울어 버렸다. 밖에 나가면 울지 않고 방에만 들어오면 우는 아이 때문에 나는 밤새 우산을 들고 발이 부르트도록 온 동네를 돌아다녔다.

큰아이 돌 때쯤 둘째 아이를 가졌다. 이안이의 돌잔치를 준비하는 동안 무리한 탓에 그날 저녁부터 나는 하혈을 했다. 응급실로 찾아간 산부인과에서는 아이를 살릴 방법이 없으니 내일 아침 일찍 수술하자고 했지만, 또 아이를 잃으면 다시 가질 자신이 없었고 힘든 생활을 견디기가 두려웠다. 빨리 둘째를 낳고 돈을 벌어야 한다는 생각이 들어 배 속의 아이가 원망스러웠다.

새롭게 구한 남편의 직장은 월급이 적었고, 아버님도 갑자기 아프서서 집에 게시는 상황이 되었다. 그런 상황에서도 둘째는 아들로 태어났다. 책임감 강하고 착한 남편은 언제나 내 편이었고, 내가 하는 일에 늘 응원을 보내 주었다.

결혼하면 너무나 행복할 것 같았지만, 현실은 달랐다. 부모님의 반대를 무릅쓰고 결혼을 했기 때문에 고생하는 모습을 보여 드리고 싶지 않았다.

결혼하고 연락이 점점 줄어든 막내딸이 걱정되셨던 엄마는 자주 전화를 했다. 난 전화를 받지 않았다. 상황이 점점 악화되면서 엄마, 아빠의 목소리가 듣기 싫었다. 내 전화가 되지 않자 엄마는 남편에게 전화했다. 나는 남편에게 우리 집 상황을 알리지 말라고 이야기했고 생각이 깊은 남편은 친정 부모님이 걱정하실까 봐 아무 이야기도 하지 못했다. 큰아이를 낳고 둘째를 가져도 상황은 좋아지지 않았다. 우울감과 상실감을 점점 더 심해졌다. 친구들의 행복한 결혼 소식과 행복하게 사는 모습들이 나를 더 늪으로 빠져들게 했다. 어서 빨리 이 상황이 끝나기를 바랐다. 지나가는 차에 뛰어들고 싶어서 온종일 버스 정거장 앞에 우두커니 앉아 있는 일이 잦아졌다.

용기가 없어 버스정거장에 종일 앉아 있다가 집에 가면 나는 착한 아내, 착한 며느리 가면을 쓰고 아무렇지도 않게 행동을 했다. 남편과 시댁에서는 내가 죽고 싶었다는 것을 알지 못했다.

상대적 박탈감이었다. 그때의 상황만 보면 나는 행복했어야 했다. 나를 너무나 위해 주는 남편과 큰딸이 있었다. 잘 벌지는 못하지만, 가족을 위해 열심히 일하는 남편은 언제나 든든한 내 편이었다. 나를 위해 기도해 주시는 부모님이 계셨다.

하지만 나는 나보다 더 잘사는 친구들이, 나보다 더 갖춘 친구들이 부러웠다. 지지리 궁상으로 사는 자신이 불쌍했고, 안쓰러웠다. 돈이 없어 친정에 가고 싶지 않은 내가 짜증스러웠다. 엄마는 그런 나를 지켜보며 굉장히 불안해하셨다.

"장모님께 전화 한 통 해드려. 왜 자꾸 전화를 안 받아서 걱정하게 하니." 어느 날 출근을 하며 남편이 말했다. 엄마는 남편에게 수시로 전화를 해서 나를 잘 지켜보라고 말씀하셨다. 내가 안 좋은 마음을 품고 있는 것을 300㎞나 떨어진 곳에서도 느끼신 거다.

아버지는 늘 나에게 믿는다고 하셨다. 그 말 한마디가 힘든 타향에서의 직장생활도 견디게 했다. 결혼을 반대하시다가 마지막에 허락하시면서도 이 말씀을 하셨다. 고민하고 결정을 해야 하는 순간마다 나는 '아버지가 보셨을 때 실망하시지 않으실까? 믿어주시는데… 이렇게 하면 안 될 것 같은데…'라는 생각이 들어 함부로 하지 못했다. 특별히 아버지와 전화통화를 하지 않았지만 아마 통화를 했다면 다른 말씀은 안 하시고 믿는다고 하셨을 거다. 아버지는 그런 분이셨다. 언제나 가족들은 나를 위해 기도를 했다. 나는 부모님의 믿음과 신앙의 힘으로 힘든 시간을 견뎌냈다.

아침부터 선풍기를 켜야만 할 정도로 더운 날 남편에게 갑자기 전화가 왔다 "오늘 퇴근 시간 맞춰 사무실 앞으로 와 봐." 집에서 버스를 타고 20분을 가야 하고 내려서 10분을 걸어야 하는 곳이다. 더군다나 남편의 회사는 서울로 올라가기 전에 잠시 아르바이트를 했던 곳과 가까운 곳이라 나를 알아보는 분들이 계실 것 같았다.

사상역에 내려서 천천히 걸어가는데 갑자기 소나기가 내렸다. 시

어머니께서 우산을 챙겨 주며 들고 가라고 하셨는데, 그마저도 잔소리로 여기고 그냥 나온 것을 후회하며 상가 앞에서 비를 피하고 서 있었다. 바닥에서 흙냄새가 올라왔다. 비는 쉽게 그치지 않았다. 남편에게 전화해서 내가 있는 곳으로 오라고 하고 남편을 기다렸다.

한참을 지나도 오지 않는 남편을 기다리며 지나가는 사람들을 구경했다. 내 입에서는 나도 모르게 "좋을 때구나"라는 말이 자꾸 나왔다. 작업복 차림의 남편이 불현듯 보였다. 순간 반가운 마음보다는 부끄러운 마음이 더 앞섰다. "아직 일이 안 끝났어. 일단 회사로 가자." 둘이 하나의 우산을 받쳐 들고 천천히 사무실로 걸어가는데 이상한 마음이 들었다.

내가 아르바이트를 할 때 남편은 내 퇴근 시간에 맞춰 늘 이 길에서 나를 기다렸다. 그래서 이런저런 이야기를 하며 걸었고 10분 거리를 1시간 동안 빙빙 돌아가곤 했다. 남편이 창피하게 느껴졌던 마음이 남편에게 미안한 마음으로 바뀌었다. 남편은 작업복을 갈아입지도 못한 채 내가 비를 맞고 서 있다는 생각에 단숨에 뛰어나온 것이다. "가자 여기 네가 좋아하던 돼지국밥집에서 밥 먹자." 갑자기 눈물이 났다. 이 더운 여름 나를 부른 이유가 내가 좋아하는 것을 해주기 위해서였던 것이다. 그래서 아침부터 전화를 한 것이었다. 약속 시간은 다 돼 가는데 일은 끝나지 않고 더군다나 비가 갑자기 내렸으니 우산도 없고 뛸 수도 없는 임산부가 남의 집 처마 밑에 기다리고 서 있을 생각을 하면 더 애가 쓰였을 것이다. 그렇게 작업복 차림으로 뛰어 왔던 남편은 언제나 나를 먼저 생각해 주는 사람이었다.

안도현 시인은 말했다. 사랑한다는 것은 그대는 나의 세상을, 나는 그대의 세상을 함께 짊어지고 새벽을 향해 걸어가겠다는 것이라고. 나의 행복만을 중요하게 생각하고 남편의 행복과 힘듦을 한 번도 생각해 본 적이 없었다. 언제나 나의 세상만 가고 싶었고, 남편의 세상은 생각도 못했던 것 같다.

남편의 세상은 무엇이었을까? 나와 함께 행복한 가정을 꿈꾸었을 거다. 하지만 결혼 후 갑자기 직장을 잃었고 첫아이를 유산으로 잃으며 경제적으로 힘들어지다 보니 남편도 힘이 들었을 것이다. 이안이를 낳고 소소한 행복을 누리고 싶었을 테지만, 힘들어하는 나를 보며 작은 것에 감사하자는 말도 못 했다. 결혼해서 살아간다는 것은 나만의 행복을 찾기보다는 서로의 행복을 불행을 함께 짊어지고 어떻게 펼쳐질지 모르는 인생을 향해 같이 걸어간다는 의미인 것 같다.

전쟁 같은 육아

나는 5형제 중에 셋째 딸이다. 봄이면 아카시아 향기가 지천에 풍기는 전북 완주군에서 태어났다.

내가 기억하기로 나는 어릴 때 부모님과 함께하기보다는 땀 냄새와 복숭아 향기를 풍기는 외할머니의 품에서 자랐다. 가끔 엄마와 아빠가 있는 곳에 가면 언니 둘과 남동생 둘 사이에서 빨리 할머니 집에 가고 싶어 안달이 나서 할머니를 목 빠지게 기다렸다. 그랬던 내가 큰아이를 낳고 엄마가 되었다.

내가 가진 육아에 대한 지식은 언니들을 통해 들은 이야기와, 책한 권을 읽은 게 다였다. 지금도 보관하고 있는 그 육아서가 없었다면 나는 아마 매일 병원에 전화하거나 언니들을 굉장히 괴롭히는 엄마였을 것 같다.

이안이는 여름에 태어났다. 주변 산모는 아이를 낳고 꽃다발이며, 친구들, 친척들이 찾아오는데 나의 병실에는 아무도 찾아오지 않았다. 어머님은 남편이 병원에서 잠을 자면 고생한다고 병원에 오지 못하도록 했다. 그래서 일주일 동안 병원에 입원했을 때 남편은 퇴근 후 잠시 들렀다 집으로 향했다.

긴 장마가 시작되는 6월 말에 태어난 아이는 유난히 예민했다. 작은 소리에도 깜짝깜짝 놀랬고, 깊은 잠을 자는 일도 없었다. 장마가 한창일 때도 나는 어머님의 고집으로 내복을 입고 선풍기 바람도 없는 작은 방에서 몸조리했다. 엄마가 보고 싶었다. 어머님은 무조건 당신 뜻대로 해야 한다고 했고 초보 엄마인 나는 어머님의 말씀이 무조건 싫었다.

아이가 울기 시작하면 끝이 없이 울기 시작했다. 골목이 떠나가게 울면 어머님은 단번에 나를 꾸짖었다. 아이를 어떻게 보기에 그러냐고 하셨다. 내 아이였지만 내 아이가 아닌 것 같았다.

시댁의 첫 손녀였던 이안이는 집안 어른들의 사랑을 많이 받았다. 특히 아버님의 사랑을 많이 받았다. 나는 아버님을 많이 어려워했다. 친정아버지는 원래 신앙을 가지고 계셔서 술을 드시거나 담배를 피우지 않으셨다. 하지만 시아버님은 밥상에 늘 소주를 올리셨다. 지금 생각해 보면 별스럽지 않은 일이었지만 친정아버지에 익숙했던 나는 시아버님을 뵈니 외계인을 보는 것 같았다.

18개월 차이를 두고 호연이가 태어났다. 호연이는 이안이와는 너무 다른 아이였다. 울거나 보채지도 않고 굉장히 순한 아이였다. 딱 하나 닮은 것은 겁이 많은 것이었다. 호연이를 안고 밖에 나간 어느 날, 횡단보도를 건너고 있었다. 내 옆에 자동차에서 경적이 크게 울리는데 호연이가 갑자기 경기를 하기 시작했다.

이제 막 두 달도 안 된 아이를 안고 나가지 말라고 하셨던 어머님의 말씀이 떠올라 난 내 방으로 들어가 문을 걸어 잠그고 손도 못 댄 채 가만히 호연이를 지켜봤다. 호연이의 경기는 쉽게 멈추지 않았다. 그렇게 몇 시간이 흐른 뒤 도저히 그대로 두고 볼 수 없어서 대학병원 응급실에 찾아갔다. 별다른 치료법이 없는, 말 그대로 놀라서 일어난 경기라고 했다.

나는 준비되지 않은 엄마였다. 남편도 시댁 식구들도 마찬가지였다. 말귀 다 알아듣는 어른은 배가 고프다고, 불편하다고 말을 할 수 있지만 우리는 막 태어난 아이를 어떻게 키워내야 할지 몰라 작은 것 하나하나에도 부딪치는 일들이 많아졌다.

부산은 나에게 낯선 곳이었다. 어느 날 집에 있기가 갑갑해 넋두리처럼 이안이와 호연이에게 "밖에 나갈까?"라고 말해 놓고 나는 고민에 빠졌다. '어디에 갈까? 누구랑 가지?' 잠깐의 생각에 빠진 나와는 상관없이 이안이는 벌써 옷을 입고 현관문 앞에서 나를 기다리고 있었다. 5층 빌라에 사는 우리는 1층까지 내려갈 때까지 10분도 넘게 걸렸다.

이안이는 몇 계단 내려가서 다리 아프다고 주저앉고, 안아달라고 하고, 가위바위보를 하자고도 하고, 업고 있는 호연이는 내 머리카락을 가지고 장난을 쳐서 곱게 빗은 머리카락은 1층에 가기도 전에 산발이 되어 있었다. 나는 벌써 지쳤다. 이안이 손을 잡고 호연이를 업은 채 동네 한 바퀴 돌다 보니 얼른 집으로 다시 들어가고 싶었다. 하지만 이안이는 쉽게 집에 들어가려고 하지 않았다. 달래 보고 혼도 내 봤지만, 고집을 꺾지 않았다.

갑자기 친정 부모님이 생각났다. 1~2년 터울의 5남매를 어떻게 키워 내셨을까? 빨갛고 동그란 목욕통 안에 우리 형제들을 넣어 놓고 밭일을 하셨노라고 이야기하셨던 게 생각이 나 눈물이 났다. 아이 다섯도 아니고 아이 둘을 키우는 게 이렇게 힘든데 말이다.

이안이는 어릴 때부터 약간 산만한 아이였다. 무엇이든 하고 싶은 것은 바로 해야 했고 원하는 것을 얻지 못하면 굉장히 고집을 부렸다.

아이이긴 하지만 갖고 싶은 것을 참고 기다릴 줄 알고 때와 장소를 가려야 하는데 그렇지 못했다. 그래서 내가 선택한 방법이 어린이집이었다. 친구도 갈 곳도 없는 상태에서 아이와 온종일 지낸다는 것이 정말 미안하기도 했고, 아이가 친구들과 지내면서 좋아지길 바랐다.

이안이는 어린이집에 다니는 것을 너무나 좋아했지만, 어린이집에 다닌 후로 힘든 것이 한 가지 생기게 되었다. 아이들 사이에 유행하는 전염병을 자꾸 옮아와 호연이에게 구내염, 수족구를 옮기는 것이었다. 호연이는 14개월 때까지 병원에 7번이나 입원을 해야 했다. 누나는 행복했지만, 동생은 고생을 많이 했다. 병원에 입원하면 대부분의 간호사가 "호연이 또 왔네. 이번에는 어디가 아파서 입원했니?"라고 물어볼 정도였다.

시부모님은 집에 있는 내가 이안이를 어린이집에 보내는 걸 굉장히 못마땅해 하셨다. 호연이가 아파서 입원하게 되면 더 잔소리를 들어야 했다.

호연이는 유독 미용실에 가서 머리카락을 자르는 것을 무서워했다. 호연이의 머리카락이 길어지면 고민부터 했다. 동네 미용실 분에게 상황을 설명하고 연락처를 남기고 오면 며칠 후 전화가 왔다. "여보세요. 여기 미용실인데요. 지금 손님 없으니 빨리 와 보세요." 낮잠을 자다가도 이런 전화를 받으면 나는 후다닥 호연이를 준비시켜 미용실로 갔다.

"호연아 여기에 앉아 볼까? 하지만 호연이는 여지없이 울면서 거부했다. 미용 의자에 앉히면 좋겠지만 호연이는 절대로 의자에 앉지 않았다. 나는 아기 띠를 이용해 호연이와 한 몸이 됐다. 머리카락이 묻지 않게 보자기를 나와 호연이에게 씌우면 호연이의 얼굴은 벌써 눈물 콧물 범벅이 되어 있었다.

아이에게 사탕을 물리고 머리카락을 자르다 보면 나도 용을 쓰는 아이 덕분에 온몸이 땀으로 범벅이 된다. 어린아이들은 자신의 신체에서 뭔가 잘려 나간다는 것에 대해 본능적으로 두려움을 갖고 있다고 한다. 이렇게 호연의 머리카락을 자르고 나면 아이도 나도 며칠 몸살로 몸져누웠다. 보다 못한 남편은 이발 기계를 인터넷에서 구매해 목욕탕에서 잘라 보기도 했다.

경제적인 상황 때문에 두 아이를 키울 때도 나는 억울한 마음과 미안한 마음 때문에 욱하게 되는 경우가 많았다. 아이들이 산만하고, 계속 말대꾸하고, 빨리 뭔가를 해내지 못할 때 더 그랬던 것 같다.

오은영 박사님은 육아가 전쟁이면 안 된다고 했다. 상대를 죽여야 내가 사는 상황이 아니기 때문이다. 그럼에도 육아가 힘든 이유는 연습해 본 적이 없고, 끊임없이 나를 내어 주는 과정이 필요하기 때문이다. 부모가 된다는 것은 나에게 썼던 시간을 아이들에게 내어 주고, 나에게 썼던 에너지를 아이들을 위해 써야 하는 과정이었다.

내가 이안이와 호연이를 키우면서 제일 힘들었던 것은 내 뜻대로 움직여 주지 않는 아이들을 통제하는 것이었다. 결국에는 나의 틀에 아이들이 끼워 맞춰지기를 바랐던 마음이 컸던 것이다.

경제활동을 시작하다

둘째 아이가 14개월이 됐을 때 나는 일을 시작했다. 전공을 살려 세무회계와 관련된 일을 할지, 새로운 것을 배워 다른 일을 할지를 고민했다. 남편은 내가 원래 했던 일을 하기를 바랐다. 하지만 나는 주산 암산 강사를 해 보고 싶은 마음이 들었다.

고등학교 시절 주산 자격증 1급을 따려고 준비했었는데 상공회의소에서 주산 자격증이 시대에 맞지 않는다며 없애 버렸다. 즉, 나는 주산을 배운 마지막 세대이다.

결혼을 앞두고 서울 직장생활을 정리하고 친정으로 내려와 몇 달을 보낸 적이 있다. 그때 친정 조카가 주산 암산 학원에 다니고 있었다. 주산 자격증이 없어졌는데 초등학생이 다시 배운다는 것이 나는 신기했다. 조카의 주판을 보고 갑자기 가슴이 뛰기 시작했다. 학교 다닐 때 주산을 굉장히 좋아했기 때문이다. 그래서 다시 일하게 된다면 나는 내가 좋아하는 주산을 가르치는 일을 하고 싶었다.

몇 달을 고민하다가 남편에게 말을 했지만, 여전히 반대했다. 나는 보험규정대출을 받아 남편에게 말도 없이 주산 활용수학교육사 과정을 듣기 시작했다. 한 대학교에서 하는 수업이었다. 나는 주산 활용수학교육사 17기였는데, 17번의 지도자 과정이 이루어졌다는 이야기였다.

다른 사람들은 취미로, 혹은 자신의 아이를 가르치기 위해서 이 과정을 듣는다고 했다. 하지만 나는 아니었다. 반드시 이 일을 나의 일로 삼을 거라는 생각을 가지고 과정을 시작했다.

다른 사람들과는 시작이 달랐다. 나는 어느 한 사람도 응원해 주는 사람이 없었기 때문에 좋은 결과를 내려고 했고 대충하는 법이 없었다.

예전에 주산을 배웠을 때는 주산하는 방법을 배웠다면 요즘 주산암산 과정은 아이들을 직접 지도할 수 있는 방법을 배우는 것이어서 주산을 새로 배우는 느낌이었다.

주산 수업은 12시쯤 끝이 났다. 대학교 내에 있는 평생교육원이었기 때문에 다시 대학생이 된 듯한 느낌이었다. 즐거움을 찾기 시작했다.

호연이는 모유를 먹었다. 아이가 모유를 끊기도 전에 나는 아이를 떼어 놓고 주산 암산 지도법을 배우러 다녔다. 과정 중에 강사가 숙제를 내 주면 두 아이를 다 재운 새벽에 하곤 했다.

식탁에서 주산 문제를 풀면 허리가 아파서 밥상을 펴 놓고 숙제를 했고 숙제를 하던 중 호연이가 깨서 울면 젖을 물리면서 숙제를 해 냈다. 새벽에 주판을 가지고 계산을 하면 또로록 소리가 굉장히 크게 들렸다.

남편은 예민한 편이어서 내 주판 소리에 잠을 자주 깨곤 했다.

그래서 어느 날은 이불을 뒤집어 쓰고 문제를 풀기도 했다. 과제를 해도 강사가 해 오라고 한 것보다 더 많이 해서 시험을 보면 남들보다 더 높은 점수를 받았다. 이 일만이 내가 그리고 우리 가족이 살 수 있는 길이라고 생각했기 때문이다. 3개월 간의 기본과정이 끝났을 때는 기쁨보다 두려움이 더 앞섰다. 내가 과연 이 일을 할 수 있을까 하는 생각에 잘못 선택한 것 아닌지 고민이 되기도 했다. 그러던 차에 이미 이 과정을 먼저 마치고 초등학교에서 방과 후 강사로 활동하고 계시는 최순옥 선생님을 소개 받아 찾아가게 되었다.

선생님의 수업을 보면서 더 두려움이 앞섰다. '내가 이 일을 할 수 있을까?' 수업이 끝나고 선생님과 이런저런 이야기를 했다. 선생님께 우리 집 상황을 설명하고 지금 내 상황을 설명하니 가만히 내 이야기를 들으셨다. 먼저 식사부터 하자며 학교 부근의 분식집에 나를 끌고 가셨다. 김밥이 목구멍에 걸려 넘어가지를 않았다. 그냥 내 이야기를 하는데 자꾸 눈물이 났다.

나를 위로해 주시던 최순옥 선생님께서 나에게 이렇게 이야기하셨다. "그래서 지금 이 일을 시작하는데 빚이 얼마예요?" 당황했다. 일이 하고 싶어서 정말 할 수 있는지를 여쭤보는데 대뜸 빚부터 물어보셨기 때문이다. 왜 그런 걸 물어보시냐고 내가 다시 물어보았다. 그랬더니 선생님이 나에게 이렇게 이야기하셨다 "빚이 있다는 건 뒤로 물러설 수 없다는 거예요. 그냥 앞으로 나가라는 이야기예요. 뒤로 돌아갈 수 없으니 앞으로 나가면 좋은 방법이 있을 겁니다"라고 하셨다.

그랬다. 나는 뒤를 돌아볼 수가 없었다. 성실하게 일한 남편에게 돈을 더 벌어 오라는 것은 도둑질을 해 오라는 소리밖에 되지 않았기 때문에 난 남편에게 한 번도 잔소리를 해 본 적이 없었다.

그렇다면 내가 돈을 벌어야 했다. 일반적인 직장을 다니면 적은 돈은 벌 수 있었지만 우리 식구가 살아가기에는 턱없이 부족했다. 최순옥 선생님을 만난 후 경주마처럼 옆을 볼 수 없게 눈을 가리고 복잡하고 힘든 것은 모두 잊은 채 주산 암산 공부에만 집중하게 되었다.

시간이 흘러 3개월간의 심화 과정을 시작하는 날이 됐다. 그날 나는 운명과도 같은 사람을 만났다. 조모란. 이름이 특이했다. '이름이 꽃이네?' 생각을 하고 얼굴을 보니 너무 선하고 예쁜 얼굴이었다. 자기소개를 하는데 나는 순간 눈물이 핑 돌았다.

"저는 예전에 아이들을 가르치는 일을 하는 강사였어요. 결혼하고 주부로 지내다가 다시 아이들을 가르치는 일을 꼭 하고 싶어 수업을 듣게 되었어요." 조모란 선생님은 나만큼 이 일이 간절해 보였다.

나는 결혼 전에는 밝은 성격이었지만 지금은 소심해져서 낯선 사람들과 쉽게 어울리지 못했다. 하지만 조모란 선생님에게는 내가 먼저 다가가 인사를 하고 연락처를 주고받았다.

조모란 선생님은 굉장히 긍정적이었다. 내가 "선생님, 우리 정말 일을 할 수 있을까요?" 하고 물으면 "그럼요. 우리는 훌륭한 선생님이 될 거예요. 좋은 선생님이 되기 위해 우리는 이렇게 끊임없이 노력하잖아요"라는 대답을 하곤 했다.

조모란 선생님은 9년이 지난 지금도 곁에서 나를 도와주고 있고, 내가 쓰러지지 않기를 바라며, 사람들의 마음을 얻는 방법을 끊임없이 이야기해주시는 좋은 선생님이시다.

새로운 예비강사들과 새로운 수업을 들어야 하는 3개월간의 심화과정이 시작되었다. 일반과정보다도 더 과제량이 많고 실습까지 해야 했다.

나는 교회에 다니지만, 부처님의 "나는 내 생각의 소산이다"라는 말씀을 좋아한다. 나라는 존재는 그동안 내가 생각하고 행동한 결과물이다. 내가 강사가 될 수 있다는 확신으로 계획하고 행동한다면 반드시 좋은 결과가 있을 거라는 생각이 들었다.

다른 동기들은 강사가 내준 과제물과 실습을 하기에 바빴지만 나는 각 학교나 공공기관에 낼 제안서를 만들기 시작했다. 큰아이의 놀잔치 사진을 위해 포토샵을 배웠을 때처럼 인터넷으로 검색해 가며 파워포인트를 배웠다. 한 번도 사용해 보지 못한 파워포인트는 나에게는 너무 어려운 영어 같은 느낌이었다.

내가 생각한 내용을 도형과 차트를 이용해 표현하는 것보다 차라리 도화지에 그리는 것이 더 편해 보였다. 제안서 1장을 만들기 위해 일주일 동안 자판을 두드렸지만 내가 원하는 결과물은 쉽게 나오지 않았다. 그렇게 만들어 낸 제안서 분량이 60장 정도였다. 3개월 동안 하루에 2시간 이상씩 끙끙대며 만들어 낸 그 제안서를 9년이 지난 지금도 그 과정을 듣는 사람들이 이용하고 있다는 소식을 들었다.

어느 날 같은 과정을 듣던 몇 분과 대학교 구내식당에서 밥을 먹은 뒤 잠깐의 회의를 하고 있었다. 그런데 경비 아저씨의 목소리가 들렸다. "저기요. 여기는 아줌마들이 와서 수다 떠는 곳이 아닙니다." 우리는 너무 놀라고 창피했다. "저희는 여기 평생교육원에서 과정을 듣는 사람들인데요?"라고 이야기해도 경비 아저씨는 막무가내로 우리를 내쫓았다. 학생들 눈에는 우리가 수다 떠는 아줌마로 보였나 보다. 그래서 경비 아저씨께 민원을 넣었다고 한다. 파마기 없는 머리에 화장도 대충 하고 아이들 유치원 보조가방을 든 모습이었으니 영락없는 아줌마로 보였을 법하다.

지나가는 여학생에게 이 상황을 설명했는데 마침 그 학생이 여자 총학생회 회장이었다. 그 학생의 도움으로 우리는 여학생 휴게실을 이용해 회의를 진행하게 됐다. 그때 그 학생에게 이런 말을 했었다. "우리도 학생처럼 이렇게 대학교에서 공부할 때도 있었어요. 하지만 집에서 살림만 하다 보니 이제는 다시 취업하고 싶어 공부하려고 이곳에 왔는데 학생들 눈에는 우리가 수다 떠는 아줌마로 보였나 봐요."

그렇다. 우리도 꽃같이 예쁜 20대를, 대학 시절을 보냈지만 현재는 아줌마가 됐다. 정신없이 아이들을 학교와 유치원에 보내고 다시 일하기 위해 모였지만 길을 알려주는 이는 없었다.

자존심이 상했다. 그날로 집에 와서 길었던 머리를 단발로 잘랐다. 이대로 아줌마로 주저앉고 싶지 않았다. 만약 우리가 예쁜 옷을 입고 전문가의 모습을 하고 학생식당에서 이야기하고 있었다면 쫓겨나는 수모를 겪지 않았을 거라는 생각을 했다. 내가 취업을 해야 하는 또 하나의 이유가 생긴 것이다.

처음에는 돈을 벌기 위해 취업을 하고 싶었지만, 이제는 제대로 인정받는 직업을 가지고 돈을 벌고 싶다는 생각이 들었다. 처음 부산에 살 때는 아무것도 눈에 보이지 않았다. 낯선 곳, 낯선 사람, 낯선 문화로 힘들기만 했다. 그런데 초등학교 방과 후 강사로 일을 해야겠다는 생각을 하게 된 후로 내 눈에는 초등학생, 초등학교밖에 보이질 않았다. '부산에 초등학교가 몇 개일까?' 갑자기 궁금해졌다. 나는 호기심이 매우 많다. 단순한 궁금증을 풀고 싶다는 생각이 바뀌어 직접 조사해 보겠다는 마음이 들었다. 주변에 있는 초등학교부터 조사하기 시작했다.

처음에는 보이는 곳마다 메모하다가. 어딘가에 초등학교의 명단이 있을 거란 생각이 들어 부산시교육청 사이트에 들어가 초등학교 명단을 찾아냈다. 300개였다. 나는 기뻤다. 이 중에 내가 들어갈 곳 한군데는 꼭 있을 거라는 생각 때문이었다. 명단을 쭉 출력해서 들고 다니는데 마음이 굉장히 뿌듯했다. 왠지 내가 정말 강사가 되어 있는 것만 같았다. 그렇게 나는 강사가 되어야겠다는 목적의식을 가지고 다른 곳을 보지 않는 경주마처럼 달리기 시작했다.

현실과 이상

6개월이 지나고 긴 과정이 드디어 마무리되었다. 그런데 과정을 막상 수료하고 나니, 더 막막했다.

내 손에 쥐어진 건 수료증 1개와 제안서가 다였다. 평범한 주부였다가, 가르치는 일을 하겠다며 공부를 해 왔지만 제안서를 돌리려니 막막했다. 아무도 시키지 않았지만 진짜 강사가 되려면 마냥 기다릴 수만은 없었다.

인터넷 검색을 해 봐도 그렇고, 이미 취업을 한 선배 강사들에게 얘기를 들어봐도 제안서라도 돌려 보는 것이 좋겠다는 생각이 들었다. 이때부터 제안서를 돌리기 시작했다.

처음에는 당연히 내가 찾아가면 제안서를 받아줄 줄 알았다. 하지만 내 희망 사항이었다. 복지관 프로그램 담당자에게 "시간 없습니다. 책상 위에 제안서 두고 가세요. 제가 읽어 보고 필요하면 연락드리겠습니다"라는 소리를 듣고 쫓기듯 나와야 했다. 제안서를 만들기 위해 해당 복지관의 관장님부터 설립목적과 비전까지 조사했는데 쳐다보지도 않는 것에 속이 상했다. 9월이었지만 아직 더위가 다 가시지 않았기 때문에 복지관 앞 그늘에 한참을 앉아 있다 들어가야 했다.

　제안서를 제출하고 돌아오는 길에도 한참을 앉아서 분을 삭여야 했다. 왜냐하면, 나는 또 다른 복지관과 문화센터에 제안서를 내야 했기 때문이다. 어렵게 미팅을 잡고 찾아간 복지관 프로그램 담당자 역시 나를 기다려 주는 사람이 아니었다.

　복지관 문을 열면 모두 나를 쳐다봤다. 겨우 담당자를 찾아 회의실에 앉으면 어떻게 말을 시작해야 할지 막막하다. 인사를 드리고 명함을 내밀면 프로그램 담당자들은 하나같이 팔짱을 끼고 나의 설명을 듣는다.

　심지어 어느 분은 딱 5분만 이야기해 보시라고 말을 했다. 자존심이 상했다. 나는 교육을 하러 나온 사람이지 물건을 팔러 나온 사람이 아닌데도 말이다. 그래도 몇 번의 전화 통화와 몇 번의 방문 끝에 잡힌 미팅이기에 자존심은 문제가 되지 않았다. 5분만 설명하라는 사람을 앞에 두고 10분, 20분을 넘기며 설명하는 배짱도 늘기 시작했다. 나는 생각했다. '당신들 앞에 있는 내가 영업사원처럼 보이겠지만 나는 정말 아이들을 잘 가르칠 자신이 있는 강사다'라고. 그래서 내가 가지고 온 프로그램의 장점과 꼭 개설을 해야 하는 이유를 설명했다.

　이 일을 선택한 게 잘못은 아니었는지 심각하게 고민을 할 때쯤은 이미 50군데가 넘는 복지관과 문화센터에 제안서를 돌리고 난 후였다. 그 중 두 곳에서 전화가 왔다.

　1시간 텀을 두고 A복지관과 B복지관에서 하루 만에 전화를 받았다. A복지관은 프로그램 담당자의 출장으로 복지사업부의 부장님께 설명했던 곳이었다.

복지사업부 부장님은 내 앞에서 내 제안서를 쓰레기통에 버리신 분이었다. "거기에 두고 가세요"라고 말씀하셔서 제안서를 두고 나오는데 탁! 소리가 들려 돌아보니 몇 시간 끙끙대며 만든 내 제안서가 쓰레기통에 버려지고 있었다. 부장님과 눈이 마주쳤다. 우린 서로 놀라서 어찌할 줄 몰라 했다.

부장님은 황급히 나가는 나를 붙잡고 죄송하다고 사과를 하셨다. 하루에도 많은 사람이 제안서를 들고 오고 설명을 들으니 귀찮다는 생각을 하고 계셨다고 한다. 그래서 자신도 모르게 그리 했노라며 죄송하다고 시간을 내 주시겠다고 하셨다. 프로그램 제안 설명은 어차피 안 될 거라는 생각 때문이었는지는 모르겠지만 편하게 했다. 나 같은 인재를 몰라 주는 복지관 담당자들이 바보라고 생각했다. 나는 제안서를 40군데를 넘게 돌렸지만 연락이 없다고, 부장님도 그러시면 안 된다고 혼을 내면서 설명을 했다. 그렇게 큰 소리를 치면서 제안서를 드리고 나오는데 갑자기 눈물이 났다. 그리고는 연락이 없었는데 한 달 만에 연락이 온 것이다.

B복지관 역시 제안서를 돌리기 위해 여러 번 찾아간 곳이다. 아파트 사이에 있는 복지관인데, 처음 복지관을 찾았을 때 담당자는 굉장히 호의적이었으나 일주일 전 새로운 프로그램을 개설했기 때문에 어떻게 될지 알 수 없다며 나를 돌려보냈다. 인원이 많지 않아도 되고, 늦은 시간도 가능하니 꼭 프로그램을 개설하고 싶다고 담당자에게 거의 매일 전화를 했다. 하지만 프로그램을 개설하라는 전화는 오지 않았다.

그런데 신기하게도 두 곳에서 짧은 시차를 두고 연락이 온 것이다. 이유를 알게 된 것은 B복지관 프로그램 개설 담당자를 만나고 서였다.

A복지관 복지사업부의 부장님과 B복지관 복지사업부 부장님은 같은 학교 동기 출신이었고, 프로그램 개설 관련 통화를 하시다가 우연히 내 이야기를 하셨는데 B복지관 프로그램 담당자에게 확인을 해 보니 제안서를 냈다고 해서 두 분이 나를 뽑아주신 것이었다.

희한한 인연이다. 강사는 절대로 나 혼자 된 것이 아니다. 이 세상의 모든 생각과 생명이 나를 도왔다. 절망 끝에 작은 불빛이 보였다. 나의 열심을 알아 주는 사람이 있다는 것에 감사했다. 10월부터 수업을 시작하기로 하고 강사 계약을 했다. 내가 드디어 강사가 되다니. 첫 과정을 배우기 시작할 때부터 내가 강사가 된다면 아이들에게 최선을 다하는 사람이 되겠다고 매일 교회에 나가서 기도를 했다. 기도가 이루어진 것이다.

내 첫 제자들은 A복지관에서 6명, B복지관에서 5명이었다. 갑자기 가을이 성큼 다가오고 있었다. 아이들은 초보 선생님과 함께 2개월 동안 재미있게 수업을 했다.

하지만 2009년, 뜻하지 않는 전염병으로 두 기관의 강좌가 폐강되었다. 신종인플루엔자였다. 우리나라에 신종인플루엔자가 유행하면서 아이들이 90여 명 가까이 사망했고 타미플루 약이 없을 정도였다. 전염병에 취약한 저학년 아이들의 부모님들은 학원이나 문화센터에 아이들을 보내지 않으셨다. 복지관이나 문화센터 측에서도 전염병의 위험 때문에 모든 강좌를 휴강시키기 시작했다. 아이들과의 짧은 만남이 긴 인연이 되길 바랐지만 그렇게 되지 않았다. 오랜 고생 끝에 만난 아이들과 헤어지는 마지막 날은 아주 슬펐다. 나는 다시 아쉬움을 남긴 채 주부로 돌아왔다.

지금은 모든 방과 후 학교 프로그램 과목이 개설되면 각 교육지원청 공개 입찰공고에 띄워야 하지만 2009년에는 제안서를 들고 담당자를 찾아가면 프로그램 강좌를 개설할 수 있었다.

나는 다시 힘을 내어 학교에 제안서를 돌리기 시작했다. 학교에 제안서를 돌리는 것은 더 힘든 일이었다. 프로그램 담당자가 따로 있는 복지관이나 문화센터와는 달리 학교 선생님들이 기타 업무로 방과 후 프로그램을 관리하셨기 때문이다.

아이들이 하교한 뒤에야 방과 후 업무를 보실 수 있기 때문에 방과 후 부장 선생님들을 만나기가 쉽지 않았다. 초등학교 선생님들에게 기타 업무가 굉장히 많다는 것을 그때 알았다.

300개 학교 홈페이지를 전부 다 뒤지기 시작했다. 주산 암산 과목 개설 여부를 확인하기 위해서다. 일주일 정도 밤을 새워서 조사를 해 보니 180여 개의 학교가 과목이 개설되어 있지 않았다. 나는 180개 학교의 방과 후 담당 부장 선생님의 학년 반을 알아내서 각 학교에 맞게 제안서를 만들기 시작했다. 오후 2시 이후 제안서를 들고 무작정 담당 선생님을 찾아갔다. 업무에 바빠 자리에 계시지 않으시는 부장 선생님이 많으셨다.

지금은 프로그램을 개설하려면 학교 방과 후 운영위원회를 통과하고 학부형에게 개설과목 설문조사를 하는 과정을 거친다. 설문조사 후 반응이 좋은 과목은 다시 각 지역 교육청 방과 후 채용공고에 올린 후 강사채용을 하고 있다.

하지만 10여 년 전에는 프로그램 담당 선생님과 또는 교장 선생님께 제안서를 넣으면 학부형들에게 설문조사가 나가는 식으로 진행됐다. 담당자를 만날 수 없는 학교는 교장 선생님을 무조건 찾아갔다. 열 개의 학교를 돌아다녀도 담당 선생님을 만나는 일은 한두 번 정도였다. 비어 있는 교실에 제안서를 넣어 두고 나오면 왠지 쓸쓸한 기분이 들었다.

여러 학교를 돌아다니다 보면 꼭 수업하고 싶은 학교가 있다. 내가 사는 지역은 아파트와 주택이 밀집되어 있고 사상구와 진구가 만나는 곳이기에 우리 집 근방 3㎞ 안에는 여섯 군데 학교가 있다.

내 가방 안에는 늘 제안서가 있다. 언제 어디서나 초등학교가 보이면 내가 가지고 다니는 수첩을 보고 주산 과목개설 여부를 확인한 후 제안서를 꼭 넣었다.

교회의 모임이 있는 날이었다. 오래간만에 예쁘게 차려 입고 약속장소에 갔는데 갑자기 모임이 취소되었다. 할 일이 갑자기 없어진 나는 주변의 학교를 찾아보았다. 평소 가고 싶어 했던 학교가 있었다. 예쁘게 차려 입고 찾아간 교실은 1학년 5반 교실이었다. 방과 후 담당 선생님 반인지 여러 번 수첩을 뒤적이고 나서야 나는 노크를 할 수 있었다. "들어오세요." 여자 선생님의 목소리였다. "선생님, 프로그램 제안서를 들고 왔습니다. 설문조사 부탁드리려고 왔어요." 나는 늘 하던 패턴대로 이야기했다. 선생님은 환하게 웃으시더니 자리에 앉으라고 하셨다. 커피를 마시겠냐고 하셨다. 친절한 질문에 긴장이 풀렸다.

"어떤 과목인가요?"

"주산 암산 과목이에요."

"예전에 많이 배웠던 과목인데 요즘 초등학생들도 다시 배우나 보죠?"

"네. 선생님. 아이들의 집중력 향상과 연산 실력에 도움이 돼요."

귀찮은 반응이 아니라 정말 궁금해하시면서 나에게 질문을 하셨다.

"이렇게 제안서를 돌리시면 힘드시겠어요."

따뜻한 위로였다. 갑자기 눈물이 핑 돌았다. 20분쯤 설명을 들으시던 선생님은 나에게 힘을 내라며 응원을 해 주셨다. 그렇게 처음 보는 사람들에게 열심히 산다며 위로를 받거나 응원을 받기도 했다.

PART 2

도전과 좌절

월 400만 원 수입

전화벨이 울렸다.

안은선 강사님, K초등학교입니다. 저희 학교 프로그램 개설 수요도 조사 결과 주산 암산 강좌를 개설하기로 했습니다. 교육지원청 채용공고 보시고 서류를 내 보도록 하십시오.

얼마 전에 뵌, 나에게 따뜻한 위로를 건네주시던 방과 후 부장 선생님 전화였다. 깜짝 놀라 학교 홈페이지를 보니 내가 냈던 제안서 프로그램 과목으로 학부형들께 설문조사를 하신 것이었다. 수요도 조사라는 것은 학교의 전교생에게 프로그램을 개설하면 과목을 수강하겠는지를 물어보는, 말 그대로 예비강좌 개설안내이다. 주산 암산 과목은 56%의 학부형으로부터 지지를 받았다. 부산시 교육청 채용공고를 봤다. 주산 암산 강사를 모집한다는 공고였다. 심장이 튀어나오는 것 같았다.

늦은 저녁이었다. 남편에게 잠시 외출을 한다고 하고 나온 후 무작정 걸어서 그 학교에 갔다. 우리 집에서 걸으면 15분 거리였다. 다행히 교문은 열려 있었다. 난 운동장을 돌며 기도를 했다. '이곳에 꼭 취업하게 해 주세요'라고. 몇 바퀴를 돌았는지 모른다. 학교 경비 아저씨는 운동을 그만하고 돌아가라고 할 때까지 걸었다. 그렇게 매일 나는 아무도 없는 늦은 저녁 학교 운동장을 돌면서 기도를 했다.

서류를 준비하는 동안에도 글자 하나하나에 기도를 실었다. 서류를 내던 날은 서류 마감 마지막 날이었다. 비가 왔다. 우산을 받쳐 들고 학교에 갔는데 그날은 왠지 낯설게 보였다. 간절한 마음으로 기도하고 서류를 내고 나니 왠지 모르게 심장이 뛰었다.

구정을 이틀 앞둔 날 서류에 통과했다는 연락을 받았다. 뛸 듯이 기뻤다. 연휴가 너무 길었다. 종손 며느리였던 나는 면접을 준비하면서 매우 바쁜 명절을 보냈다. 잠깐의 짬을 내서 컴퓨터에 앉아 면접용 자료를 만들었고, 나중에는 남편과 시댁에 양해를 구하고 피시방에 가서 자료를 만들기 시작했다. 너무나 들어가고 싶은 학교였다.

그렇게 설레는 명절을 보내고 면접을 보러 가는 날 나는 한껏 멋을 부렸다. 면접 시간보다 한 시간 일찍 도착한 나는 주문을 외우듯 운동장을 돌면서 기도를 했다. 학교 공고가 뜬 이후로 명절을 제외하고는 매일 기도를 하며 돌던 운동장이다.

쌀쌀한 겨울이었다. 교수용 대주판과 여러 가지 자료를 잔뜩 들고 들어간 교무실에는 나보다 먼저 온 여러 과목의 신생님들이 세셨다. 주산 암산 강사만 채용하는 것이 아니었기 때문이다. 빈자리를 찾아 앉았는데 내 옆자리에 주산 선생님인 듯한 분이 앉아 계셨다.

"어떤 과목이세요?"

갑자기 그분이 나에게 질문을 했다.

"네? 저는 주산 암산입니다."

엉겁결에 인사하고 보니 인자해 보이는 분이셨다.

"아~ 저는 현재 D초등학교에서 강사로 활동 중이에요."

그렇구나. 경력자라는 것을 알게 되니 속으로 힘이 빠졌다. 내가 묻지도 않았는데 본인이 교육대학교를 나왔으며, 주산 6단이라고 자랑까지 하셨다. 머리에 현기증이 났다. 갑자기 면접을 보고 싶지 않다고 느껴졌다. 드르륵 교무실 문이 열렸고 또 한 명의 선생님이 들어오셨다. 나와 같은 평생교육원에서 주산 암산을 배우신 분이었다. 주산 암산 강사 경력도 있으시고 여러 가지 면에서 나보다 뛰어나신 분이었다. 갑자기 더 힘이 없어졌다.

난 안 되겠구나. 갑자기 억울한 마음이 들기 시작했다. 내가 제안서를 넣어 강좌개설을 한 곳인데 내가 떨어지면 너무 억울할 것 같다는 생각이 들었다. 하지만 학교라는 곳은 내가 들어가고 싶다고 들어갈 수 있는 곳은 아니었다. 어쨌든 나는 작은 경력과 몇 개의 자격증을 가지고 면접을 봐야 했다.

면접실에 들어갔다. 교장 선생님을 제외한 8명의 선생님이 계셨다. 자유롭게 자기소개를 5분 정도 하라고 하셨다. 멍했다. 나의 첫마디는 "저는 제가 가르치는 아이들을 상상하면서 이 학교에 매일 밤 운동장을 돌면서 기도를 했습니다"였다. 그 뒤로는 어떤 말을 했는지 어떤 질문을 받았는지 기억에 남지 않는다. 면접을 보고 나오니 30분가량 보았다고 한다. 잠시 들어간 것 같은데 30분이나 면접을 봤다니 놀랐다. 그렇게 면접을 보고 나와 그 무거운 짐을 들고 손이 시린지 다리가 아픈지도 모르게 집까지 걸어왔다. 그리고 나는 몸져누웠다.

학교 최종발표가 있는 날이었다. 연락이 없었고, 당연히 내가 안 될 거라고 생각했지만 왠지 서운했다. 최선을 다했으니 괜찮다고 스스로 위로했지만 쉽게 서운함이 가시질 않았다.

끙끙대고 누워 있는데, 조모란 선생님에게서 전화가 왔다. 어찌 되었는지 궁금해하다 도저히 참을 수 없어 전화했다고 했다. 연락이 없다고 하니 직접 방과 후 부장 선생님께 전화를 해 보라고 자꾸 권했다.

"선생님. 주산암산 지원한 강사입니다. 결과가 궁금해서 전화했습니다." 정말 큰 용기를 내어 전화했다. "아, 네. 안은선 선생님이시죠?" 내 이름과 내 목소리를 기억하셨다. "네. 연락주신다고 하셨는데 결과가 궁금하기도 하고 제가 떨어진 이유를 알아야 다른 곳에서 면접을 볼 때 보완할 수 있어서 염치 불구하고 전화드렸습니다"라고 말씀드렸다. 갑자기 웃으셨다. "우리 학교 잘 부탁드립니다. 열심히 기도하셨다는 말씀에 면접관들이 감동하셔서 뽑히셨으니 꼭 좋은 수업 부탁드려요."

갑자기 멍해졌다. 내가 드디어 학교에 방과 후 강사로 취업을 한 것이었다. 그렇게 11개월을 준비한 끝에 나는 강사가 되었다.

제일 먼저 남편에게 전화했다. 남편은 처음에는 거짓말을 한다고 생각했다. 일 년 가까이 고생한 것을 제일 안타까워했기 때문에 정말 많은 축하를 받았다.

친정엄마는 교회에서 주일학교 선생님이셨고, 오르간 반주자였다. 그 시대에 오르간을 칠 수 있는 사람은 많지 않았다. 엄마는 늘 나에게 선생님으로서의 모습을 자주 보여 주셨다. 아이들이 장난을 쳐도 따뜻한 미소로 아이들을 챙겼고 매 주마다 성경 말씀을 재밌는 표현을 쓰시면서 설명해 주시곤 했다. 나는 어릴 때부터 선생님이 꿈이었는지도 모르겠다. 오래간만에 좋은 소식을 친정 부모님께 전했다. 누구보다 좋아하시는 친정엄마에게 미안한 마음과 감사한 마음이 들었다.

그렇게 간절한 마음으로 시작한 주산 암산 강사 일은 너무나 행복했다. 아이들의 교재에 나는 매주 편지를 썼다. 긴 편지 내용은 아니었지만, 그날의 수업에서 아이들이 보였던 행동이나 눈빛에 대해 위로를 해주거나 파이팅을 외쳐 줬다. 저학년이었지만 내가 하는 이야기를 귀담아들었고 변화되는 모습을 보여 주었다. 아이들 수업에 눈높이에 맞춰줄 수 있는 강사가 되기 위해 수업이 없는 날에도 쉬지 않았다. 일과 관련된 자격증 공부를 하거나 아이들과 소통하는 방법을 배우기 위해 열심히 노력했다. 초등학교 방과 후 강사가 되기 위해 너무 큰 노력을 했기에 나는 모든 일에 최선을 다했다.

첫 학교에서 1년 정도 경력을 쌓은 후 두 번째 학교에서 근무를 하게 되었다. 두 번째 학교에는 원래 주산 암산 강사가 있었는데 개인적인 사정으로 그만두게 되어 공고를 띄웠다고 했다. 내가 처음 수업을 시작했을 때 아이들은 12명이었다. 기존에 수업을 듣던 아이들도 강사가 교체된다고 해서 수업을 그만두었다고 했다.

"제가 수업을 하는 곳은 어디인가요?"

전단에 쓰여 있는 회의실은 아무리 찾아봐도 찾을 수가 없다. 방과 후 전담 선생님을 따라서 간 곳은 교실이 아닌 둥글고 긴 탁자가 있는 회의실이었다. 칠판도 없고, 10명 정도 앉으면 꽉 차는 작은 공간이었다. '여기에서 어떻게 수업을 하지?'라는 생각으로 전담 선생님께 물어봤다.

"선생님 다른 교실은 없나요? 여긴 너무 좁고 수업을 하기에는 맞지 않는 거 같아서요." 인원이 적어 어쩔 수 없다는 대답을 하시는데 종이 울렸다. 황급히 아이들을 데리고 회의실에 앉으니 꼭 꼬마들과 회의를 하는 것 같아 웃음이 터져 나왔다.

"안녕하세요. 오늘부터 여러분과 수업을 진행하게 된 안은선 선생님입니다."

"선생님. 우리 회의하는 것 같아요."

"옆 교실이 교장 선생님 방이에요."

경황이 없었던 나는 회의실 옆이 교장실이라는 것도 아이들을 통해 듣게 되었다.

"우리 교실은요. 오른쪽은 교장실, 왼쪽은 교무실이니까 좋아요."

교장 선생님은 점심시간마다 아이들과 영어 인터뷰를 직접 진행하실 정도로 아이들과 소통을 많이 하던 분이었다. 좋은 환경을 바랐던 것은 아니지만 너무 열악한 수업 교실의 환경이 나를 더 자극했다.

칠판을 요구했지만, 회의실 특성상 불가능하다고 해서 2절 스케치북을 사서 직접 써 가며 수업을 진행했다. 수업을 시작한 지 2개월이 채 되지 않아 수업하다가 쫓겨나는 일이 생기게 되었다. 우리가 쓰던 회의실은 학부모 회의 때도 쓰이던 공간이었는데, 그곳을 차지하고 수업을 하니 학부모 회의에서도 여러 가지 불만이 터져 나왔다고 한다.

회의실 옆 교장실도 신경 쓰였지만 그래도 난 열심히 노래도 부르고 아이들과 재미있는 수업을 진행했다. 아이들은 처음에는 교장실 옆이라는 생각 때문인지 어색해했지만 나중에는 여기가 회의실인지 교실인지 구분이 안 될 정도로 수업에 집중하는 모습을 보였다. 나와 아이들에게는 교실은 그렇게 중요하지 않았다. 나는 이일을 하는 것이 너무 간절한 꿈이었기에 어느 곳에서 수업을 하느냐가 중요한 것이 아니라 내가 지금 아이들을 지도하는 것에 충분히 감사했다. 그렇게 수업을 시작한 지 6개월도 되지 않아 수강생이 50명이 넘기 시작했다.

회의실에서 열심히 지도하는 것을 지켜본 교장 선생님의 특별지시로 나는 방과 후 교실에서 수업을 할 수 있었다. 아이들과 수업을 진행할 때마다 아이들이 내뿜는 활기찬 기운으로 나는 더욱더 힘을 낼 수 있었다. 기존에 근무하던 학교에서는 토요일 주산 암산 선수반을 꾸려 운영하기도 했다. 아이들의 실력도 향상되었고, 학부모님들에게 인정받는 강사가 되었다. 그렇게 강사를 시작한 지 1년 6개월 만에 나는 매월 400이 넘는 금액을 벌었다. 큰 금액이었지만 그게 중요한 게 아니었다. 돈을 벌기 위해 일을 했던 것이 아니라 일이 좋았고 재미있어 열심히 했더니 돈이 벌어지기 시작했다.

강사가 되기를 선택해서 준비하는 데 1년이 걸렸고 1년 6개월 동안 강사 생활을 해오고 있다. 그동안 나는 내가 꿈꾸고 원하는 것을 얻게 되었다. 나는 매일 강사가 될 거라는 것을 생각했고 그 생각은 행동을 만들었으며 행동은 결과를 만들어 냈다.

상처와 아픔

　방과 후 강사를 준비하기 위해 나는 이안이와 호연이를 떼어 놓아야 했다. 이안이는 어린이집에 다니면서 자연스럽게 엄마와 분리가 되었지만, 호연이는 아직 젖먹이인 14개월 때 방과 후 강사 준비를 하면서 떼어 놓아야 했다.

　남편은 어린아이들을 떼어 놓고 결과가 불분명한 일을 한다고 반대를 했다. 하지만 다시 예전의 일을 하고 싶지는 않았다. 물론 그일도 내가 잘하는 일이긴 했지만 즐겁게 하지는 못했다. 무엇보다도 방과 후 강사 일은 아이들을 키우면서 할 수 있는 일이라는 것을 잘 알았기에 남편을 반대에도 불구하고 일을 배우기 시작했다.

　호연이는 순한 아이였지만, 몸이 약해 돌 전후로 자주 아프다 보니 병원 신세를 지게 되는 일이 많았다. 본격적으로 일을 시작하면서 아이들을 돌보는 일이 줄어들고 시어머님의 손을 빌리는 일이 많아졌다. 호연이는 유독 나를 찾았다. 나는 종일 가르치는 아이들에게 에너지를 쏟고 오면 호연이와 이안이가 칭얼대는 것이 듣기 싫었고 아이들에게 짜증을 내는 경우가 많아졌다. 일하면서 경제적인 것이 좋아지긴 했지만, 워낙 힘들게 지낸 세월이 길다 보니 쉽게 형편이 나아지지는 않았다.

잘 웃던 호연이가 이상하게 눈을 마주치는 것도 잘 못했고 "엄마" 소리도 잘 하지 못했는데, 그걸 나보다 주위에서 먼저 알아챘다.

"은선아, 호연이가 이상하니까 검사를 받아 봐. 자꾸 늦는다고 생각하지 말고." 엄마의 잔소리가 듣기 싫어 나는 쌀쌀맞게 엄마에게 대답했다. "조금 늦는 것뿐이야. 뭐 이런 것 가지고 검사를 해요. 좀 크면 괜찮아지겠죠. 걱정 마세요." 내심 속으로 걱정을 하고 있었지만, 엄마를 통해 이야기를 들으니 짜증부터 났다.

"엄마, 호연이가 자꾸 소리 질러서 시끄러워요." 아이들을 데리고 외출을 하면 즐거운 외출이 전쟁이 되어 집으로 돌아오곤 했다. 호연이는 소리에 민감해서 작은 소리에도 알아들을 수 없는 소리를 내곤 했다.

일 년에 한 번씩 남편 친구 가족들과 여행을 간다. 아이들이 커 가면서 부부들끼리 가던 여행이 가족 여행으로 바뀌었다. 비슷한 시기에 결혼하고 아이들을 낳다 보니 비슷한 또래들이 많다.

호연이는 동갑의 남자아이들과 확연한 차이를 보였다.

"제수씨, 호연이가 좀 많이 그러네요. 치료를 받아야겠어요."

"그건 제가 알아서 할게요."

호연이가 걱정되어 한 말인데도 나는 날카롭게 받아쳤다. 그냥 좀 늦는 건데 왜 자꾸 그러는지 모르겠다는 생각이 들기도 하고 여행까지 와서 그런 소리를 듣기가 싫었다. 싸늘해진 자리를 피하고 싶어 아이들을 데리고 우리가 묵고 있는 펜션의 놀이터에 갔다.

비슷비슷한 또래들끼리 어울려 노는 것을 보니 호연이가 눈에 띄긴 했다. 모두들 같이 그네를 타거나 미끄럼틀을 타는데도 호연이는 알 수 없는 소리를 내다가 웃다가 하면서 빙글빙글 같은 곳을 돌았다.

그 모습에 속이 상한 나는 아이를 불러봤다. "김호연, 여기 봐봐." 자기를 부르는 걸 아는지 모르는지 쳐다보지를 않았다. '집에 가면 병원을 알아봐야 하나' 하는 생각에 잠겨 있는데 남편이 나를 불렀다.

"퇴실해야 한다니까 얼른 짐을 싸야 할 것 같아. 영우한테 애들 보고 있으라고 하고 얼른 와서 짐 정리 하자." 8살인 영우는 동생들을 잘 돌봤기 때문에 큰 걱정 없이 자리를 털고 일어났다.

"이모, 이모, 호연이가 없어졌어요." 다급한 영우의 목소리에 짐을 싸던 나와 남편은 깜짝 놀랐다.

우리가 놀러 갔던 펜션은 큰 공원에서 운영하는 펜션이었다. 주변에 호수도 있고 산도 있어 나와 남편과 친구들은 호연이를 찾기 시작했다. 한참을 찾는데 저기서 어떤 아저씨가 호연이를 데리고 우리 쪽으로 오고 있었다. 반가운 마음과 화가 나는 마음으로 달려가 아이를 마구 때리면서 묻기 시작했다.

"깜짝 놀랐잖아 어디 갔었어? 어디 있었던 거야?"

"아이고 아줌마. 애가 죽다 살아났어요. 놀랐는데 자꾸 이렇게 하면 더 놀라요."

그 소리를 듣고 아이를 보니 옷이 흠뻑 젖어 있었다.

영우가 잠시 화장실을 다녀오는 동안 호연이가 없어졌다고 했다. 한참을 찾다가 안 보여서 나에게 아이가 없어졌다고 이야기를 해줬고, 우리가 아이를 찾는 동안 호연이는 연못에서 허우적대고 있었다고 한다. 지나가던 아저씨가 처음에는 인형인 줄 알았는데 자세히 보니 아이여서 물에서 아이를 꺼냈다고 했다. 정신이 번쩍 들었다.

이대로 아이를 잃을 수 있는 상황이 생길 수도 있다는 두려움에 찾아간 소아정신과에서 호연이는 '자폐스펙트럼장애'를 진단받게 되었다. 순간 무슨 소리인지 멍한 기분이 들었다.

호연이는 사회적 상호작용 및 의사소통이 어려우며, 제한적이고 반복적인 행동을 계속 보인다고 했다. 반복적으로 말하기, 온도나 소리 또는 감각 자극에 지나치게 예민하고 반응이 과도하다고 했다. 그동안 호연이가 보여 주었던 행동들을 의사는 줄줄이 이야기했다. 호연이를 1시간 지켜본 결과로 말이다.

나는 믿을 수가 없었다. 만 3년 간 아이를 매일 지켜본 나에게 딱 1시간 지켜본 의사가 호연이의 그동안 행동을 비디오로 지켜본 것 마냥 읊어대는 것에 신경질도 나고 무섭기도 했다. 아무 소리도 들리지 않았다. 거짓말을 하는 것 같았다.

"장애라는 말인가요? 아니라는 말인가요?" 의사가 나에게 지금 뭐라고 하는지 알아들을 수 없었다. "이대로 두면 장애라는 이야기입니다." 울면서 이야기했다. "무슨 소리인지 못 알아듣겠어요. 자세히 설명을 해 주세요."

의사는 호연이가 지금 현재 발달지연으로 인해 자폐 스펙트럼 안에 들어가 있고 이대로 내버려 두면 자폐로 진행될 거라는 설명을 해 주었다.

치료방법과 향후 어떤 예후가 있는지를 물어보았다. 의사는 치료를 해 봐야 안다고 했다. 도망치듯 소아정신과에서 나온 나는 호연이를 안고 한참을 길바닥에서 울었다. 왜 나에게는 자꾸 이런 일이 생기는가. 호연이를 가졌을 때 내가 나쁜 마음을 먹어서 그런 것인지 아니면 너무 많은 하혈을 해서 아이에게 영향이 간 것인지 알 수 없는 죄책감에 한참을 울었다.

소아정신과에 다녀온 후 나는 한동안 말과 웃음을 잃었다. 일을 하지만 즐겁지도 행복하지도 않았다.

강사 일을 시작한 지 1년 6개월 만에 나는 이 일을 미워하기 시작했다. 내가 일을 하면서 아이를 제대로 챙기지 못해서 생긴 병인 거 같아서 학교에 가도 아이들이 예뻐 보이지 않았고 주판을 쳐다보기도 싫어졌다.

성실한 남편이 무능력하게 보였고, 가난한 시댁 어른들이 짐 같이 느껴졌다. 결혼을 허락한 친정 부모님도 원망이 되었다. 조금만 더 반대하셨으면 이런 결혼을 하지 않았을 거란 생각도 했다.

내 앞에서 어린이집 생활을 자랑하는 큰딸도 미웠다. 그렇게 다시 바닥으로 떨어진 기분이었다. 하나님도 원망했다. 자꾸 나에게 주는 시련이 견디기 힘들어 한동안 교회도 나가지 않았다.

"여보세요." 둘째 언니였다. 소아정신과에 가기 전 불안한 마음에 언니에게 전화했었는데 결과가 나올 때가 되어도 연락이 없자 전화한 것이었다.

"응, 왜?" 대답과 함께 무엇이 궁금해서 전화했나 싶은 마음에 짜증이 먼저 났다. "걱정도 되고, 기도는 하고 있는데… 은선아, 잘 될 거야. 엄마 아빠랑 우리 형제들이 열심히 기도하고 있어." 아무 말도 안 했는데 언니와 가족들은 벌써 예상을 하고 있었던 것 같다. 언니와의 통화 후 다시 예전의 나로 돌아가기로 마음을 먹었다.

호연이를 치료해 줄 기관을 찾아 헤매기 시작했다. 언어치료, 심리치료, 미술치료, 음악치료… 좋다는 것은 전부 다 알아봤다. 호연이는 4살 가을부터 치료를 시작했다. 방과 후 수업이 끝나면 부지런히 교실을 정리하고 아이의 치료시간에 맞춰 달려가 치료에 매달리기 시작했다. 일주일에 4번을 가야 했다.

하지만 아이는 5살이 되어도 좀처럼 좋아지지 않았다. 어린이집을 다니던 호연이가 좀 더 좋은 환경에서 친구들과 어울리다 보면 좋아질 수 있다는 치료사 선생님의 말을 듣고 유치원으로 옮겼는데, 2주가 되는 날 깜짝 놀랄 일이 생겼다.

출근을 위해 집에서 내려가 한참을 걸어가는데 골목에서 낯익은 옷차림의 아이가 울고 있는 것이 아닌가. 아무 생각 없이 지나치다가 다시 보니 호연이었다. 호연이가 유치원에서 나와 길을 잃고 울고 있었다.

갑자기 머릿속이 하얗게 변했다. 그길로 유치원에 가서 원장님께 항의했고 다시는 그런 일이 없을 거라는 다짐을 받았다. 그 후 호연이는 두 번이나 더 유치원에서 나와 길거리를 헤매고 다녔다. 아이를 잃어버릴 것 같은 불안한 마음에 나는 호연이의 속옷과 겉옷에 남편과 나의 연락처를 붙여 놓았다.

유치원 선생님과 치료사 선생님의 권유로 호연이는 '특수아동'이라는 딱지를 붙이게 되었다. 교육청에서는 발달 장애가 있는 아이들에게 체계적인 검사를 해서 일정 수치가 나오면 특수아동으로 분류한다.

특수전담교사가 아이를 일주일에 2번 정도 치료했고 유치원과 상관없이 외부에서 언어치료, 심리치료를 진행했다. 6살이 되어도 호연이는 눈을 마주치는 일상적인 생활조차 할 수 없었다.

아이가 다니는 유치원은 우리 지역에서 제법 큰 유치원에 속하고 특수아동과 일반아동이 섞여 있는 통합유치원이었다. 유치원의 OT가 있는 날이었다. 바쁜 일이 있어 참석하고 싶지 않았지만, 원장님과 담임 선생님의 전화를 거절하지 못하고, 저녁 7시에 유치원으로 갔다.

큰 행사를 앞두고 유치원에 다니는 100여 명의 아이들의 부모들을 모시고 설명회를 하는 자리였다. OT 중 질의응답 시간이었다. 몇 명의 엄마는 원장님께 사소한 건의 사항을 말하고 질문을 했고, 질의응답 시간이 마무리되어 가는데 갑자기 한 엄마가 손을 들었다.

"원장님! 우리 유치원이 왜 통합유치원으로 운영이 되나요? 왜 우리 아이가 부족한 아이들과 수업을 들어야 하죠? 부족한 아이들은 그런 아이들끼리 반을 꾸리시든지 아니면 다른 곳으로 내보내 주셨으면 합니다."

이게 무슨 소리인가? 부족한 아이들? 나는 내 귀를 의심했다. 특수아동 엄마 중 한 엄마가 소리를 질렀다. "지금 부족한 아이라 하면 특수아동을 말씀하시는 건가요?"

대답하지 않았다. 여기저기서 웅성웅성하는 소리가 들렸고, 우는 소리가 들렸다. 특수아동 엄마들이었다. 몇 명의 엄마는 화를 내며 밖으로 나갔다.

원장님이 말을 한 엄마를 크게 꾸짖었다. "어머님, 말씀이 지나치십니다. 여기는 지금 특수아동 15명의 어머님께서 계신 자리입니다. 아이들이 좋은 것만 보고 자라기를 바라는 마음을 충분히 알겠지만, 부족한 부분을 채워 주고 베풀면서 아이들은 성장합니다. 어머님의 이기적인 모습을 아이가 그대로 닮습니다. 어머님이 사과하셔야겠습니다."

하지만 그 아이의 엄마는 끝까지 사과하지 않았다. 중재하시던 원장님은 "OT를 더 진행할 수 없으니 모두 다 돌아가 주시기 바랍니다"라고 화를 내셨고 급하게 행사를 마무리했다.

나는 자리를 지켰지만 원장님의 위로와 호연이 담임 선생님의 위로가 들리지 않았다. 모자란 아이, 부족한 아이… 우리 호연이는 남들 눈에 그리 보이는 것이었다.

그대로 집에 돌아갈 수 없었다. 눈물이 났다. 내가 사랑하는 우리 아들은 부족한 아이, 남들에게 피해를 주는 아이였다. 남편과 시부모님에게 이 사실을 알리고 싶지 않아서 울지 않은 척 한참을 밖에 있다가 집에 돌아갔는데, 우리 집에 호연이 담임 선생님이 와 계셨다.

나를 보내 놓고 마음이 좋지 않아 집에 찾아오신 것이었다. 남편과 시부모님은 불같이 화를 냈다. 어디서 무엇을 하고 왔냐며 바보같이 자식 편 하나 들지 못하고 온 나에게 역정을 내셨다. 그 사건 이후 사람을 정말 좋아하고 장난기 많던 나는 대인기피증이 생기게 되었다.

부모가 자녀에게, 말로는 훌륭한 교훈을 가르치면서도 실제로는 좋지 못한 모범을 보여주는 것은 한 손에 음식을 주고 다른 손엔 독을 쥐어 주는 것과 같다.
— 존 발가이

내 아이의 미래를 만나다

이안이가 초등학교에 입학했다. OT 이후로 주변의 엄마들이 두려웠다. 아이 친구 엄마들을 만나는 일도 없었고 큰아이의 친구를 집에 데려 오는 것도 못하게 했다. 외출을 할 일이 생겨도 호연이를 데리고 다니지 않았다. 아이가 알아들을 수 없는 말을 하거나 소리를 지르고 천방지축 뛰어다닐 때 통제하기 힘이 들기도 했지만, 창피한 마음이 있었던 것 같다.

그때 나는 방과 후 강사로 왕성한 활동을 하던 시기였다. 학생은 수업 시간마다 정원을 초과해서 대기를 걸어야 할 정도였다. 호연이의 치료를 위해 집에서 조금 먼 학교를 그만두기로 했다. 도저히 아이 치료시간을 맞출 수 없었기 때문이다. 방과 후 부장 선생님께 집안 상황을 설명하고 학교를 그만두려고 하는데 교장 선생님께서 부르셨다.

"부장 선생님께 이야기는 들었습니다. 아이 치료비가 많이 들 텐데. 학교를 그만두는 것보다 수업 요일을 조정해보는 것은 어떤가요?" 따뜻한 배려였다. 처음 교장실 옆에서 수업을 진행하는 모습부터 지켜봐 온 교장 선생님은 안타까운 마음에 나에게 제안을 하셨다. 다행히 수업 요일을 조정하는 안건이 학교 운영위원회를 통과했고 수업 요일은 조정이 되었다.

호연이는 복지관 치료실에서 치료를 받았다. 치료사 선생님과 수업을 진행하는 동안 나는 보호자 대기실에서 아이를 기다렸다. 40분의 수업을 마치고 10분 동안 부모에게 수업 내용과 집에서 실천할 수 있는 방법을 이야기해 주신다. 보호자 대기실에는 호연이 또래 아이들의 어머니들도 계시지만, 중·고등학생 아이들의 부모님들도 계셨다.

처음 복지관에 갔을 때 정말 많은 아이가 치료를 받는다는 사실에 놀랐다. 키는 성인이지만 아직도 아이처럼 행동하는 중·고등학생 아이들을 보면서 안타깝기도 하고 두렵기도 했다.

"치료받으신 지 얼마나 되셨어요?" 대부분의 보호자는 대기실에 처음으로 오신 분들께 이렇게 질문을 하곤 한다. 끝도 없는 치료를 받기 위해 부모님들은 십 년, 또는 그 이상의 세월을 아이가 좋아지기를 바라며 기다리신다. 조그만 대기실에서 부모님들은 어떤 선생님이 언어치료를 잘하시고 어떤 기관이 미술치료, 음악치료를 잘하는지에 관해 이야기꽃을 피웠다. 또래 엄마들이 모이면 어떤 학원이 공부를 잘 가르치는지 정보를 교환하는 것처럼 말이다.

호연이의 치료사 선생님은 몇 개월을 대기해야 겨우 자리가 나서 수업을 들을 수 있는 분이셨고 솔직한 분이셨다. "어머님, 아이들이 치료를 시작하고 좋은 결과를 얻기 위해서는 양육하는 분들이 변화해야 합니다." 호연이와 치료를 시작한 후 선생님은 늘 내가 변해야 아이가 좋아질 수 있다고 하셨다. 당연한 이야기였지만 실천

하려면 시간과 노력을 들여야 하는 부분이었다.

남편과 상의 후 수업을 줄이기로 했다. 오전에는 여러 가지 자격증을 따기 위해 공부를 했고 오후에는 방과 후 수업을, 수업이 마친 후에는 과외를 했다. 치료에 전념하기 위해 여러 명의 아이들의 수업을 정리하고 딱 한 명의 수업만 남았다.

수업을 진행하던 어머님께 설명해 드리고 그만두려고 하던 찰나에 내 수업이 궁금하다며 찾아오신 어머님이 계셨다. 더이상 과외는 하지 않는다고 이야기했지만 한 번만 아들을 봐 달라고 하셨다. 여러 번 거절을 했다. 어머님은 너무 완강하게 부탁을 하셔서 딱 한 번이라는 조건을 걸고 아이를 만나기로 했다.

초등학교 1학년인 민섭이라는 아이였다. 몇 가지 테스트 후에 아이의 학습상태를 점검해 보니 굉장히 늦된 아이였고 숫자만 겨우 쓸 줄 아는 아이였다. 이 상태라면 민섭이는 학교에서 수업을 따라가지 못할 것 같아 걱정되었다. 하지만 나는 내 아이를 생각해서 더 이상 어떤 말도 하지 않고 자리를 털고 일어났다. 갑자기 어머님이 우시기 시작했다. 한참을 우시더니 민섭이를 방 밖으로 내보내셨다.

"선생님, 민섭이가 간질이 있어요." 나는 당황스러웠다. "네, 어머님 테스트를 해보니 학습이 많이 지연되었네요. 민섭이가 수업을 따라가기가 힘들 것 같아요." 어떤 위로를 해야 할지 몰라 나도 모르게 속에 있는 말을 뱉어내고 말았다.

"평범했어요. 그런데 6살에 갑자기 경기를 하더니 숨을 안 쉬었어요. 급하게 대학병원에 가서 검진을 받아도 특별한 이유는 없다고 해서 돌아왔는데…" 어머님의 사정을 들으면서 자꾸 걱정이 밀려왔다. 내가 지금 남의 사정을 봐줄 때가 아니었다. 민섭이는 그 뒤로 주기적으로 경기를 했고 뇌 손상을 입었다고 했다.

지금은 학습을 따라가기가 힘이 드는 상태여서 일반 교실과 특수반을 오가며 수업을 진행하고 있다고 했다. 약을 먹고 좋아져서 학교생활은 어느 정도 따라가지만, 수업을 도저히 이해하지 못해 친구들에게 바보라고 놀림을 당한다고 했다. 공부를 잘하는 것을 바라는 건 아니고 아이가 어느 정도 숫자의 개념만이라도 잡았으면 좋겠다고 수업을 자꾸 부탁하셨다. 어머님께 지금은 수업을 진행할 수 없으니 좋은 선생님을 소개해드린다고 했다. 아쉬워하시는 어머님을 뒤로하고 나는 집으로 돌아왔다.

그날 밤 잠을 제대로 이루지 못했다. 딱 한 번 본 민섭이가 눈앞에 어른거렸다. '호연이가 8살이 되면 어떨까?' 하는 생각이 들었다. 낮에 뵌 어머니의 눈물이 떠올랐다. 내가 겹쳐서 보였다. 민섭이 어머니의 눈물이 내 눈물 같았다.

밤새 뒤척이며 고민을 했다. 호연이가 친구들에게 놀림을 받는 상상을 하게 되었다. 민섭이의 수업을 하고 싶었다. 내가 베풀어야 누군가가 우리 호연이에게 베풀 것 같은 기분이 들었다. 호연이를 가르칠 많은 선생님이 호연이를 안쓰럽게 여기고 우리 아들을 품어 주었으면 하는 마음이었다.

그러나 남편은 당연히 반대했고, 나는 남편의 고집을 꺾을 수 없어 선생님을 소개해 주기로 했다. 민섭이를 만나고 온 다음 날부터 어머님으로부터 문자를 받았다. 여러 명의 선생님들이 민섭이를 가르쳤지만, 수업이 힘들다는 이유로 며칠 수업을 진행하고 그만두셨다는 이야기, 아이들이 민섭이를 놀려서 친구를 때렸다는 이야기,

민섭이를 위해 매일 절에 가서 기도하신다는 이야기 등이었다.

문자의 내용은 나를 더 아프게 했다. 내 이야기였다. 내가 겪을 이야기였다. 우리 아들이 살아내야 하는 이야기였다. 나는 다시 한 번 고집을 부리기로 했다. 남편과 상의를 하지 않고 민섭이의 수업을 진행하기로 했다.

다만 호연이의 수업이 없는 날, 그날을 이용해 과외를 하기로 했다. 엄마는 고액의 과외비를 주신다고 했다. 나는 필요 없었다. 다른 아이들에게 받는 만큼만 요구했다.

민섭이는 뇌 손상으로 인해 소근육이 발달이 잘 되지 않았다. 연필을 잡을 때도 글씨를 쓸 때도 잔뜩 힘을 주어 글을 쓰다 보니 노트나 교과서에 구멍이 나는 일이 많았다. 아이의 손가락 사용을 위해 나는 유치원 아이들보다 더 천천히 수업을 진행해야 했다. 그렇게 민섭이는 나의 또 다른 아들이 되었다.

일주일에 한 번만 보는 민섭이는 낯을 굉장히 많이 가렸다. 첫날 수업을 할 때도 아이를 진정시켜 책상에 앉히기까지 많은 시간이 필요했다. 아이의 수업을 결정하던 날, 나는 민섭이 어머님을 만나러 직접 집에 찾아갔다. 수업을 하려는 이유를 설명하기 위해서였다. 호연이의 이야기를 했고, 민섭이를 위해 수업하는 것이 아니라, 내가 이렇게 베풀면 우리 아들이 좋아질까 싶어서라고 솔직히 말씀을 드렸다.

민섭이 어머님은 충분히 이해한다고 하셨다. 엄마와 나의 목표는 아이가 자리에 앉아 뭔가를 하는 것이었고, 그래서 천천히 수업을 진행했다.

가르쳐 본 사람들은 알 것이다. 어떤 아이가 내 과목에서 특출하게 잘하면 그 아이는 내가 가르치는 과목 말고도 어떤 과목을 배우더라도 다 잘한다. 반대로 못하는 아이는 어떤 과목을 배우더라도 잘 못 한다. 이것이 성향이라는 것이다.

　나는 방과 후 강사가 되기 위해 노력했던 것처럼 민섭이의 성향에 맞춰 다시 연습 문제집을 만들고, 놀이 수학을 배우고, 교구를 만들어 내기 시작했다.

　민섭이는 천천히 아이의 속도대로 좋아지기 시작했다. 나와 수업을 진행하면서 민섭이 어머님도 굉장히 좋아졌다. 우리는 아픈 아이를 둔 엄마들만이 알 수 있는 이야기를 하면서 친해지기 시작했다. 그렇게 민섭이를 통해 나는 호연이의 모습을 보았다.

　민섭이를 수업하고 있을 때쯤 어떤 단체에서 전국의 방과 후 강사들을 상대로 공개수업 경진대회를 진행했다. 나는 부산의 대표로 대회에 참가했고, 160명의 강사와 접전 끝에 2위를 하게 되었다. 그때 제출한 자료들은 민섭이와 호연이를 가르칠 때 사용했던 교구와 연습 문제집이었다.

　민섭이의 수업은 계속할 수가 없었다. 1년 정도 수업을 하고 마무리를 하던 날 "민섭아, 잘 지내고 친구들과 사이좋게 지내"라고 했다. 그렇게 돌아 나오는데 아쉬운 마음보다는 민섭이를 만나지 않았더라면 나는 아마도 더 좌절했을지 모른다는 생각이 들었다. 민섭이가 조금씩이라도 변화되는 모습을 보며 우리 호연이도 나아질 것이라는 희망을 꿈꿀 수 있었다.

　그리고 나는 내 아들을 통해 내가 가르치는 아이들을 다시 보게 되었다. 호연이가 8살이 되면 어떤 모습일까? 9살이 되면 어떤 모습일까? 중학생이 되면 어떤 모습일까? 바닥까지 떨어진 긴 슬럼프에서 나는 서서히 벗어나는 기분을 느꼈다. 다시 내가 지도하는 아이들이 예뻐 보였다.

예전에는 실력이 좋아서, 나의 말을 잘 들어서 예뻐 보이는 것이었다면 지금은 아니다. 존재 자체만으로도 예쁘다. 가끔 수업을 진행하다 보면 호연이 같은 아이들이 내 수업에 들어온다. 난 그 아이들의 부모님께 전화해서 나의 이야기를 먼저 꺼낸다. 다른 아이들과 비교를 하지 말라고 한다. 호연이와 그 아이는 아이들의 속도대로 천천히 성장한다고, 우리가 해 줄 것은 지켜보는 것이라고 말이다.

멘토와의 만남

'왜 자꾸 실력이 늘지 않지? 내가 문제일까? 어디에 물어봐야 속 시원한 대답을 얻을 수 있을까?' 하는 고민을 하던 차에 우연히 한국나노주산암산협회 박광기 회장님을 만났다.

그때까지는 처음 주산을 배운 곳에서 소개해 준 교재를 사용해서 아이들을 지도했는데 10명의 아이를 가르치면 한두 아이만 실력이 좋아지는 현상이 있었다.

나의 지도법이 문제라고 생각해서 여기저기 교육에 쫓아다니면서 지도해 봤지만, 여전히 아이들과 나는 슬럼프에 빠져서 헤어 나오질 못했다. 주산 암산 정보를 주고받는 카페에서 회장님께서 올리신 교육 공지사항을 보게 됐다. 7살 정도 되는 아이가 신들린 것처럼 암산하는 동영상을 올려 놓으셨다. 그 동영상을 본 많은 강사가 교육을 신청했다.

처음 동영상을 볼 때 나는 조작을 한 줄 알았다. 주산을 지도한 지 4년밖에 되지 않았지만 그렇게 암산을 빠르게 하는 건 본 적도 들은 적도 없었기 때문이다. 호기심이 생겼다. 조작이든 아니든 내 눈으로 직접 확인을 하고 싶었다. 서울, 경기, 충청도에 걸쳐 부산까지 교육 일정이 올라왔다. 나는 망설임 없이 교육을 신청하고 교육일정에 맞춰 부산역 회의실에 가게 되었다.

마음이 맞는 선생님 몇 분과 같이 연수를 신청했다. 교육장에는 동영상을 본 수많은 강사 분들께서 여러 지역에서 와 계셨다. 기대되었다. 교육시간이 다 되어 나타난 회장님의 모습을 보고 나는 실망을 했다. 내가 기대했던 모습은 아니었다. 까무잡잡한 피부에 운동을 지도하는 사람처럼 체격이 단단해 보이는 남자분이셨다.

성큼성큼 칠판으로 걸어가 『중용』 23장을 쓰셨다. 그리곤 쓰신 걸 읊기 시작하셨다. 본인이 좋아하는 글귀라며 말이다.

> 작은 일도 무시하지 않고 최선을 다해야 한다. 작은 일에도 최선을 다하면 정성스럽게 된다. 정성스럽게 되면 겉에 배어 나오고 겉에 배어 나오면 겉으로 드러나고 겉으로 드러나면 이내 밝아지고 밝아지면 남을 감동시키고 남을 감동시키면 이내 변하게 되고 변하면 생육된다. 그러니 오직 세상에서 지극히 정성을 다하는 사람만이 나와 세상을 변하게 할 수 있는 것이다.
>
> ─『중용』 23장

회장님은 주산을 초등학교 1학년 때부터 10년 간 배웠고, 군대 제대 후 지금까지 30년을 한결같이 주산 암산을 지도해 왔다고 했다.

1만 시간 이상을 주산을 위해 꾸준히 노력한 전문가였다. 회장님의 말씀을 들으면서 '1만 시간의 법칙'이 떠올랐다. 워싱턴포스트

기자 출신 말콤 글래드웰이 2009년 발표한 저서 『아웃라이어』에서 소개한 개념인 '1만 시간의 법칙'은 빌 게이츠, 비틀즈, 모차르트 등 시대를 대표하는 천재들의 공통점이다. 자신의 분야에서 최고의 자리에 오르기 위해서는 선천적 재능 대신 1만 시간의 꾸준한 노력이 필요하다는 것이다. 1만 시간은 하루 3시간, 일주일에 20시간씩 총 10년 동안 빠짐없이 노력한 시간과 같다.

회장님은 다들 동영상의 아이를 어떻게 지도했는지 궁금해서 왔을 거라며 말을 시작했고, 강사들을 쭉 둘러보셨다.

"특별한 방법은 없습니다."

회장님은 이렇게 말씀하셨다. 일요일 오전 가족들을 집에 두고 온 많은 강사들은 여기저기 작은 목소리로 수군대기 시작했다. 동영상은 조작이었나 하는 생각을 하는 순간 다음 말이 이어졌다.

"세상에는 큰일부터 하는 것은 없습니다. 작은 것부터 최선을 다해야 하지요."

계속해서 날카로운 질문과 이야기를 쏟아내셨다.

"주산 암산을 본인이 잘하는 것과, 학생들에게 주산을 잘 가르치는 것에는 별 상관관계가 없습니다. 훌륭한 선생님은 아이들이 가는 방향을 제시하고 아이들이 그 방향으로 나갈 때 낙오되지 않도록 응원만 보내시면 되는 겁니다."

맞는 말이긴 했다. 그럼 동영상의 아이도 그렇게 지도하신 건지 문득 궁금해졌다. "아이들이 주산 암산을 1~2년 배워 봐야 쓸데도 없고, 실력도 형편없어서 돈과 시간을 낭비했다는 학부형의 질타는 다 여러분들이 만들어낸 결과입니다. 아이들에게 사탕을 주어도, 마술을 보여 주어도 소용없으며, 가르치는 교사가 개그맨이 되어도 모두 다 부질없는 짓입니다. 무엇보다 중요한 것은 기본입니다. 아이들이 자세와 기본을 갖추지 않으면 절대로 다음 단계로 넘어가서는 안 됩니다."

모두 다 맞기에 뼈아픈 이야기였다. 회장님께서 카페에 동영상을 올린 건 대한민국에 제대로 된 주산 암산을 보급하고, 과거 주산 암산 최강국의 영광을 재현하기 위해 대외적으로 검증 가능한 방법을 제시하고 싶어서였다고 하셨다. 화려하고 과대하게 포장해서 강사와 학부형을 현혹하지 않도록 하겠으며, 교재를 합리적인 금액으로 판매하고 싶다고 하셨다.

교육은 3시간으로 끝이 났다. 교육 후 아이들을 직접 지도해 보라고 제시하신 10권의 책을 받아들고 집으로 돌아왔다. 생각이 복잡했다. 동영상의 아이처럼 지도하는 특별한 방법은 없다고 했다. 기본에 충실했고 회장님이 직접 집필한 교재를 사용했으며, 연습량이 많았기 때문이라는 싱거운 답을 듣고 돌아온 것이다. 하지만 분명히 특별한 방법이 있을 거라는 생각이 들었다. 아무래도 회장님을 따로 한 번 찾아 봬야겠다는 생각을 하게 되었다.

한 달 후 서울·경기 교육을 또 한 번 신청했다. 강의는 여전히 『중용』으로 시작했다. 교육장에 조금 늦게 도착한 나는 뒷자리에 조용히 앉아 강의를 듣기 시작했다. 부산 교육과 결론은 같았다. 갑자기 속은 기분이 들었다. 누가 기본이 중요한 걸 모르는가. 당연히 알지만, 여전히 우리에게 비법을 숨기고 있다고 생각한 나는 표정에 불편한 기색을 내비쳤다. 그러자 강의 도중 회장님께서 나를 지적하셨다.

"저기 선생님 부산에 교육에 참여한 분 아니신가요? 아직도 궁금한 게 해결이 안 되서서 서울까지 오신 건가요?"

"네, 저는 회장님이 말씀하신 기본과 교재, 연습량이 필요하다고 하신 것을 믿을 수가 없어요."

당돌한 나의 대답에 회장님을 껄껄대며 웃으셨다. 나를 기억하셨다는 게 무엇보다 놀라웠다. 부산 교육을 들은 사람들만 해도 30명 가까이 되고 전국적으로 강의를 다니시기 때문에 수많은 사람을 보셨을 텐데 말이다.

부산으로 돌아온 나는 그분이 어떤 분인지 너무 궁금해졌다. 카페에 여러 글을 쓰셨기 때문에 일부러 글을 찾아 알아보기 시작했다. 회장님은 자기 일에 대한 에너지, 열정, 기쁨, 사랑이 넘치는 분이셨다. 자신이 하는 일에 마음이 가 있고 사명이 있는 분이었다. 관심사는 지도하는 아이들이 행복하게 수업을 하는 것과 다양한 사람들에게 주산 암산 지도법을 소개하는 것밖에 없어 보였다. 우리나라에서 잠시 주산이 사라졌던 시대에도 주산 암산을 가르치셨다. 2002년 군산에 있는 주산 암산 학원장의 추천으로 참석한 모임에서 김일곤 선생님을 만났고 벼락을 맞은 듯한 충격을 받았노라고 이야기하셨다.

김일곤 선생님은 1세대 암산 신동을 길러내신 지도자이시다. 그분을 통해 암산 기법을 전수받으셨고, 회장님이 지도하게 된 아이들이 TV에 나오면서 교재를 집필하기 시작하셨다. 그동안 참 많은 일을 하셨다는 것을 알게 되었다. 회장님은 우리나라 최초로 중국에서 사용하는 양손사용법을 전수받기도 하셨고, 지도하는 아이들이 방송언론에 60여 차례가 넘게 소개되었을 정도로 훌륭한 분이셨다.

하지만 나는 쉽게 회장님과 함께할 수 없었다. 내가 처음 주산을 배운 곳에서 이미 임원이 되어 왕성하게 활동 중이었기 때문이다. 그렇게 회장님과의 인연이 끝이 나는 줄 알았다. 그러나 1년이 지나 호연이가 자폐 스펙트럼 장애 진단을 받고 남편의 충고로 일을 줄이면서 회장님과의 인연이 다시 시작되었다.

남편은 수업 외적인 일들에 너무 많은 시간을 뺏기는 강사 모임의 임원 활동을 그만두기를 바랐다. 거절을 잘 못 하는 성격 탓에 내가 하지 않아도 되는 일들을 떠맡는 경우가 많았고 여러 가지 일들로 힘에 부치던 차였다. 모든 사람을 기쁘게 할 수 없는 것을 알았고 그것들을 하면서 행복해하지 않는 나를 발견하고는 서서히 모임에 나가는 것을 자제하게 되었고 결국에는 모임을 탈퇴하게 되었다. 시간에 여유가 생기자 나는 아이들과 많은 시간을 함께할 수 있었다. 같이 보내는 시간이 많아지면서 서서히 안정되어 가는 호연이를 보면서 뿌듯한 기분도 들었지만 강사로서 도태되는 기분이 드는 건 어쩔 수 없었다.

여전히 내 수업에서는 특별한 아이들만 실력이 좋아졌고 나머지 아이들은 나와 부모님의 기대에 못 미치는 결과가 얻었다. 무엇보다도 아이들은 수업에 흥미를 잃어 가고 있었다.

내 수업을 듣는 아이들이 행복했으면 하는 바람이 컸다. 특히 호연이를 키우면서 보통의 아이들이 자신의 목표를 설정하고 달성하는 만족감을 느끼면서 성장하기를 바랐다. 그 순간 번개처럼 스치듯 지나가는 한 사람이 있었다. 박광기 회장님이었다. 그러나 무턱대고 1년 만에 전화를 드릴 수는 없었다. 아쉽게 포기하려는 순간 교육 후 받았던 교재가 생각났다.

회장님이 직접 집필하신 10권의 책을 가지고 두 명의 아이들에게 지도해 봤다. 깜짝 놀랄 결과가 나왔다. 2년 가까이 제자리걸음이던 쌍둥이 여자아이들이 수업을 재밌어하기 시작했고, 과제를 해 오면서 실력이 향상됐다. 그렇게 만족감을 얻은 2명의 아이가 나머지 50여 명의 아이들을 변화시키기 시작했다.

힘든 결정의 시간

작은 변화가 큰 변화를 몰고 왔다. 처음에는 가벼운 마음으로 가지고 있는 10권 한도 내에서 수업을 진행했었다.

"선생님 저도 저 파란 책 주세요. 왜 재만 주고 저는 안 주시는 거예요?" 많은 아이들이 교재를 달라고 했다. 나는 난감했다. 며칠 사이에 몇 권 되지 않는 교재는 이미 아이들 손으로 넘어갔다. 더 이상 새 교재가 없는 상태가 되었다. 몇 번의 망설임 끝에 박광기 회장님께 전화를 드렸다.

"안녕하세요. 혹시 저를 기억하실지 모르겠습니다. 부산에 사는 안은선입니다."

수업 중에 전화를 받으신 회장님은 1년 만에 전화를 건 내 목소리를 알아듣지 못하셨다.

수업 중이니 다시 전화하시겠다며 황급히 전화를 끊으셨는데 끊긴 전화기를 붙들고 바로 후회를 했다. '괜히 전화했구나.' 타 단체에서 워낙 활발하게 활동했던 나였기에 탈퇴했지만 작은 일에도 조심스러웠다. 회장님은 바로 전화를 주지 않으셨다. 며칠 후 나는 또다시 용기를 내어 수업시간이 없는 오전에 전화했다.

"안녕하세요. 며칠 전에 전화 건 안은선입니다."

당연히 기억을 못 하셨다. 1년 전에 부산과 서울에서 교육을 받았었고, 다시 한 번 회장님의 교육이 생각나서 전화를 드렸다고 했다.

"혹시 A단체에서 활동 중이신 분 아니신가요?"

몇 마디 대화 끝에 나를 기억해 내셨다.

회장님께서 묻지도 않으신 타 단체를 탈퇴한 이야기를 늘어놓으며 정말 하고 싶은 이야기를 하지 못하고 빙빙 돌리기 시작했다.

회장님은 아무 말씀 안 하시고 내 이야기를 들으셨다. 큰 용기를 내어 전화를 건 용건을 말했다.

"회장님, 작년에 받은 책으로 아이들을 지도해 보았어요. 아이들이 굉장히 행복해하고 스스로 결과물을 내려고 하는 모습에 감동을 받았어요. 그래서 말인데 교재를 사용하고 싶습니다. 가능할까요?"

"몇 권이 필요하신 거예요?"

몇 권? 생각도 하지 못한 질문에 나는 쉽게 대답을 하지 못했다.

"그냥 몇 명 정도만 지도해 보려고 하니 조금만 보내주세요."

며칠 후 나에게 100권이 넘는 책이 집으로 배달이 되었다. 그동안 기다렸던 아이들에게 책을 주고 나니 몇 권 정도밖에 남지 않았다.

그렇게 한국나노주산암산협회와의 인연이 시작되었다. 처음 주산을 배운 곳에서 나는 임원으로 활동을 했었다. 아무것도 모르던 내가 강사로 성장하기까지 많은 도움을 받았기 때문에 남들이 필요로 한다는 사실이 기뻐 열심히 활동했었다.

처음에는 내가 쓸 수 있는 시간의 한도 내에서 활동을 했지만 시간이 지나다 보니 상대의 마음을 다치게 하고 싶지 않아서, 사려 깊은 사람이 되고 싶어서, 냉담하고 차가운 사람처럼 보이기 싫어서 억지로 일을 맡았다. 그러자 갈등이 생기기 시작했다.

거기에다 호연이의 진단으로 나는 굉장히 힘든 상황이었다. 내 아이를 지켜내지 못하면서 이 일을 해야 하는지 회의감마저 들었기 때문이다. 남편의 강경한 태도가 탈퇴의 계기였지만 나 역시 정리하고 싶은 마음이 컸던 것 같다.

"선생님. 요즘 이상하시네요. 왜 자꾸 전화를 받지도 않고 만나 주지도 않으시는 거죠? 모임에서 빠지셨다고 저와 인연을 끊으시는 것은 아니잖아요."

나는 누구와도 내 상황을 이야기하고 싶지 않았다. 그렇게 나는 아무도 없는 부산에 와서 처음으로 인연을 맺은 사람들을 끊어내기 시작했다.

괴로웠다. 호연이가 아픈 이유를 내 탓으로 돌리다 보니 나를 바쁘게 한 사람들을 용서할 수가 없었다. 그렇다고 같이 한 세월 동안 그들이 나를 힘들게만 했던 것은 아니었다. 고마웠던 일들도 있었고 행복했던 일들도 있었다. 조금 아쉬운 것은 용기가 없어 그동안 지도해 주시고 보살펴 주신 것에 대한 감사함을 제대로 표현 못하고 정리한 것이다.

코미디언 빌 코스비는 "성공의 열쇠가 무엇인지는 모른다. 하지만 실패의 열쇠는 모든 사람을 기쁘게 하려 드는 것이다"라고 했다. 나는 모든 사람을 기쁘게 하려다 보니 세련된 거절도 할 수 없었고, 마지못해 승낙한 일들도 나의 일에 전혀 도움이 되지 않는 상황을 만들게 되었던 것 같다.

새로운 인연이 된 나노주산과의 만남은 굉장히 조심스러웠다. 워낙 긴 시간을 다른 곳에서 활동을 했었기에 내가 나노주산과 함께한다는 사실을 아는 사람들은 극소수였다.

예전이나 지금이나 강사 일을 하는 사람들의 바닥은 굉장히 좁다. 특히 방과 후 강사들 사이에서는 오전에 있었던 일들이 오후에 소문이 날 정도로 한 다리만 건너면 다 알기 때문에 더 조심스러웠다.

조금 부끄럽지만 나는 수업을 잘하는 사람으로 소문이 나 있었다. 그래서 늘 인턴 강사가 두세 명씩 내 수업을 배우러 들어오곤 했다. 그렇게 인연이 되어 연결된 십여 명의 강사들조차 내가 다른 단체에서 활동을 시작한 것을 모르게 했다. 나는 철저하게 숨길 수밖에 없었다.

다른 욕심은 없었다. 내가 지도하는 아이들이 행복한 표정으로 수업을 들었으면 하는 바람이었고 이제는 남들이 아니라 나와 내가 강사로서 가르치는 아이들의 성장만을 바랐다.

남편은 나에게 다짐을 받기를 원했다. 여러 가지 상황을 어렵게 정리한 후 다시 일을 벌이지 않았으면 했다. 남편의 소원대로 방과 후 강사로 남기로 했다.

나노주산 회장님을 통해 아이들을 지도하는 방법을 배우면서 아이들의 실력은 점차 좋아졌다. 2013년 700여 명의 아이들이 매년 한꺼번에 모여 주산암산 실력을 뽐내는 전국 대회가 가을에 부산에서 열렸는데 아무 욕심 없이 내보낸 아이들이 상을 거의 다 휩

쓸어 왔다.

36명의 수상권 아이 중에 12명의 아이가 내가 지도한 아이였다. 대단한 쾌거였다. 성적이 중요하지는 않았지만, 아이들은 대회를 준비하는 동안 동기부여를 굉장히 많이 받았다. 그렇게 나는 아이들과 성장을 하면서 그해 가을을 보냈다.

대회를 기점으로 내가 다른 단체로 옮겼다는 소문이 퍼지기 시작했다. 상관없었다. 어차피 거짓말도 아니었고 나는 오로지 나와 내 가족, 내가 지도하는 아이들만 바라보기로 마음을 먹었기 때문이다.

그들과 함께할 때 최선을 다해 일했고 사랑했고 용기를 얻었지만 만남이 있으면 헤어짐도 있다는 것을 인정해야만 했다. 나는 철저하게 방과 후 강사로 남기로 했다. 하지만 대회가 끝난 후 강사로 남아 있을 수 없는 상황이 되었다.

"선생님 어떻게 했는데 아이들이 그렇게 실력이 좋아진 거예요? 궁금해요. 이야기 좀 해 주세요."

수시로 여러 선생님에게서 비결을 묻는 전화가 왔다. 지도법을 바꿨다고 쉽게 이야기를 할 수 없었던 나는 "그냥 사정이 있어요. 조금 조용해지면 말씀 드릴게요"라는 답변밖에 할 수 없었다.

수시로 내가 근무하는 학교에 와서 내가 지도하는 방법을 지켜보던 많은 선생님은 그동안 우리가 알고 지냈던 지도법이 아닌 암산 위주의 수업에 매력을 느낀다고 했다. 당연한 이야기였다. 내가 잘 지도하는 것이 아니라 단지 암산을 잘할 수밖에 없도록 되어 있는 나노주산암산 시스템이 비결이었던 것이다.

암산을 잘하는 비법에 대한 소문은 순식간에 퍼지기 시작했다.

여기저기서 설명회 요청이 들어왔고, 강사 모임에서 나온 지 얼마 안 되어 나는 내가 사용하는 교재에 대한 설명회를 진행하게 되었다. 설명회를 준비하는 동안 끙끙대며 아팠다. 30년을 넘게 살면서 남들을 크게 미워하거나 남들이 나를 크게 미워한 적도 없었다. 하지만 내가 교재 설명회를 개최한다고 했을 때 그동안 같이 한 사람들에 대한 믿음과 의리를 저버렸다는 소리를 듣게 되었다.

설명회를 하지 않으려고 마음 먹었을 때 어느 분이 나에게 '코이 법칙'에 대해 설명해 주셨다.

"관상어 중에 '코이'라는 잉어가 있어요. 작은 어항에 넣어 두면 5~8㎝밖에 자라지 않지만 커다란 수족관이나 연못에 넣어두면 15~25㎝까지, 강물에 방류하면 90~120㎝까지 성장한대요." 사람들은 누구나 100%의 능력을 갖추고 있지만 처한 환경으로 인해 10%의 능력도 발휘해 보지 못하고 생을 마감하는 사람들도 있다고 한다. "물고기도 노는 물에 따라 크기가 달라지듯이 사람도 매일 만나는 사람들, 주변 환경, 생각의 크기에 따라 자신이 발휘할 수 있는 능력과 꿈의 크기가 달라지거든요. 지금 왜 설명회 요청이 들어오고, 안은선 선생님이나 나노주산과 함께 하고 싶어 하는 선생님들이 있을까요?"

나는 쉽게 대답을 하지 못했다.

"환경에 따라 미래가 달라지는 것을 잘 알고 있기 때문에 주변 환경을 바꿔야 한다고 생각을 한 거죠."

그렇게 나는 그분의 말에 용기를 얻어 센터장이 되었다. 부산에 주산을 하는 많은 학교 중에 나노주산을 사용하는 사람은 없었다. 나와 우리들의 첫 출발이었다.

내가 센터장을 하기로 마음먹은 결정적인 이유는 박광기 회장님이시다. 다른 것은 잘 모르겠지만 아이들을 정말 사랑하시고, 30년 동안 지도하신 노하우를 아무 욕심 없이 베풀어 주시는 분이기에 함께해도 되겠다는 생각이 들었다.

본부장 승격, 성공을 맛보다

주산을 배우고 방과 후 강사를 시작한 지 햇수로 6년째네요. 그동안 많은 사람과의 인연과 만남이 있었습니다. 저는 교육으로 지금까지 성장하고 있는 한 마리의 코이입니다. 새로운 것을 받아들인다는 것에는 용기와 도전이 필요한 것 같습니다. 많은 것을 포기하기도 하고, 많은 것을 잃어버린다는 생각을 가지기도 합니다. 시행착오를 거치기도 하고 소중한 것을 얻거나 잃기도 하는 과정인 것 같습니다.

그렇지만 많은 것을 잃는 것이 두렵다고 해서 그 자리에 머물 것인가 고민도 하게 됩니다. 작은 코이에서 커다란 코이로 성장하기 위해 다른 환경으로 갈아타는 것은 참으로 어려운 선택이었지만, 그 선택을 후회하거나 되돌리고 싶다는 생각을 가져본 적이 없습니다. 왜냐하면, 전 '교사의 양심'을 지켰기 때문입니다. 수업 후에 밀려드는 죄책감… 내가 이 아이들을 제대로 가르쳤나, 내가 학부모님들에게 수강료를 받아도 되나? 하는 고민에서 벗어났기 때문입니다.

구구절절 이 글은 쓰는 이유는 이쯤에서 스스로 '교사의 양심'을 지키고 있는지 아이들을 작은 코이로, 그리고 자신을 작은 코이로 가두고 있지는 않은지를 생각해 보셨으면 좋겠다는 생각에서입니다. 환경이든, 나만의 틀에 박힌 교육방법이든지 말입니다.

주산을 오래 하신 선배 선생님들은 아직 햇병아리 강사 주제에, 라고 뭐라 하실 수 있지만 제 주변의 방과 후 수업에서 주산을 가르치시는 많은 강사 선생님들은 고민을 하십니다. '내가 제대로 하는 것일까?'라고요.

처음에는 잃는 것이 많은 것 같아도, 시간이 지나면서 얻으시는 게 더 많을 거예요.

제 주변에는 성장하는 코이들이 많습니다. 그 코이들은 서보다도 더 빠르게 성장합니다. 그래서 한편으로는 부럽기도 하고 한편으로는 더 큰 노력을 기울이게 됩니다.

본부장이 되어 공식적으로 활동을 시작하면서 내가 카페에 쓴 글이다.

처음 시작은 센터장이었다. 아무것도 바랄 것이 없었고 기대도 없었다. 다만 내가 지도하는 아이들의 행복을 바랐고, 함께하기로 한 선생님들의 아이들도 행복하길 바라는 마음이었다.

6명의 센터장은 모두 언제나 나에게 응원을 보내주셨던 분들이었다. 설명회를 하고 나서 제일 먼저 힘들어했던 분은 김선미 선생님이셨다. 강사를 시작한 지 1년밖에 되지 않았는데 나와 친하다는 이유만으로 강사 모임에서 왕따 아닌 왕따가 되셨고, 스스로 모임을 나온 것이 아니라 강퇴를 당하게 되었다.

"선생님. 미안해요. 내가 어떻게든 해결해 볼게요." 힘들어하는 모습을 보니 나 때문에 피해를 보는 것 같아 미안한 마음이 들었다.

"아니에요. 힘들긴 해도 상관없어요." 나를 위해 힘든 내색을 하지 않는 김선미 선생님이 미안하기도 하고 고맙기도 했다.

"저와 친하다는 이유로 왜 모임을 못 오게 하나요?" 그동안 친했던 선생님께 연락을 해 보았다. "그거야 당연한 것 아닌가요? 우린 프리랜서 강사예요. 각자 길을 선택했으면 그 길에 충실하시면 돼요." 내가 선택한 나의 길 때문에 왜 다른 사람들이 피해를 봐야 하는지 이해가 되지 않았다.

손은정 선생님은 나와 비슷한 시기에 강사가 되어 비슷한 경험을 하셨고, 열심히 활동하셨던 분이다. 내가 모든 접촉을 끊고 집에 있을 때도 연락을 하고 지낸 몇 명 중에 한 명일 정도로 친하게 지내고 있었다. 손은정 선생님 역시 아무 이유 없이 모임을 나갈 수 없게 되었다. 이세나 선생님, 안상희 선생님, 안선희 선생님, 조모란 선생님은 모두 나와 친하다는 이유로 강사 모임에서 나와야 했다.

나는 6명의 선생님에게 해줄 수 있는 게 아무것도 없다는 무기력증에 빠지게 되었다. 나와 함께하자고 말을 하기도 조심스러웠고, 다시 그곳으로 돌아가 활동을 하라고 이야기를 할 수도 없었다.

그러던 중 우리가 만들어 가는 강사들만의 모임을 해 보자고 그분들에게 이야기를 할 수 있게 된 것이다. 아이들에게 공통으로 필요한 주판을 공동구매해서 학생들이 질 좋고 저렴한 가격으로 구매할 수 있게 하고, 순수하게 방과 후 학교 아이들로만 이루어진 대회를 해서 실력을 겨뤄 보는 것도 좋겠다고 건의했다.

선생님들은 모든 비용을 100% 아이들에게 다 돌려주는 형식의 이벤트적인 행사를 진행하고 싶어 했다. 수업에 필요한 교구를 개발하고, 콘텐츠를 연구하는 형식의 모임을 매월 진행하기로 했다.

"선생님, 너무 신나는데요. 누구의 눈치도 보지 않고 오로지 아이들에게 돌아갈 수 있는 교육 방법, 콘텐츠를 우리끼리 연구한다는 게 너무 좋아요." 첫 모임은 나 포함 7명이었다. 우리는 그렇게 우리만의 방법으로 규정을 정하며 모임을 이끌어 나가기로 했다. 내 주변에는 나이는 다르지만 서로의 관심사나 행복을 진심으로 응원하는 사람들이 많았다.

점점 더 함께하는 사람들이 늘어나면서 사무실을 얻어야만 하는 상황이 되었다. 남편도 내가 하는 일에 응원을 보내기 시작했다. 나와 함께하겠다는 사람들이 많다는 것이 그동안 어느 정도 잘 해왔다는 증거로 비친 듯했다. 기분이 좋았다.

사무실을 얻기 위해 수없이 발품을 팔아도 내가 들어갈 곳은 쉽게 나오지 않았다. 물론 돈이 여유로웠다면 얼마든지 번듯한 사무실을 구할 수 있었겠지만 그렇지 못했다. 수업이 없는 오전에는 사무실을 보러 다니기 바빠 점심을 거른 채 학교 수업에 들어가곤 했다.

그러던 어느 날 사무실을 구하지도 못하고 점심도 못 먹은 채 수업을 마친 뒤 허기진 배를 달래려고 지하철역 근처의 중국집에 들어갔다. 늦은 오후임에도 불구하고 주차장이 가득 차 별수 없이 길에 차를 대놓고 식사를 하고 나왔다. 갑자기 허기진 배가 채워지자 졸음도 오고 다리도 아파서 버스정거장 앞 의자에 앉아 커피를 마시고 있었다. 내 눈에 띄는 전·월세 전단 한 장이 있었다. 보증금 100만 원, 월세 15만 원, 13평 사무실. 내가 원하는 금액과 크기였다.

고민도 하지 않고 전화를 했다. 주인은 10분도 되지 않아서 내가 있는 곳에 왔다. 앉아 있던 버스정거장 바로 앞이 사무실이었다. 우리 집과도 불과 7~8분이 안 되는 거리였다.

위치는 마음에 들었지만, 열쇠를 돌리는 문을 보는 순간 실망을 하였다. '보증금 100만 원에 월세 15만 원짜리가 그렇지 뭐. 힘들게 오신 주인을 돌려보낼 수 없으니 사무실이라도 구경해야겠다'는 생각으로 들어갔다.

좁고 가파른 계단을 올라가며 주인은 내게 말했다. "들어오기만 하면 문은 새로 바꿔 줄 거니까. 걱정 말아요." 내 마음을 들킨 것 같아 얼굴이 빨개졌다. 좁은 계단을 올라가니 중간에 문이 하나 있었다. 문을 여는 순간 깜짝 놀랐다. 밖에서 봤던 모습과는 너무 차이가 났다. 굉장히 밝고 환한 삼각형 모양의 사무실이 아담하게 자리 잡고 있었다.

"계약을 바로 하고 싶은데, 언제 가능할까요?" 나의 물음에 주인은 화들짝 놀랐다. "오늘이라도 당장 할 수 있어요. 아이고, 내가 어제 좋은 꿈을 꿨나 보네. 2년째 안 나가던 자리가 이렇게 빨리 나가고." 13평이 채 안 되는 작은 사무실을 얻었지만 나는 행복했다.

그렇게 나 포함 7명의 선생님을 위한 작은 공간이 생기게 되었다. 사무실을 얻은 후 사업은 빠르게 진행되었다. 워낙 베테랑 선생님으로 소문이 나 있던 분들이었기 때문에 많은 강사분이 우리와 함께하기를 원했다. 13평의 사무실에 강사들이 다 앉을 수 없을 정도로 인원이 불어나기 시작했다.

나와 함께한 6명의 선생님들이 센터장이 되시면서 나는 센터장이 된 지 1년이 채 되지 않아 본부장으로 승격되었다. 본부장이 되어 처음 진행한 모임에서 선생님들을 배신하는 일도, 선생님들을 이용하거나 약속을 어기는 일도 없을 거라고 나는 약속을 했다.

방송에서 암산 신동으로 나오는 아이들은 대부분 우리가 사용하는 교재를 사용해서 배운 아이들이다. 방송 중간에 우리 단체의 마크가 나오면 부산에서만큼은 우리만 그 책을 사용해서 지도한다는 생각이 들어 기뻐했고, 우리 모임에 소속감이 커지면서 점점 더 단단해져 갔다.

마음에 여유가 생기면서 해 보고 싶은 일들을 하나씩 실천하기로 했다. 그 첫 번째는 '경력단절 여성 재취업 프로젝트'였다. 내가 정말 힘들 때 나의 곁에서 지켜봐 준 사람들이 없었다면 나는 아마도 지금 이 세상 사람이 아닐 수도 있다. 주부들이 경제적으로 자립하거나 자아실현하는 것을 돕기 위해 내가 가진 달란트를 써 보기로 했다.

주부들에게 주산 암산 지도법을 가르쳐 주어 방과 후 강사로 취업을 할 수 있도록 도와주고 싶은 마음이 생긴 것이다. 그렇게 나의 재취업 프로젝트 1기생을 만나게 되었다.

새로운 시련

　즐거운 일들의 연속이었다. 작은 사무실에서 뿜어 나오는 열정은 대단했다. 부산의 방과 후 강사들을 주축으로 하여 가을에 주산 암산 경기대회를 준비하고 있었고, 초가을에 양성했던 재취업 프로젝트 1기생들 8명이 포함되어 모임은 점차 커지고 있었다.

　호연이는 7살이 되면서 조금씩 좋아지고 있었다. 태어날 때부터 양쪽 눈의 크기가 달라 사시로 오해받는 일이 많아서 정기검진을 받으러 갔다. 소아 사시를 전문으로 하는 의사 선생님은 눈동자가 모이는 현상은 양쪽 눈의 시력 차이가 커서 생기는 현상이라며 가림 치료를 권했다. 두 아이 모두 원시가 심해 큰아이는 6살, 작은아이는 4살 때부터 안경을 썼다. 다른 아이들은 안경을 안 쓰려고 하고, 안경테를 부러트린다고 하던데 어린 두 아이는 그런 것도 없었다. 3년이 넘은 정기검진에도 아무 말씀이 없던 의사 선생님은 호연이의 검은 눈동자가 이상하다고 하셨다. 내가 보기에는 전혀 이상해 보이지 않는데도 자꾸 이상하다며, 보통 아이들의 눈동자를 비교해 주신다고 큰아이를 의자에 앉혔다.

두 아이를 한참 지켜보던 의사 선생님이 "어? 이상한데? 왜 이렇지?" 무슨 일인지는 몰랐지만 가슴이 쿵쾅댔다. 내 뒤에 있는 환자를 다른 의사 분에게 진료를 부탁하고 잠시만 기다리라고 하셨다. 한참 후 백과사전보다 더 두꺼운 의학책을 가지고 와서 뒤져 보기 시작하셨다. 나는 거의 사색이 되어 갔다. 의사선생님이 한참 만에 말씀을 하셨다.

　"어머님 여기 좀 보세요."

　의학서적 속 사진은 호연이의 눈동자처럼 모여 있었는데, 고개를 젖혀 하늘을 쳐다보는 사진, 허리를 숙여 바닥을 내려다보는 사진이었다.

　"두 아이 모두 검은 눈동자가 잘 움직이지 않아요. 처음에는 아드님 눈동자만 이상했는데 비교를 해보려고 앉힌 따님도 눈동자의 움직임이 거의 없습니다."

　이게 무슨 말인가? 눈동자가 안 움직인다니. 보통의 사람들은 위쪽과 아래쪽을 볼 때 머리를 움직이지 않고 검은 눈동자를 위아래로 움직이면서 보지만 우리 아이들은 검은 눈동자가 움직임이 없어서 위를 볼 때는 고개를 젖히고 아래를 볼 때는 고개를 숙여 보고 있다고 했다. 정확한 진단을 위해 검진을 해 봐야겠다고 하시면서 조심스럽게 검은 눈동자의 근육이 섬유화되는 증상 같다고 하셨다. 따지듯 물어봤다.

　"시력에는 전혀 문제가 없나요?

　"글쎄요, 정확한 진단을 해 봐야 알겠지만, 만약 근육이 섬유화가 된다면 시력에도 영향을 미칠 수 있고, 단지 근육이 움직이지 않는다면 근육만 절제해도 될 것 같은데… 잘 모르겠습니다. 일단 예약을 하시고 가세요." 짧은 의사 선생님의 이야기였다. 어떻게 병원에서 나와서 집에 왔는지 모르겠다.

정신없이 울면서 운전을 했다. 두 아이는 내 눈치만 보며 울지 말라고 자꾸 말을 했다. 퇴근해 온 남편에게 이야기하고 나서 우리 부부는 한참 말이 없었다.

나는 내가 자꾸 원망스러웠다. 건강하게 낳아주지 못한 내가 미웠다. 가족력을 보기 위해 남편과 어머님까지 병원에 가서 검사를 해야 했다. 큰아이는 겁을 먹기는 했지만 별 무리 없이 검사를 받았다. 작은 아이는 병원이 떠나가도록 울어서 제대로 검사를 진행할 수 없었다.

아이들의 검사를 예약하고 얼마 지나지 않아 우리 집에는 슬픈 일이 생겼다. 건강하시던 아버님이 폐암 4기 진단을 받으신 것이다. 수술을 할 수 없을 정도로 퍼진 상태였기 때문에 우리 가족들은 슬픔에 빠져 있었다. 아버님이 걱정하실까 봐 아이들의 검사를 말씀드리지 못했다. 호연이는 제대로 검사를 하지 못해 다시 예약했지만 아버님의 건강이 너무 나빠져서 더 진료를 받을 수가 없었다.

몇 달 후 아이들의 검사 결과가 나왔다. 검은 눈동자가 움직이지 않는 것은 원인 미상으로 나왔다.

답답했다. 의사 선생님은 커 가면서 좋아질 수 있으니 정기적으로 검사를 받기를 권했고 나는 그렇게 하기로 했다. 아버님의 병환이 점점 깊어지고 있었다. 가족들은 환자를 돌보기에 여념이 없었다.

밤새 병간호를 한 어머님과 교대를 하기 위해 아이들을 유치원과 학교에 보내고 병원에 가야 했다. 잠든 호연이가 쉽게 일어나지 않았다. 잠든 아이의 모습이 천사 같았다. 아무리 흔들어도 일어나지 않는 아이의 귀에 대고 나는 작은 소리로 속삭였다. 옛날이야기도 해주고 노래도 불러줬는데 일어나지 않았다. 가만히 보니 벌써 깨어나서 나의 이야기를 듣고 있으면서 안 일어난 척 하는 것이었다.

아이는 오른쪽 귀를 가리키며 "엄마, 이쪽 귀는 안 들리니까 이쪽 귀로 얘기해 주세요"라고 하며 왼쪽 귀를 가리켰다. 장난을 치는 줄 알았다. 내가 말귀를 못 알아들은 줄 알고 더 큰 소리로 이야기했다.

"오른쪽 귀가 안 들리니까 왼쪽 귀에 이야기해 달라고요." 호연이의 이야기를 듣고는 누워 있던 남편도 벌떡 일어났다. 남편은 당황한 표정을 지으며 호연이의 왼쪽 귀를 꽉 막은 채로 "호연아 밥 먹을까?"라고 이야기를 했다. 호연이는 전혀 알아듣지 못했다. 울음 섞인 목소리로 "갑자기 어떻게… 어쩌면 좋지"라는 말이 자꾸 나왔다. 그런 내 모습에 남편은 조용히 하라고 화를 냈다. 남편은 다시 오른쪽 귀를 막은 채 호연이에게 말을 했다.

"호연아 밥 먹을까?" 호연이는 씩씩하게 대답을 했다. "네~!" 갑자기 귀를 덮던 남편의 손바닥에 힘이 빠졌다. 아이는 아무렇지 않게 노래를 부르며 거실로 나갔다. 두 아이의 검은 눈동자의 원인이 미상으로 나온 지 3개월, 아버님이 투병한 지 5개월 만인 9월의 어느 날이었다. 남편은 아무 말이 없었다. 나도 아무 말이 없었다.

서둘러 어머님께 교대해 드리기 어려울 것 같다고 이야기를 하고 집 근처 이비인후과에 달려갔다. 소리가 나면 눌러서 검진하는 청각검사는 7살 아이가 제대로 하기에는 어려웠다. 의사 선생님은 아침에 있었던 나의 이야기를 듣고 똑같은 방법으로 한쪽 귀를 막으면서 문진을 했고, 큰 병원으로 가서 사진을 찍어 정확한 검사를 해 보기를 권하시면서 진단의뢰서를 써 주셨다.

겁이 났지만 더 물러설 수 없던 나는 호연이를 데리고 대학병원에 갔다. 소아난청으로 유명한 의사 선생님의 진료는 지금 예약을 해도 한 달 넘게 기다려야 했지만 다행히 아는 선생님의 남편 분도움으로 일주일도 안 되어 진료를 받게 됐다.

병원 대기실에 호연이보다 어린아이들이 많았다. 아직 엄마 품에 안긴 아이도 있었고 귀에 보청기를 끼고 아장아장 걷는 아이도 있었다. 초조하게 기다렸다. 5살 때보다 어느 정도 언어소통은 가능하지만, 아이가 어떤 생각을 가졌는지 어떤 돌발 행동을 할지 모르겠다는 걱정이 들었다.

의사 선생님이 기다리는 진료실로 들어갔다. 소아 난청 전문팀답게 모든 검사와 기구가 아이들에 맞춰져 있었다. 간단한 청각검사 후 머리 사진을 찍어보자고 하셨다. 궁금한 건 많지만 쉽게 질문을 꺼낼 수가 없었다. 그동안 아이의 귀 상태조차 알아 채지 못한 엄마는 자꾸 눈물이 났다.

아무 말 없이 눈물만 흘리니 의사 선생님이 날 쳐다보셨다.

"오늘 첫 진료인가요?"

"네, 선생님. 어릴 때부터 말을 잘 못하고 눈을 못 마주쳐 치료를 받고 있어요. 부르면 쳐다보고 해서… 귀 쪽에 이상이 있을 거라고는 생각을 못 했어요."

"네, 가끔 그런 아이들이 진료를 받기 위해 옵니다. 한 쪽 귀로도 들리니 아이들이 대답하고 쳐다보는데 나중에 안 들린다는 걸 알고 많이 놀라서 오시거든요."

호연이도 태어날 때 청각검사를 했었다. 선천적인 문제를 보는 검사인데 거기에서는 아무 이상이 없었다. "워낙 신생아 때 진행하고 아이들이 작은 진동에도 반응을 하기 때문에 놓칠 수도 있고, 이곳의 아이들 중에도 선천적인 검사에서 정상으로 나온 아이들이 많습니다." 대기실 밖의 아이들이 떠올랐다. 의사선생님과 간단한 문진검사를 하고 귀 사진을 예약한 뒤 진찰실을 나왔다.

더 많은 아이들이 대기실 앞에 진료를 기다리고 있었다. 하나같이 마음이 썩어 문드러진 표정의 부모들이 진료를 기다리고 있었다. 왜 이렇게 아픈 아이들이 많은 걸까. 나는 마음이 아팠다. 2차 검진을 기다리는 시간은 거의 지옥 같았다. 의사 선생님이 최대한 빠르게 잡아준 일정이 수업과 겹쳐 불가피하게 며칠 더 미뤄졌다. 검사를 시작했는데 아이가 힘들어해서 몇 십 분을 씨름하다 겨우 진행할 수 있었다. 맨 정신에 검사하는 게 어려워 아침 일찍 가서 유아용 수면제를 먹이고 재워서 사진을 찍을 수밖에 없었다. 사진을 찍은 날 오후에 결과가 나왔다.

"호연이는 다행히 왼쪽 귀는 정상입니다. 우리가 예상했듯이 오른쪽 귀는 소리를 전달하는 신경이 거의 없네요. 앞으로 커 가면서 왼쪽 귀가 상하지 않도록 주의해야 합니다. 오른쪽 귀는 5dB를 넘지 못하고 있어요. 그건 진동으로도 소리를 느끼지 못한다는 소리입니다."

"선생님, 보청기를 끼면 들을 수 있나요?"

의사 선생님은 보청기는 귀에 문제가 있어야 낄 수 있는 것인데 호연이는 귓바퀴 모양만 존재하고 소리를 전달하는 신경 자체가 거의 없다고 했다. 선천적인 문제라고 하셨다. 그동안 아이의 귀 상태를 몰랐던 내가 죽고 싶을 정도로 미웠다. 나는 엄마도 아니었다. 내가 사랑하는 내 아이에게 천벌을 내린 것 같아 넓은 병원에 주저앉고 말았다. 의사 선생님의 어떤 위로도 들리지 않았다.

냉정한 의사 선생님의 말씀이 이어졌다. "어머님. 밖에는 양쪽 귀로도 다 듣지 못하는 아이를 키우는 부모님들이 많습니다. 호연이는 한쪽이라도 들리니 다행이라고 생각하시고 꾸준히 관리해 주세요."

정신이 번쩍 들었다. "장애진단은 받는 건가요?" 질문을 하고도 이상했다. 의사 선생님은 지금의 법으로는 장애진단을 받을 수 없다고 했다. 이상했다. 눈은 한쪽 눈만 보이지 않아도 진단을 받는데 귀는 그렇지 않다고 했다.

더 병원에 있고 싶지 않았다. 황급히 인사를 하고 진찰실을 나왔다. 호연이는 정말 오래간만에 엄마와의 외출인 데다 넓은 공간이 신기했는지 여기저기 뛰어다니고 알 수 없는 소리를 질렀다. 늘 지내왔던 집이나 치료실, 유치원에서는 산만하지 않았는데 처음 와본 환경이라서 그런지 4살 때 보였던 행동을 하면서 뛰어다녔다. 나는 아이를 잡을 생각도 못하고 멍하니 대기실 의자에 앉아 호연이를 지켜봤다.

진료 때부터 남편에게 계속 전화가 왔지만, 진료 때문에 받지 못했다. 진료를 받고 나자 이제는 남편의 전화를 받고 싶지 않았다. 그 넓은 병원에 나와 호연이만 존재하는 것 같았다. 아이는 너무나 신이 나 있었다. 호연이가 이런 기분을 좀 더 느끼도록 가만히 내버려 두고 싶었다. 아무것도 모르고 천방지축 뛰는 아이를 보니 자꾸 눈물이 났다. 너무 가혹했다. 나에게 현실은 가혹했다.

배가 고프다며 호연이가 보챘다. 시계를 보니 벌써 3시가 넘어가고 있다. 호연이는 미각과 후각에 예민해 모든 입에 들어가는 음식은 먼저 냄새를 맡고, 혓바닥을 살짝 내밀어 맛을 본 다음 본인이 맘에 들면 음식을 먹고 아니면 철저히 거부한다. 그래서 배가 고파도 밖에서 음식을 먹는 일이 거의 없다. 집에서 나와 어머님이 해주신 음식만 먹기 때문에 서둘러 차에 올랐다.

돌아오는 차 안에서 자꾸 눈물이 났다. 배고프다고 해서 병원을 나서긴 했지만 난 운전을 할 수 없는 상황이었다. 30분 거리를 울면서 오느라 1시간 가까이 걸렸다. 집에 와서 허겁지겁 먹는 아이의 모습에 난 울 수도 없었다. 아픈 아버님께서 얼마 남지 않은 생에서 가장 아끼는 손자가 먹는 모습을 흐뭇하게 보고 계셨기 때문이다.

내가 직접 하자

나는 평범한 주부였다가 방과 후 강사가 되었다. 방과 후 강사가 되어 활동하다가 내 직업의 사명을 찾다 보니 센터장을 거쳐 본부장까지 이르게 되었다. 하지만 호연이를 위해 나는 바우처 제공기관을 운영하기로 마음을 먹었다.

정부 사업을 운영하는 곳은 등록제이긴 하지만 굉장히 서류가 까다롭다. 내가 아무리 서류를 잘 다룬다 하여도 정부 사업은 또 다르다. 처음에 바우처 제공기관을 운영하려고 마음을 먹었을 때 주변에서는 다들 말렸다. 주부로 지낸 내가 할 수 없는 일이라고 했다. 하지만 나는 오기가 났고, 돈을 버는 게 목적이라기보다는 호연이가 살아가는 세상에는 더 이상 이기적인 부모와 이기적인 아이들이 없었으면 하는 바람으로 일을 진행했다.

바우처 제공기관으로 등록하려면 어떻게, 어디서부터 시작해야 할지 몰라 나는 무작정 구청 담당자를 찾아갔다. 구청 담당자는 약속도 없이 찾아간 나에게 메모지에 전화번호와 인터넷 주소 하나를 적어 줬다.

"메모지에 적힌 곳에 전화하시거나 인터넷에 들어가 참고하세요." 짧은 대답이었다.

나는 간절한 마음으로 구청에 갔기 때문에 구구절절 내가 바우처 제공기관으로 등록하려는 이유를 설명했다. 처음에는 귀찮은 표정으로 듣던 담당자는 내 이야기를 다 듣고는 본인이 가지고 있던 책을 한 권 줬다.

"작년 바우처 제공기관 등록 관련 책입니다. 제가 가지고 있는 것은 드릴 수 없고 작년 것을 참고해서 만들어 보세요. 법이 많이 바뀌지 않아서 서류를 준비하실 때 도움이 되실 겁니다."

무조건 감사하다고 했다. 담당자의 철 지난 책을 들고 집으로 돌아왔다.

"엄마 뭐해요?" 새벽에 화장실을 가려고 일어난 큰아이가 나에게 말을 건넸다. 바우처 관련 서류를 외우다시피 밑줄을 치면서 공부를 했다. 용어도 생소하고 법률도 생소해서 무슨 말을 하는지 알지도 못하겠고, 내가 바우처를 시작할 때 부산지역사회서비스지원단에서는 매뉴얼을 제대로 갖추지 못하고 있었다. 제공기관의 법률, 등록기준을 해석하고 제공기관 등록서류를 만들어야 했다. 정부에서 운영하는 바우처는 사회적 약자를 대상으로 진행되는 프로그램이 대부분이기 때문에 이익을 내는 일반 사업자와 달리 면세로 운영됐다.

10월 말에 받아온 책을 가지고 여러 가지 서류를 만들다 보니 지금의 사무실은 도저히 제공기관으로 등록할 수 없음을 깨달았다. 새로운 사무실로 이사를 하기로 마음을 먹었다.

서류가 막바지에 이르렀을 때가 12월 초였다. 부동산을 알아보고 벼룩 신문을 뒤져도 내 마음에 드는 사무실은 쉽게 보이지 않았다. 벼룩 신문이나 부동산에 임대를 내놓지 않고 임대 현수막을 이용하는 것을 본 나는 차를 타고 온 동네를 돌아다녔지만 적당한 자리가 쉽게 눈에 띄지 않았다.

새로운 사무실로 이전을 하기 위해 발품을 판 지 2주 만에 적당한 사무실을 구하게 되었다. 자동차에 기름이 떨어졌다고 불이 들어와, 급하게 주유소에 들어갔다. 주유소 옆 사무실 2층에 임대 현수막이 붙어 있었다.

"어? 이렇게 가까운 곳에 사무실이 있었네." 기존에 있던 사무실에서 600m 정도 떨어져 있었다.

1층은 낚시용품을 파는 전문점이었다. "안녕하세요. 2층이 임대로 나왔던데 주인 분은 어떠신가요?" 월세가 많으면 전화를 해서 사무실을 보여달라고 하기가 조심스러웠다.

"왜 그걸 물어봐요? 내가 주인인데?"

실수한 것 같았다. 1층 낚시용품 사장님이 건물 주인이었다.

"죄송합니다. 월세가 비쌀 것 같아서, 전화를 해 보려다가 혹시 어떤가 해서 여쭤봤어요."

"월세가 비싸면 깎으면 되지. 허허허." 인상 좋은 주인 아저씨는 월세를 깎아주신다며 구경이라도 해 보라고 하셨다. "제가 지금 주유소에서 기름을 넣다가 와서요. 일단 차를 빼고 다시 오겠습니다." 그렇게 보게 된 두 번째 사무실은 너무나 마음에 들었다.

사무실 규모는 20평이었고, 강의실과 사무실을 분리해서 사용할 수 있는 데다 지하철 역에서도 가까운 곳이었다. 하지만 문제는 아직 계약 기간이 남은 기존의 사무실이었다.

아직 계약 기간이 6개월이나 남았기 때문에 기존의 사무실이 나가지 않으면 월 임대료를 고스란히 내가 내야 하는 상황이 되었다. 다행히 그쯤에 같이 일을 했던 선생님이 개인 사무실을 구하고 있었다. 넓지는 않았지만, 본인이 혼자 사용할 수 있는 공간이 맘에 드신다고 남은 계약 기간 동안 사용하겠다고 흔쾌히 허락하셨다.

기존의 사무실은 보증금 100만 원에 임대료 15만 원이었기 때문에 큰 부담은 없었지만 새로 들어갈 사무실은 보증금 1,000만 원에 월 40만 원을 내야 하는 사무실이었다.

일단 1,000만 원을 마련하기 위해 여기저기 돈을 모아봤지만 내가 융통할 수 있는 돈은 300만 원밖에 되지 않았다. 우리 집은 아버님 병원비로 목돈이 들어가고 있는 상황이었다. 하지만 나는 꼭 바우처 제공기관을 운영하고 싶었기 때문에 남편을 조르기 시작했다. 남편은 굳이 무리해 가면서까지 사무실을 옮겨야 하느냐고 타박을 했지만, 위치와 규모를 보고는 보험 규정대출 서비스를 받아서 도움을 줬고, 나는 두 번째 사무실로 옮길 수 있었다.

사회서비스는 국가·지방자치단체 및 민간부문의 도움이 필요한 모든 국민에게 복지, 보건의료, 교육, 고용, 주거, 문화, 환경 등의 분야에서 인간다운 생활을 보장하고 상담, 재활, 돌봄, 정보의 제공, 관련 시설의 이용, 역량 개발, 사회참여 지원 등을 통하여 국민의 삶의 질이 향상되도록 지원하는 제도를 말한다.

특수아동들은 꾸준한 치료를 해야 하는데 경제적으로 뒷받침이 되지 않으면 치료를 받을 수가 없다. 기관마다 차이가 있지만, 상담과 치료는 회당 3만 원에서 5만 원인데, 이를 넘는 경우도 있다. 아이들을 빠르게 치료하려면 상담 횟수가 늘어날수록 좋다. 일반 가정에서 비용을 걱정하지 않고 치료에 전념할 수 있도록 교육부나 보건복지부는 매년 많은 예산을 투입해 바우처 프로그램을 운영하고 있다.

여러 가지 사회서비스 프로그램 중 '자녀의 성공을 돕는 부모코칭'을 등록하기로 마음을 먹었다. 이 프로그램은 '21세기 정보화 시대의 자녀 양육에 대한 맞춤형 코칭을 통해 현명한 부모 역할 정립 및 비전 있는 자기 주도적 리더로 성장할 수 있는 발판 마련'이라는 사업목적을 가지고 있다.

서류를 준비하는 기간 동안 구청의 담당자와 끊임없이 전화통화를 했다. 사회서비스는 시 예산과 보건복지부의 예산이 나뉘어 나오기 때문에 구청의 지도 감독을 받는다. 바우처 제공기관 등록을 위해서는 제공기관의 설계도가 들어가야 하는데 고민에 빠져 들었다. 다른 것은 어떻게든 준비가 되는데 사무실 설계도는 도저히 준비할 수가 없었다. 더군다나 이사하기로 한 곳을 설계사와 같이 방문을 해야 하는 번거로움 때문에 애를 먹고 있었다.

여기저기 수소문 끝에 에라 모르겠다, 하는 심정으로 내가 가입한 밴드, 카페, 단체 SNS에 설계도를 그릴 수 있는 분이 있는지 물어봤다. 설계도 때문에 몇 주를 고민했는데 의외로 가까운 곳에서 설계사를 소개 받을 수 있었다. 안선희 선생님의 지인이었다. 설계도가 완성되고 드디어 서류가 완성이 되던 날 구청 담당자를 찾아 갔다. 다른 분들은 여기저기 도움을 받아 준비할 수 있었겠지만 나는 물어볼 곳도 없어 내가 직접 발로 뛰고 책자를 뒤지면서 서류를 만들다 보니 생각보다 오래 걸려 서류가 완성된 것이다.

좋은 것을 배우고 실천할 수 있는 사회서비스 센터를 만들고 싶었다. 그래서 이름도 '좋은배움 사회서비스센터'로 지었다. 10월 시작한 서류가 12월 중순에 겨우 마무리됐다. 서류를 챙겨보던 담당자는 "처음이라고 하셨는데 서류가 굉장히 꼼꼼히 작성되어 있네요. 따로 손보실 부분이 없으니 두고 가시면 될 것 같아요"라고 말했다.

"처리 기간이 얼마나 걸릴까요? 1월부터 바로 사업을 하고 싶은데 가능할까요?" 하지만 본인이 타부서로 발령을 받아서 내년에는 담당자가 바뀐다며 가지고 간 서류를 빨리 처리할 수 없다고 했다. 아무 수입도 없이 한 달 월세를 내야 하는 게 마음에 걸려 조급했다. 늦게 서류를 만들어간 내 탓이지 하는 마음에 아쉬움을 남긴 채 돌아왔다.

1월 중순이 되어 내가 낸 서류가 통과되었다고 연락이 왔다. '좋은배움 사회서비스'가 등록이 된 것이다. 제일 먼저 기쁜 소식을 아버님께 전했다. 아버님은 항암치료 후유증으로 패혈증이 와서 중환자실에 계시다가 요양병원에서 치료 중이셨다. 내가 정부 사업을 한다고 했을 때 아버님은 굉장히 좋아하셨다. 당신이 가진 게 없어 자식들을 고생하게 만든 것에 대한 미안함 때문인지 아버님은 잘해 보라며 파이팅을 외쳐 주셨다.

주변에서 많은 사람이 바우처 기관을 운영한다고 했을 때 의외라고 했다. 주산 암산을 지도하다가 뜬금없이 제공기관을 운영한다고 하니 그랬을 법도 하다.

그동안 나는 마음이 건강하지 못한 아이들과 부모들을 많이 봐왔다. 아이들이 초등학교 1학년 때부터 학원과 과외로 지쳐 가는 모습을 너무 많이 봐 왔고, 아이들의 성적에 따라 엄마들의 자랑이 늘어나는 것을 봐 왔다. 한창 과외를 다닐 때는 빽빽한 아이들의 일정을 보면서 불쌍하다는 생각을 많이 했었다.

내 수업에서라도 아이가 조금 쉬었으면 하는 바람에 진도를 늦게 진행하면 부모님들은 득달같이 화를 내셨다. 숙제를 내주면 아이들은 나에게 와서 하소연했다. "선생님이 숙제를 내주시면 엄마는 더 하라고 해요. 어제도 12시가 다 되어서 잤어요." 2학년 아이의 말이었다. 나는 괜히 미안한 마음이 들어 숙제를 내는 것도 조심스러웠다.

학교에서 내가 지도하는 아이들은 나에게 집에 있었던 일들을 이야기하곤 했다. 100점을 못 맞아서 엄마에게 혼났다는 이야기, 학원 숙제를 다 안 해서 몰래 빠졌다가 혼났다는 이야기, 그룹과외로 진행하는 수업에서 힘들어했더니 엄마가 짜증을 냈다는 이야기. 아이들은 하나같이 행복했다는 이야기보다는 힘들다는 이야기를 많이 했다.

30~40대 요즘 엄마들은 아이들이 어떻게 해야 행복한지를 잘 모르는 것 같았다. 나도 이 일을 하지 않았다면 몰랐을 것이다. 학부모 코칭 바우처를 진행하면서 많은 엄마에게 아이들의 마음을 전달한다.

학부모 코칭수업 OT 때 제일 처음 하는 이야기가 있다. "요즘 아이들은 스트레스를 어떻게 풀까요?" 어른들은 스트레스를 받으면 대부분이 술을 마시거나 노래를 부르거나 본인이 좋아하는 일들을 찾아서 하지만 아이들은 스트레스를 어떻게 풀지 생각해 본 적이 없는 부모님들이 많으시다.

나 역시 마찬가지였다. 이안이는 아픈 동생 때문에 내 사랑을 거의 받지 못하고 자랐다. 초등학교에 입학한 뒤 이안이는 도벽이 생겼고, 친구들과 소통을 거의 하지 못했다. 심리치료를 받아야 했다.

아이의 첫 수업을 마친 후 상담 선생님께 들은 이야기는 나를 돌아보게 하는 계기가 되었다.

"선생님, 제가 스트레스를 받으면 엄마 아빠 베개를 막 밟아요. 그러면 조금 화가 풀려요." 아이들이 스트레스를 받는다는 건 생각조차 못했던 나에게는 너무나 충격적인 이야기였다.

이렇게 아이들은 부모님과 소통을 제대로 하지 못해 힘들어하고 있다. 그래서 나는 부모교육 전문가들과 함께 부모코칭을 진행하기로 마음을 먹었다.

PART 3

경력단절 여성
재취업 프로젝트

내가 만난 아이들

　주산 암산을 지도하면서 많은 아이를 만난다. 부모님들이 주산 암산이라는 과목이 연산에 도움이 된다고 생각을 하시기 때문에 특히 저학년 학생들이 수업을 많이 들어온다.

　초등학생 시절은 아이들이 평생 살아갈 동안 기본이 되는 예의범절, 규칙 등을 배우는 기간이라고 생각한다. 그래서 나는 아이들의 공부나 학습보다 수업시간에 지켜야 하는 규칙, 어른들을 공경하는 태도, 친구들과 소통하는 방법들을 중요시하는 편이다.

　우리 교실에서는 지켜야 할 규칙들이 몇 가지 있다. 그중 첫 번째는 인사이다. 아이들의 장난스러운 인사는 서로를 공경할 수 없게 하는 나쁜 행동이라고 생각한다. 요즘 아이들은 인사를 말로 대충하는 경향이 있다. 주산부에 들어오면 아이들에게 제대로 된 인사를 꼭 시킨다. 나 역시 아이들에게 허리를 굽혀 인사를 한다. 한 달에 8번 보는 선생님이지만 아이들이 나를 통해 조금이라도 변했으면 하는 마음에 지켜야 할 규칙을 여러 개 나열한다. 그 규칙에선 학습에 관련된 내용은 하나도 없다.

나는 약간 엄하고 무서운 선생님이다. 아이들이 처음 수업에 들어오면 규칙이 몸에 밸 때까지는 어려워한다. 하지만 규칙은 누구나 조금의 노력으로도 지킬 수 있기 때문에 아이들은 금방 우리 반의 규칙에 따라 잘 적응해 간다.

일주일에 두 군데의 학교에서 수업하다 보면 학교별로 약간의 특성이 있는 것을 느낀다. D학교는 부모님들이 빈부차이가 조금 심한 편이다. 맞벌이 부부가 많은 탓에 학교 주변에는 밤늦게까지 하는 공부방과 학원이 즐비하다.

바쁜 부모님 탓에 어릴 때부터 혼자 밥을 챙겨 먹는 아이들도 매우 많았다. 그 중 다문화가정의 진이라는 아이는 초등학교 1학년 때부터 내가 지도한 아이였다. 그 아이는 새벽에 부모님이 출근하시면 혼자 일어나 밥을 챙겨 먹고 학교에 왔다. 진이는 의젓했다. 늦은 출생신고로 또래 아이들보다 한 학년을 늦게 입학한 진이는 또래보다 키가 커서 언제나 눈에 띄었다.

"선생님 이건 비밀인데요. 우리 엄마가 러시아 사람이에요." 진이의 이야기를 듣고 사실 조금 놀랐다. 다른 아이들보다 조금 흰 피부와 염색을 한 듯한 갈색 머리를 가졌지만 평범한 한국 남자아이 같아 보였기 때문이다. 진이를 유심히 쳐다보니 눈동자가 검었다. 초록색 눈동자의 엄마를 닮지 않고 아빠를 닮아 진이는 다문화 아이라는 표시가 거의 나지 않았다.

진이의 어머니는 새벽부터 공장에 나가 일을 하셨고 아버님은 타지에서 일해서 일주일에 한 번씩만 집에 오신다고 했다.

"아빠가 사 오신 거예요. 멋있죠?"

일주일에 한 번씩 오시는 아버지는 진이가 좋아할 만한 장난감을 사 오시곤 했다. 하지만 학교에 가져오기에는 너무 큰 칼이나 자동차는 아이들의 시기 대상이 되기도 했고, 수업에 방해가 된다며 선생님께 꾸중을 듣기도 한다고 했다. 진이는 굉장히 개구쟁이였는데, 주산은 굉장히 좋아했고 잘했다.

"진이야 주산부에서 만큼만 교실에서 하면 좋겠네."

지나가던 진이의 담임 선생님은 진지한 진이의 모습을 보고 이렇게 이야기하셨다. 개구쟁이 진이는 내 앞에서는 언제나 귀여운 아이였다. 그러던 진이가 며칠째 수업에 오지 않았다. 부모님께 전화해도 받지 않아 걱정되어 찾아간 교실에서 나는 뜻밖의 이야기를 듣게 되었다. 진이가 갑자기 러시아로 이민을 갔다는 것이다. 자세한 이유는 알 수 없지만, 소문으로는 부모님의 이혼 때문인 듯했다.

다문화 가정의 아이들이 학교에 적응하는 데 어려움이 많은 건 사실이지만 대부분은 그렇지 않다는 걸 다문화 가정의 아이들을 지도해 보면 알 수 있다.

최근에 다문화 가정의 청소년 적응 수준은 일반 가정의 청소년과 비슷하고 '다문화'라는 배경보다는 부모의 사회경제적 수준에 따라 적응 정도에 차이가 난다고 한다. 얼마 전 뉴스를 통해 다문화 가정의 소득수준이 높고 외국인 어머니의 교육수준이 높을수록, 청소년 자녀의 이중 문화수용 및 다양한 이중문화 경험 정도가 높고, 자존감이나 성취동기, 학교생활 적응 정도가 높다는 것을 알게 되었다.

K초등학교는 부모님들이 전반적으로 교육에 관심이 많은 학교였다. 학교 주변에 골목 시장이 있어 부모님 중에 장사를 하시는 분들이 많았다. 그 중 정민이라는 아이는 학교에 입학한 지 얼마 되

지 않았는데도 학교에 소문이 자자했다.

또래 친구들을 때리는 것은 기본이고 정규수업에 참여가 어려울 정도로 아이는 산만했다.

그런 정민이가 주산암산부에 들어와서 수업을 듣게 되었는데, 나는 직감적으로 치료가 필요한 아이임을 느꼈다. 정민이는 친구들에게 시비를 걸기도 하고 때리기도 했다. 여러 번 타이르고 혼을 내도 말을 듣지 않았다.

"선생님 정민이가 지민이를 때렸어요." 잠시 지도가 필요한 아이에게 설명하던 차였다. 다행이 크게 다치지는 않았지만, 팔뚝이 빨갰다. 억울하게 맞은 지민이는 쉽게 울음을 그치지 않았다.

"정민아, 앞으로 나와. 왜 친구를 때리니?" 고집스럽게 다문 입은 도통 열지 않았다. "자꾸 이러면 담임 선생님 찾아간다." 이렇게 이야기를 해도 꿈쩍도 안 했다.

1학년이기 때문에 크게 혼을 내는 것이 그래서 타일렀는데 이제는 내 말을 전혀 들으려고 하지 않았다. 정민이 담임 선생님을 찾아뵙고 다른 친구들을 자꾸 때려서 수업의 어려움을 이야기했지만, 담임 선생님도 어쩔 수 없으니 유심히 지켜보는 수밖에 없다고 하셨다. 정민이 어머님은 시장 근처 식당에서 일하셨다.

매일 친구들과 크고 작은 다툼으로 인해 나에게 매번 혼이 나면서도 정민이는 수업을 단 한 번도 빠지지 않고 참여했다. 2학년이 되어도 좀처럼 좋아지지 않던 정민이는 어김없이 20분이 늦은 채로 수업에 들어왔다.

"정민아, 왜 이렇게 늦은 거니?"

"저희 반 이제 마쳤는데요?" 껄렁대며 이야기하는 모습을 쳐다보니 짜증이 났다. 정민이와 같은 반 친구는 벌써 와서 수업을 하고 있었다. 거짓말을 아무렇지도 않게 하는 정민이를 보며 어떻게 해야 할지 감당이 되질 않았다. 얼굴을 살펴보니 어디서 맞았는지 한쪽 볼이 빨갛게 부어 있었고, 눈물 자국도 있었다.

"누가 때렸어? 얼굴이 왜 그래?" 정민이가 걱정되기보다는 누구랑 싸움이 났는지 상대편 아이는 다치지 않았는지가 더 걱정되었다.

"선생님, 제가 이렇게 해도 엄마는 저한테는 관심도 없어요." 깜짝 놀랐다. 정민이에게 내 마음을 들킨 것 같아 부끄럽고 할 말도 없었다. 그런 말을 하는 아이의 표정은 슬퍼 보였다.

갑자기 정민이가 사랑을 받고 싶었던 건 아닐까 생각을 했다. 얼마 전 한 학부형을 통해 정민이가 그럴 수밖에 없음을 알게 됐다. 정민이 아버님은 어머님을 굉장히 많이 때린다고 했다. 그런 모습을 늘 지켜보던 정민이는 폭력적으로 자랐고, 어머님은 무기력증에 빠져 아이를 돌보지 않으신다고 했다. 정민이는 집이 안전하지 않다고 생각을 해서인지 자꾸 밖으로 돌아다녔다. 초등학교 2학년인 아이는 어떤 치료도 상담도 받지 못한 채 학교의 문제아로 찍혀 있었다. 3학년이 되면서 정민이가 주산부를 그만두었다. 정민이가 주산부를 그만둔다고 했을 때 걱정스러운 마음이 더 들었다.

한 학교에서 오랜 기간 수업을 했기 때문에 1학년이었던 학생들이 졸업을 하는 것까지 지켜볼 수 있었다. 시간이 흘러 정민이의 졸업식도 우연히 보게 되었다. 2학년 때 보았던 앳된 얼굴을 사라지고 의젓해진 모습을 보니 괜히 한쪽에서 짠한 마음이 들었다.

어느 날 초등학교 6학년 학부형에게서 조심스럽게 전화가 왔다. "선생님 지금 주산을 시작하면 늦은 걸까요?" 나는 고민에 빠졌다.

방과 후 수업은 일주일에 두 번 밖에 진행이 되지 못하기 때문에 매일 진행하는 학원만큼 실력을 높일 수 없는 것을 인정해야 했다. 더군다나 6학년이 주산을 배우겠다는 것은 연산 실력이 좋지 못하기 때문인 걸 알기 때문에 솔직히 말을 할 수밖에 없었다.

"네, 어머님. 늦은 감은 있어요. 아이와 수업을 한 달 정도 진행한 후 수업을 할지 말지를 말씀드리겠습니다." 이렇게 만난 아이가 운동을 열심히 한 은경이다. 연산력이 부족해 어머님이 갖은 방법을 동원해 봤지만, 실패를 하고 마지막으로 찾은 것이 내 수업이었다. 다른 과목에 비해 수학은 정말 어렵다고 투덜대는 은경이는 말이 많이 없는 아이였다. 5학년 때부터 수업을 들었던 소정이와 같은 반 아이인데도 서로 이야기를 잘 하지 않았다. 은경이는 소정이가 주산을 하는 것을 보고는 소정이보다 잘하고 싶다고 이야기를 하고 주산을 열심히 했다.

경기대회를 준비하는 동안 아이들은 나를 귀찮게 했다. 2학년부터 6학년까지 15명의 아이는 매주 토요일 오전 시간을 비워두고 나에게 지도를 부탁했다. 대회를 앞둔 2개월 동안 우리는 매주 토요일 아무도 없는 학교에서 대회를 위해 열심히 준비했다. 매주 아이들을 위해 간식을 준비하는 나는 떡볶이부터 라면까지 다양한 간식을 준비해 갔는데, 어떤 날은 아이들이 도시락을 싸 오기도 하고 부모님들이 돌아가면서 간식을 넣어주시기도 했다.

대회를 준비하는 동안 아이들은 실력뿐만 아니라 서로의 성장을 향해 나가고 있었다. 나는 열심히 준비한 아이들에게 수상을 하게 되면 원하는 것을 들어주기로 했다. 저학년 친구들은 소소한 작은 선물들을 요구했지만, 고학년인 소정이와 은경이는 달랐다.

"선생님, 우리가 대회에 나가서 상을 받으면 토요일 종일 시티투어 버스를 타고 부산 관광을 시켜 주세요. 지붕 없는 버스 타고요." 나는 어차피 수상을 할 수 없다고 가볍게 생각해서 쉽게 약속을 했다. 2013년 10월 전국 주산 암산 경기대회에서 은경이는 2등을 했다. 모두 다 놀랐다. 몇 개월 사이 연산의 실력뿐만 아니라 소극적이던 은경이는 적극적인 아이로 변했다.

소정이와도 단짝이 된 은경이는 무엇이든 열심히 하는 아이였다. 밝은 에너지를 내뿜었다. 아이들과 약속을 지키기 위해 나는 시티투어 버스를 타고 부산 시내를 구경시켜 주었다.

토요일 오전 6학년 두 여자아이와 시티투어 버스를 탔다. 물론 부모님께 허락을 받은 후 우리는 종일 버스를 타고 부산의 여기저기를 돌아다녔다. 피곤한 하루였지만 몇 년이 지난 지금도 그때가 생각이 나서 나도 모르게 피식 웃음이 나온다.

그렇게 만났던 아이들이 지금은 고등학교 2학년이 되어 매년 스승의 날과 여름, 겨울방학 때 꾸준히 나를 찾아 학교에 온다. 얼마 전 근무하던 학교에서 강사를 새로 뽑는다고 채용공고를 띄웠을 때도 아이들은 어떻게 알았는지 나를 찾아와 '강사추천서'를 써 주었다. 아무짝에도 쓸모없는 강사추천서였지만 아이들은 내가 어떤 선생님인지 어떤 마음으로 아이들을 지도하는지를 꼼꼼히 적어서 내게 주었다.

물론 면접을 볼 때 아이들이 적어준 서류를 제출하지는 않았지만 나는 두 장을 곱게 접어 주머니에 넣고 만지작거리면서 면접을 보았다.

엄마의 마음으로

나는 방과 후 강사들에게 끝없이 하는 이야기가 있다. 강사로서도, 가정에서도 필요하므로 응급처치 및 심폐소생술 과정을 들으라는 것이다. 일반인과 학생을 대상으로 응급환자가 생겼을 때 당황하지 않고 응급상황에서 벗어날 방법을 알려주는 과정이며, 적십자에서 운영을 하고 있다.

방과 후 수업을 한 지 2년 차가 되는 해였다. 밸런타인데이를 맞이해 내 책상에는 학생들에게 받은 사탕과 초콜릿이 잔뜩 쌓여 있었다. "선생님 초콜릿 드세요." 수줍은 듯 내미는 학생들의 선물을 고맙게 받아들고 하교할 때 학생들에게 나눠주려고 책상에 쌓아두었다.

수업을 시작하고 3학년 아이를 지도하고 있는데 갑자기 6학년 재윤이가 목을 부여잡고 앞자리로 고꾸라지면서 기어왔다. "선생님 오빠가 이상해요." 같은 수업은 듣고 있는 재윤이 여동생의 목소리를 듣고 재윤이를 쳐다보니 얼굴이 빨개지면서 숨을 쉬지 못하고 있었다. 너무 놀라 일으켜 세우니 숨을 쉬지 못하고 눈동자가 풀리기 시작했다.

"재윤아, 왜 그러니. 갑자기 왜 그래?" 깜짝 놀라 아이를 흔드는데도 눈동자는 이미 돌아가고 있었다. 급하게 아이를 살펴봤다. 목을 부여잡고 기절하듯이 내 옆으로 쓰러졌다. 재윤이의 책상 위를 보니 조금 전 내가 받은 사탕 껍질이 놓여 있었다. 순간 사탕이 목에 걸린 걸 알아차린 나는 등을 두드리기 시작했다.

6학년 학생치고는 키가 컸던 재윤이보다 내 키는 더 작았다. TV에서 본 하임리히법을 해 보려고 했지만, 나랑 상관없는 일이라고 생각하고 자세히 보지 않아서 어떻게 자세를 취해야 할지 막막했다. 무조건 고개를 수그리게 하고 등을 있는 힘껏 치기 시작했다. 한참을 치면서 아이들에게 소리쳤다. "보건실에 전화해 봐라." 아차 싶었다. 우리 교실은 창고를 개조해서 만든 교실이어서 전화기가 없었다.

갑자기 너무 놀라운 상황이 되자 교실에 있는 아이들은 여기저기서 울음소리가 나온다. "조용히 하고 얼른 어른들 찾아봐라." 재윤이 등을 치던 손을 멈추지 못하고 계속 소리를 질렀다.

"선생님." 축 처져 있던 재윤이가 고개를 들었다. "목이 너무 아프고 숨을 제대로 쉴 수가 없어요." 조금 전까지 눈동자가 돌아갔던 재윤이가 말을 했다. 급한 고비는 넘긴 듯했다. 아이를 데리고 보건실로 뛰어갔다. 내가 수업을 하는 곳은 4층 꼭대기 층의 맨 끝자락에, 보건실은 1층 입구에 위치하고 있었다. 계단을 뛰어 내려가면서 아무 일이 없기를 바랐다. 보건실로 가던 재윤이는 가끔 숨을 헐떡이고 숨을 쉴 수 없다고 하면서 괴로워했다.

"선생님 우리 반 학생인데 사탕이 목에 걸렸나 봐요!"

보건실 문을 열자마자 이야기를 하니 보건 선생님이 급하게 하임리히법을 시작하셨다.

"이상하다. 사탕이 튀어나와야 하는데… 아 해 봐." 재윤이의 목을 살펴본 선생님은 "스카치 사탕이 가로로 세워져 있네요. 조금만 움직여도 기도를 막을 수 있는데, 자꾸 울면 사탕이 돌아가니 울지 말고 크게 움직이지도 말아야 해요." 이야기를 하시는 보건 선생님을 봤는데 만삭의 임신부였고, 키 역시 나와 비슷했다.

"선생님, 여기서 잠시만 기다리세요. 차 가지고 올게요. 사탕이 너무 깊이 내려가서 여기서는 빠지지 않을 것 같아요. 근처 이비인후과로 가야 할 것 같아요." 차를 가지러 가신 보건 선생님을 기다리는데 재윤이는 숨을 헐떡이면서 울고 있었다.

"울지 마. 재윤아. 아까 선생님이 뭐라고 하시든. 울지도 말고, 크게 움직이지도 말라고 하셨잖아. 병원에 가면 금방 좋아질 거야."

작은 차가 우리 곁으로 왔다. 재윤이를 차에 태우고 차가 교문을 빠져나갈 때까지 쳐다봤다. 갑자기 다리에서 힘이 풀리면서 눈물이 나왔다. 한참을 울다가 정신을 차리고 보니 2월 한겨울에 스타킹만 신은 맨발로 운동장에 서 있었다. 발도 시리지도 않고 춥지도 않았다.

겨우 정신을 차리고 교실에 갔다. 아이들은 평상시와 다르게 열심히 문제를 풀고 있었고 재윤이 동생 희윤이는 엎드려서 울고 있었다.

"희윤아, 오빠 병원에 갔어. 숨도 쉬고 있었고 보건 선생님이랑 같이 갔으니 괜찮을 거야." 내 이야기를 듣던 희윤이는 고개를 들고 나에게 안겨 울기 시작했다.

"오빠가 내가 하지 말랬는데 선생님 책상에서 사탕을 몇 개 가져 왔거든요." 희윤이를 통해 자초지종을 들었다. 책상 위에 쌓아둔 사탕이 먹고 싶어 내가 채점을 하러 돌아다니는 동안 몇 개를 가져와 먹다가 목에 걸린 것이다. 너무 놀란 아이들을 진정시키니 벌써 수업이 마칠 때가 되었다.

재윤이와 함께 병원에 간 보건 선생님의 연락을 기다리다가 희윤이를 집에 돌려보내기 전에 부모님께 먼저 전화를 드려야겠다는 생각이 들어 어머님께 전화를 드렸다.

"어머님 주산 암산 강사입니다. 조금 전에 재윤이가 사탕을 먹다가 목에 걸렸는데 응급처치는 했고요. 병원으로 사탕을 빼러 갔어요."

"아이고 선생님 벌써 연락을 받았어요. 보건 선생님이 병원에 도착하시자마자 전화가 왔더라고요. 선생님 연락처를 모르시는 것 같아 제가 알려드렸는데 연락을 못 받으셨나 봐요. 방금 재윤이 제가 데리고 왔습니다. 너무 놀라신 것 같다고 걱정하시더라고요. 잘 처리하고 왔으니 걱정 마시고 수업하세요."

학생들을 돌려보내고 교실을 정리한 후에 집에 갈 힘이 없어 교실에 앉아 있는데 똑똑 노크 소리가 들렸다. "선생님. 조금 괜찮아지셨어요?" 노크를 하고 들어오신 분은 보건 선생님이었다.

"네, 오늘 정말 감사드려요. 너무 경황이 없어 인사도 제대로 못 했네요. 밸런타인데이라고 애들이 사탕을 가져오는 바람에 이런 일이 생겨버렸어요."

"괜찮아요. 정말 그만하기에 다행이지 더 큰 일이 생겼으면 어쩔 뻔했어요. 근데 정말 아까 너무 놀라신 것 같아서 걱정되어서 와

본 거예요. 제가 오늘부터 출산휴가를 받아요. 그래서 짐을 챙기다 보니 조금 늦어져서 막 가려고 했는데 선생님이 오신 거예요. 정말 다행이죠."

"아, 그러시구나. 그런데 선생님 재윤이가 키가 정말 큰데 선생님 배도 부르셨으면서 아까 어떻게 하신 거예요?" 선생님은 나에게 적십자에서 진행하는 응급처치와 심폐소생술 과정을 소개해 주었다. 그런 일이 있는 후부터 나는 절대 수업시간에 사탕을 꺼내 놓지도 않고 먹지도 못하게 했다. 2년에 한 번씩 적십자에서 진행하는 응급처치 및 심폐소생술 과정도 듣고 있다.

그래서 방과 후 선생님을 준비하시는 분들뿐만 아니라 내 주변의 엄마들에게도 이 과정을 많이 소개한다. 응급상황 대부분은 가족들과 함께 있을 때 생기는 경우가 많다고 교육을 받을 때 강사가 이야기했다. 혹시 모를 사고에 대비해 심폐소생술을 배워두면 나뿐만 아니라 가족들을 지킬 수 있다는 것이다.

재취업 프로젝트를 진행할 때마다 의무적으로 심폐소생술을 배우게 하고 있다. 저렴한 교육비로 수료할 수 있고 무엇보다도 아이들을 가르치는 선생님이라면 응급한 상황에 대비할 줄 알아야 하기 때문이다.

사탕 사고가 난 이후 나는 주변에 선생님들 15명이 한꺼번에 심폐소생술을 배운 적이 있다. 같은 일을 하는 사람들끼리 모여 단체로 신청도 가능하다고 해서 적십자에 별도로 신청한 것이다. 수업을 듣는 분들이 모두 방과 후 수업을 하시는 분들이라서 과정을 진행하는 강사는 아이들의 응급처치와 관련되어 좀 더 깊이 있게 수업을 진행해 주었다.

"선생님 만약에 응급처치를 하다가 잘 몰라서 환자를 더 크게 다치게 하면 어떻게 해요."

"좋은 일 하려다가 괜히 이상한 소리를 들을 수도 있고요."

강사 분은 우리의 질문에 답을 해주셨다.

"선한 사마리아인 법이라는 것이 있어요. 이 법은 미국이나, 프랑스, 독일, 일본에서 시행 중인데요. 우리나라에서는 2008년 6월 13일 '응급의료에 관한 법률(구호자보호법)'의 일부 개정을 통해 응급환자에게 응급처치하다 본의 아닌 과실로 인해 환자를 사망에 이르게 했거나 손해를 입힌 경우 민·형사상의 책임을 감경 또는 면제한다는 내용이 반영되었어요. 그러면서 선한 사마리아인 법이 간접적으로 도입되었답니다."

그동안 국내에서는 사고를 당해 목숨이 위태로운 사람을 구해주려다 결과가 잘못되면 구호자가 소송에 휘말리거나 죄를 덮어쓰는 경우가 많았기 때문에 위험에 처한 사람을 봐도 도움 주기를 주저하거나 외면하는 경우가 많았다고 한다.

적십자에서는 상시로 교육을 진행한다. 교육내용은 응급상황 행동요령, 상처 드레싱 및 붕대 사용법, 골절 처치, 중독, 고온과 저온에 의한 손상, 갑작스러운 질병, 건강한 생활습관 및 이송, 심폐소생술과 자동제세동기 사용법 등이 있다.

1박 2일 동안 꼬박 수업을 듣고 집에 돌아오는데 마음이 뿌듯했다.

상처 없는 사람은 없다

내가 근무하는 학교에는 많은 인턴 강사들이 왔다. 그중에 한 명인 김선미 선생님은 늦봄쯤에 우리 학교에 오셨다. 예쁘게 생긴 선생님이 오셨다고 아이들은 굉장히 기뻐했다.

모르는 전화번호가 내 전화기에 뜬다. 스팸 전화가 하도 많이 와서 받을까 말까 고민을 하다가 전화를 받으니 "저 선생님 안녕하세요. 박지영 선생님을 통해 연락처를 받은 김선미라고 합니다." 뜬금없는 전화에 아는 선생님의 이름이 들렸다.

"아, 네… 무슨 일로 전화를 하셨나요?" 그때는 강사단체의 임원으로 활동을 하고 있던 때라서 웬만한 강사들의 연락처는 저장이 되어 있었다. 생소한 전화번호는 나를 경계하게 만들었다.

"지금 B대학교 평생교육원에서 주산 암산 지도법을 배우고 있는 교육생인데요. 인턴을 시작하고 싶어서요." 교육생의 전화였다. 일반적인 인턴 강사를 부탁하려는 전화로 생각한 나는 귀찮다는 듯이 전화를 받았다.

"매 주 수업시간에 오셔야 하고요. 한 번이라도 빠지시려면 안 오시는 게 좋을 것 같습니다." 딱딱한 내 목소리에 밝은 목소리로 전화한 김선미 선생님은 주눅이 든 목소리로 약속 시각을 통보받고는 전화를 끊었다.

나는 매일 공개수업을 준비하는 마음으로 학교에 갔다. 원하든 원치 않든 내 수업에는 여러 선생님이 들어와 나와 내 수업을 듣는 아이들을 평가했고, 내 수업은 강사들의 이야깃거리가 되곤 했다. 처음에는 사명감에 수업을 보러 오도록 허락했지만, 나중에는 점점 짜증이 나기 시작했다.

호연이가 진단을 받고 한참 치료에 전념하고 있을 때였다. 너무 많은 인턴 강사들이 오가는 것 때문에 성범죄 우려가 있다며 학교에서는 외부인 출입을 자제시키고 있었다. 하지만 강사단체의 임원으로 활동 중인 나는 오겠다는 강사들을 막을 방법이 없었다. 게다가 수없이 오가는 인턴 강사들은 무엇인가를 얻어 내고 나면 안부조차 묻지 않았다. 그 모습에 실망하고 있던 차였다.

김선미 선생님은 가정학을 전공하고 결혼 전 수학 강사로 일을 했다고 했다. 김선미 선생님은 수업을 시작하기 1시간 전에 학교에 오셨다. 방과 후 교실이 5층이고 저학년 학생들이 수업을 빨리 마치고 올라오면 사고의 위험이 있기 때문에 나는 늘 학교에 1시간 정도 일찍 도착해 아이들을 맞이했다.

"안녕하세요, 선생님. 지금 일반과정 중인 김선미입니다." 환하게 웃는 모습이 참 예뻤다. 막상 얼굴을 보니 귀찮았던 마음이 조금 사그라들었다.

"네, 선생님 반갑습니다. 지금 주산 암산 지도법을 배운지 얼마나 되었나요?" 의례적인 질문에 당황하는 기색이 역력했다. 지난 주부터 수업을 듣기 시작했다는 대답을 듣고 나 역시 당황했다. 아직 아무것도 모르는 상태에서 학교에 인턴으로 올 수 있었던 용기에 피식 웃음이 나왔다.

"주산 암산은 잘 몰라요. 도움이 될지 피해를 드릴지 모르겠지만 열심히 배울게요." 겸손한 말투가 맘에 들었다. 처음에는 채점을 부탁했다. 속도가 빨랐다. 아이들의 이름도 빠르게 외웠다. 과목은 다르지만 역시 아이들을 지도해본 경험이 있는지라 적응을 빨리 하는 듯했다.

김선미 선생님은 주산을 배우면서 우리 학교에 와서 아이들을 가르치는 모습을 지켜보며 끊임없이 메모하고 배우기 시작했다.

"선생님 아이들이 푸는 문제집을 저도 풀어보면 안 될까요?" 인턴 하러 와서 대충 채점을 하거나 책상에 앉아서 나를 감독하듯 지켜보시는 사람들도 있다. 의외의 질문에 나는 기쁜 마음으로 허락을 했다. "이 책들은 주산을 그만둔 친구들이 놔두고 간 책들이에요. 이 중에서 선생님이 풀어보고 싶은 걸 골라서 풀어보시면 돼요." 몇 년 동안 모아두었던 문제집을 한가득 꺼내놓고 선생님께 선택하라고 했다.

한참을 고르던 선생님은 몇 권을 골라서 "열심히 해보겠습니다"라고 말을 하셨다. '매주 수업에서 내주는 과제의 양도 상당히 많을 텐데 저걸 언제 다 풀까?' 하는 생각이 들었다.

"선생님 다 풀었습니다. 또 해도 되나요?" 지난주 내게 가져갔던 문제집을 모두 풀어오셨다. "이 많은 걸 다하셨다고요?" 깜짝 놀라 문제를 펴보니 깨끗한 글씨체에 채점이 다 되어 있었다.

부담 없이 문제지를 가져가시도록 교실 뒤 사물함 위에 문제지

더미를 올려두었다. 수업을 마치고 사물함 위에 문제지를 뒤적이며 가는 김선미 선생님을 보며 말보다는 행동을 먼저 보여주는 사람이구나 하는 생각을 했다. 다음시간에도 몇 권의 문제집을 풀어왔다. 그렇게 나에게 인턴을 오는 동안 선생님은 2~3일 간격으로 많은 양의 숙제를 해왔다.

문득 왜 그동안 가르쳤던 수학 말고 주산 암산을 지도하려는지 궁금해졌다. "선생님 수학을 가르치는 게 더 편하지 않으세요? 주산이라는 게 어찌 보면 어려울 수도 있거든요."

"수학을 가르쳐 보니 아이들이 연산에서 힘들어하는 것을 봤어요. 아무리 가르쳐 줘도 연산이 안 되면 수학을 잘할 수 없는 것을 알고 주산 암산에 대해 관심이 생겼어요. 제일 중요한 이유는 아이들을 키우면서 수학학원 강사를 한다는 게 쉽지 않아서예요. 퇴근이 굉장히 늦거든요. 현실적으로 주부가 하기 힘들더라고요."

4살 큰아이, 15개월 작은아이를 둔 엄마에게는 늦게 끝나는 학원 강사 일은 힘든 일이었다. 3개월의 시간은 정말 빠르게 지나갔다. 심화 과정에 들어가기 전 김선미 선생님은 한 달간 수업에 오지 못한다고 나에게 이야기했다. 그 뒤 정확히 한 달이 될 때쯤 아무 약속도 없이 수업이 끝날 때쯤 김선미 선생님이 나를 찾아왔다.

"선생님, 제가 이 일을 계속해도 될까요? 그동안 어린아이들을 떼어놓고 배우긴 했지만 이 일이 내 적성에 맞는지, 제가 학교에 들어갈 수 있을지 알 수가 없네요." 김선미 선생님의 질문을 듣자 몇 해 전 무작정 찾아간 최순옥 선생님과의 일이 생각이 났다.

나는 똑같이 물어봤다. "선생님 혹시 빚이 있나요?" 뜬금없는 내 질문에 당황한 김선미 선생님은 고개를 절레절레 흔든다. "그럼 왜

이 일을 하려고 하세요?" 한참을 뜸을 들인 김선미 선생님은 나에 게 이렇게 이야기했다. "엄마 용돈을 드리고 싶어서요." 전혀 생각 도 못한 대답이 나왔다. "제가 외동딸이에요. 결혼 전에는 제가 벌 어서 엄마한테 용돈을 드렸는데, 지금은 남편만 돈을 버니 용돈조 차 내 맘대로 드릴 수가 없더라고요." 인턴 강사를 할 때 가끔 엄마 이야기를 했었다. 몸이 좋지 않아서 병원에 자주 입원을 하신다고 했다. 갑자기 가슴이 먹먹했다.

결혼 전에는 내 맘대로 돈을 벌고 쓰기도 하고 부모님께 용돈을 드릴 수 있었지만, 지금은 남편이 뭐라고 하지 않아도 눈치가 보이 는 상황이 된 것이다. 나 역시 마찬가지였다. 5형제를 대학까지 보 내 주신 부모님께 사는 게 힘이 들어 돈 걱정 없이 여행 한 번 보내 드리지 못하는 못난 딸이 되고 말았다.

더군다나 김선미 선생님은 형제도 없는 외동딸이었다. 아픈 엄 마를 위해 해주고 싶은 것이 많았을 것이다. "그럼 열심히 해야 해 요. 남들은 취업해도 그만 아니어도 그만이지만 선생님은 엄마에 게 조금이라도 더 해드리고 싶으신 거잖아요. 그러면 죽을 힘을 다 해 공부하고 서류를 넣어야 해요. 그렇다 보면 반드시 될 거예요."

내가 용기를 받았듯 김선미 선생님도 용기를 내기를 바라면서 나 는 끝까지 버티면 될 수 있다고 이야기했다. 그동안 수없이 스쳐 지 나갔던 인턴 강사들의 얼굴이 떠올랐다. '왜 사람들이 일하려고 나 왔는지를 묻지 않았지? 어떤 마음으로 이 일을 시작하려고 했을 까? 혹시 내가 간절한 그 사람들의 마음을 몰라줬던 것은 아닐까?' 하는 아쉬운 마음이 들었다. '그리고 나는 왜 이 사람들을 만나는 일을 하고 있지?'라는 생각이 문득 들었다.

"선생님 심화 과정 잘 마쳤어요. 선생님 말씀대로 열심히 해 보고 안 되면 어쩔 수 없지만 해 보지도 않고 포기하는 건 아닌 것 같아서요. 열심히 해 보려고요. 가끔 소식 전해드릴게요."

"네, 선생님. 제가 도와드릴 일 있으면 언제든 전화해 주세요. 몸 상하지 않게 잘 버티시고요. 힘내세요." 12월쯤 김선미 선생님은 무사히 심화 과정을 마쳤노라고 나에게 연락을 주셨다.

해 줄 수 있는 것은 잘할 수 있다고 응원을 하는 것밖에 없었지만 선생님이 방과 후 강사가 되길 간절히 바랐다. 겨울방학을 수업하는데 한동안 연락이 뜸하던 김선미 선생님이 교실 문을 열고 들어오셨다.

"잘 지내셨죠? 지나가다가 수업 중일 것 같아 잠시 들렀어요." 손에는 따뜻한 커피가 들려 있었다. 선생님은 입술이 다 부르트고 안 그래도 마른 몸이 더 말라 있었다. 오래간만에 본 얼굴이 너무 상해 나는 걱정이 앞섰다.

그동안 어찌 지냈느냐고 안부조차 물어볼 수 없었던 나에게 희미하게 웃으면서 이야기하셨다. "주민자치센터에서 나한테 뭐 때문에 이렇게 등본을 많이 떼느냐고 물어봤어요." 학교에 제출하는 서류 중에 등본이 있는데 그동안 너무 많은 학교에 서류를 제출해서 그런 질문을 들었다고 했다.

두꺼운 옷 사이에 삐져나온 흰 손등에는 멍이 시퍼렇게 들어 있었다. "손은 왜 그래요?" 깜짝 놀라 물어보니, "학교에 서류를 제출하기 위해 밤마다 서류를 만들고, 아침에는 아이들 어린이집에 보내고 종일 서류를 넣으러 학교마다 돌아다녔거든요. 너무 무리해서 여러 번 수액을 맞다 보니 이제는 맞을 수 있는 곳이 손등밖에 없더라고요"라고 그러셨다.

갑자기 눈물이 핑 돌았다. 어떤 위로도 어떤 응원도 이 사람을 움직일 수 없었다. 하지만 마음속의 간절함이 이렇게 연약한 사람도 움직일 수 있다는 것이 나는 놀라웠다. 그 겨울이 끝나던 2월, 두 개의 학교에서 계약을 하자고 김선미 선생님께 연락이 왔다.

학교에 제출한 서류만 50개가 넘는다고 했다. 그토록 원하던 방과 후 강사가 된 것이다. 그렇게 인연이 된 김선미 선생님은 현재도 나와 같이 일을 한다.

아무것도 가진 것이 없는 상태에서 무엇인가를 만들어 내는 과정을 겪어 본 사람은 그 희열을 알고 있다. 우리는 때론 내가 가진 상처가 아프다고 소리를 지르지만, 그 상처를 통해 성장하는 사람이 되기도 한다.

나의 성공에서 나눔의 성공으로

내가 주산 암산 본부장으로서 처음 했던 일은 '경력단절 여성 재취업 프로젝트'였다. 지금도 여러 가지 자격증을 따기 위해서는 많은 돈을 들여야 한다. 하지만 자격증만 취득하고 취업과 연결되지 못하는 경우가 대부분이다. 나는 그동안 나를 거쳐 갔던 수많은 인턴 강사들의 취업에 작지만 도움을 주었던 경험이 있었다. 그 경험들을 모아 재취업 프로젝트를 진행해 보기로 한 것이었다.

먼저 6명의 센터장과 회의를 한 후 수강료를 무료로 하는 것에 대해 상의를 했다. 돈을 벌기 위해 시작했던 것이 아니기 때문에 찬성했지만, 다른 곳에서 유료로 진행하는 과정을 무료로 한다는 것에 대해 말들이 나올 것이라며 모두 걱정을 했다.

걱정을 뒤로하고 좋은 취지로 시작하는 것에 의미를 두기로 했다. 우리는 모두 경력단절 주부였고, 재취업에 성공해 본 경험이 있는 사람들이었다.

6명의 센터장은 주변 지인들에게 소식을 빠르게 전했다. 어떤 분은 우리의 좋은 취지를 위해 카페에서 홍보하는 것을 허락하기도 했다. 그렇게 짧은 홍보 기간을 거쳐 11명의 엄마가 작은 삼각형 사무실에 모였다. 우리의 첫 프로젝트 1기생이었다. 9월 말에 시작된 프로젝트를 12월까지 진행하기로 약속했다.

인터넷 카페를 통해 또는 지인의 추천으로 들어온 11명의 엄마들은 사이에는 어색한 기운이 감돌았다. 나를 알고 지내던 학부형도 있긴 했지만 워낙 다단계나 사기가 기승을 부려서인지 쉽게 경계를 풀지 못하셨다. 짧게 이 과정을 열게 된 소개를 하고 바로 수업을 시작했다.

"안녕하세요. 나노주산 부산총괄본부장 안은선입니다. 이제부터 진행될 과정은 취미로 배우는 과정이 아니고 여러분들의 취업을 목표로 진행되는 과정입니다." 팔짱을 끼고 있던 한 분이 나에게 질문을 했다. "과정이 끝나면 일자리는 소개해 주시나요?"

"아니요. 여러분들은 개인 강사들입니다. 어디에 소속이 되어 활동하는 것이 아니라 각자 학교에 들어가실 수 있도록 도와 드리는 게 저희의 역할입니다."

"그럼 선생님은 무료로 이 과정을 하시면 남는 게 뭐가 있나요?" 너무나 직접적인 질문에 당황해서 이세나 선생님을 쳐다봤다. 이세나 선생님은 주산 암산을 나보다 2년 먼저 배운 선배이고 어릴 때부터 주산 암산을 배워서 백만 단위의 암산이 가능한 베테랑 선생님이셨다.

"네, 맞습니다. 남는 게 하나도 없는 일을 우리가 해 보려고 합니다. 저기 계시는 본부장님과 6명의 센터장이 시간을 내고 노력을 내어서 여러분들의 취업을 목표로 도와드리려고 하니 열심히 하실 분들은 계시고 못 믿겠는 분들은 그대로 가시면 됩니다." 이세나 선생님이 답변을 하셨다.

강사소개와 함께 이 과정을 듣게 된 11명의 엄마의 간단한 자기 소개가 있었다. 자신의 차례가 된 곽민성 선생님이 한마디 거들었다.

"저기 저 분은 제가 1년 정도 지켜본 분이세요. 이 과정은 여러 선생님의 도움으로 진행하는 경력단절 여성 재취업 프로젝트라서 우리는 지금 무료로 혜택을 보는 거예요."

곽민성 선생님은 지인이 진행한 방과 후 수학 과정을 들으시던 분이었다. 우연히 내가 주산 암산을 한다는 것을 알고 큰아이를 지도해 보려고 여러 번 나에게 부탁을 하셨지만, 거절을 해 왔다. 재취업프로젝트를 진행한다고 했을 때 제일 먼저 신청해 주셨다. 나를 알고 지내셨던 분이다 보니 내가 오해를 받는 게 안타까우셨는지 본인의 소개에 앞서 나를 옹호해 주신 것이다.

2시간의 수업이 어떻게 지나갔는지 모르게 빠르게 지나갔다. 11명의 선생님에게 내가, 또 우리의 취지가 어떻게 비쳤을지는 다음 주가 되면 판가름 나겠다는 생각에 마지막 인사에 한마디를 덧붙였다.

"일주일 동안 잘 지내시고 오늘 제 수업이 맘에 들고 저희와 함께 꿈을 꾸고 이뤄 나가고 싶으신 분들은 다음 주 10시 정시에 수업이 진행되니 조금이라도 늦지 않도록 와 주시기 바랍니다. 오늘 수고 많으셨습니다."

원래 나는 수업이 끝나면 수업의 내용과 잘된 점, 잘못된 점에 대한 피드백을 받아왔는데 그날은 피드백을 받을 수 없었다. 생각보다 일주일은 빠르게 지나갔다. 일주일 동안 아무런 연락도 하지 못한 나는 궁금하면서도 혹시 실망할지도 모른다는 마음을 가지고 수업 1시간 전부터 교육생들을 기다리고 있었다.

제일 먼저 도착한 분은 송미화 선생님이셨다. 결혼 전 사회복지사로 일을 했던 송미화 선생님은 아이가 세 명이었다. 셋째 아이가 이제 막 3개월을 넘어서고 있었다. 송미화 선생님은 카페를 통해 이 과정을 알게 되셨는데 아이들을 키우면서 하기에 너무 좋은 일인 것 같아 신청했다고 하셨다. 수업시간이 다가왔다. 두 번째 선생님이 들어오셨다. 권지영 선생님이었다. 권지영 선생님은 결혼 전에 수학 학원에서 초중등 수학을 지도했던 강사라고 하셨다. 결혼하고 아이들을 키우면서 아이들의 에너지와 고함이 그리워져서 수업에 참여하게 되었다고 했다. 곧이어 이서우 선생님이 도착하셨다. 이서우 선생님은 내가 지도한 아이의 어머니셨다. 미술을 전공하셔서 몇 년 전까지 미술학원을 운영하셨다.

유혜지 선생님과 김두영 선생님은 중학교부터 대학교까지 같은 학교에 다닌 동창생이었다. 두 분 다 수학 학원에서 아이들을 가르쳤던 경험이 있으신 분들이었다. 김은주 선생님은 두 아이를 키우는 주부로 지내다가 아시는 분의 추천으로 이 과정에 들어오셨다고 했다. 조신애 선생님은 카페를 통해 이 과정을 알게 되셨고, 결혼 전 초등학교 방과 후 수업에서 컴퓨터 활용법을 가르친 경험이 있으시다고 했다. 이남희 선생님은 어릴 때 주산을 굉장히 잘하셨다고 한다. 그래서 자신이 잘하고 좋아하는 이 일에 최선을 다하고 싶다고 했다. 곽민성 선생님은 세 아이의 엄마로 수학을 배우다가 주산을 다시 배우고 싶어서 들어오셨다. 11명이 모두 10시가 되기 10분 전에 다시 모였다.

각자 살아온 인생도 생각도 다르지만 이 과정을 통해 재취업에 성공하고 싶은 마음으로 모인 교육생들은 정말로 열심히 수업에 참여했다. 일주일에 한 권씩 문제를 풀어야 하는데도 짜증 한 번 부리지 않고 열심히 과제를 해 왔다. 나는 수업 막바지가 되었을 때 걱정이 되기 시작했다. 12월 방과 후 강사 채용 시기가 다가오는데 11명의 교육생을 책임져야 한다는 생각 때문에 잠도 오지 않았다.

11월 말쯤 한 학교에서 주산 암산 강사를 채용한다는 공개채용 공고가 교육청 사이트에 올라왔다. 늦은 밤 이세나 선생님께서 전화를 주셨다. "본부장님 F초등학교 주산 암산 강사 모집을 한다고 하는데요. 홈페이지 보셨어요?"

강사를 모집하는 시기가 아닌데 채용이 올라왔다는 것은 강사가 급하게 학교를 그만둔 경우가 대부분이다. 좋은 기회였다. 교육을 받고 있던 교육생들은 정말 잘 될 수 있을까? 하는 생각을 가지고 막연하게 준비를 하고 있었던 차였다.

공개채용이 올라온 학교의 강사는 개인적으로 잘 알고 지내던 강사였다. 소문을 통해 강사가 임신하고 집에서 쉬어야 하는 상황이 되어 불가피하게 그만두게 되는 상황임을 알고 있던 나는 그 상황을 이세나 선생님께 얘기했다.

갑자기 다급해지기 시작했다. 12월 말을 예상하고 전혀 서류를 준비하지 못한 상황이었다. 교육생들은 갑자기 발등에 불이 떨어진 것처럼 정신없이 서류를 준비하기 시작했다. 결혼 전 취업을 위해 발급해봤던 졸업증명서를 몇 년 만에 발급해 본다고 즐거워 하시는 분도 계셨고, 이력서를 작성하는 어려움을 토로하며 자정이 넘은 시간에도 SNS를 통해 질문을 하시는 분도 계셨다. 거리상 서류를 넣기가 너무 먼 교육생을 제외하고는 대부분이 서류를 제출하였다.

서류 마감일이었다. 서류 발표 시간, 11명과 내가 들어가 있는 단체 채팅방에서는 쉼 없이 대화가 오갔다. 모두 살짝 긴장하면서 누군가는 정말 될지도 모른다는 기대감에 다들 붕 떠 있었다.

드디어 서류 통과자 3명이 발표되었고, 떨어진 사람들은 아쉬움보다는 우리 중에 정말 누군가가 강사가 될 수 있다는 기대감으로 서로를 응원하고 축하를 해 주었다.

학교는 갑자기 그만두는 강사로 인해 빠른 시간 안에 강사를 채용하려고 했다. 서류 통과자 3명에게 그다음 날 면접을 보러 오라고 통보했다. 내가 처음 면접을 보러 간 날 그랬던 것처럼 3명의 교육생은 그날 잠을 이룰 수 없었을 것이다.

몇 시간이 몇 달 같았다. 면접을 보러 간 선생님들의 연락을 기다리는데 아무도 연락이 없다. "도대체, 어떻게 된 거야. 한 명이라도 연락이 와야 어떻게 됐는지 알 수 있을 텐데." 답답한 마음에 핸드폰을 열었다 닫기를 반복했다.

"본부장님 면접 잘 보고 왔어요." 힘이 하나도 없는 목소리였다. 묻지 않아도 어떻게 면접을 봤는지 눈에 선했다. "괜찮아요. 좋은 경험 하신 거예요. 괜히 우울해하지 말고 얼른 집에 가서 쉬어요. 어젯밤에 한숨도 못 잤을 텐데." 다른 분 얘기는 물어볼 수도 없어서 위로만 하고 전화를 끊었다.

"본부장님 바로 출근하라는데요. 저 채용된 거 맞죠?" 송미화 선생님의 전화였다. 전화기 너머로 들떠 있는 송미화 선생님의 얼굴이 떠올랐다. 학교는 면접을 보는 그 자리에서 강사를 확정하고 그날 오후 바로 계약을 했다.

타인을 돕는 삶

12월이 되었다. 11명으로 시작한 교육생 중 3명은 다른 곳에 취직이 되었다. 8명으로 과정을 마무리했다.

교육청 홈페이지를 통해 강사 채용 공고가 올라오기 시작했다. 그해 나 역시 근무하던 학교에 계약 기간 만료로 재계약을 할 수 없어 서류를 다시 넣고 면접을 봐야 했다. 교육생과 똑같은 상황이었다.

12월까지 수업을 진행하기로 했으나, 채용공고가 다른 해보다 빨리 올라와서 과정을 연속 강의로 마무리해야 했다.

방과 후 강사 채용은 일반 기업의 채용과는 다르게 진행이 된다. 물론 서류를 제출하고, 면접을 보는 방식은 같으나. 계약 기간은 1년이며 여러 가지 평가를 거쳐 평점 90점이 넘으면 2년까지 재계약이 되는 시스템이다. 서류 역시 까다롭다. 이력서와 자기소개서, 졸업증명서는 기본이고, 1년 동안 프로그램은 운영하는 방식을 서술한 계획서를 제출하고, 강사의 자질평가를 할 수 있는 공개수업지도안도 제출하게 되어 있다.

강사를 준비하는 분들이 서류에서 제일 어려워하는 부분이 바로 프로그램 운영방식과 공개수업안 작성이다. 강의방법, 주요교육내용, 학부형과의 소통방법, 수준별 지도법, 학생의 평가방법, 콘텐츠를 사용 방향 등을 구체적으로 기술하는 것이 어렵기 때문이다.

방과 후 수업은 학생들에게 양질의 교육서비스를 제공하는 것을 목적으로 하므로 면접에서는 반드시 5분 정도의 시연을 해야 한다.

이미 우리는 교육 중에 프로그램 운영방법에 관해 토론하고 결과물들을 만들어 냈다. 또한, 각자 공개수업안을 작성해서 시연을 마친 상황이었으므로 서류를 만드는 것에 대한 어려움은 없었다.

부산에는 초등학교가 300개 정도가 된다. 학교별로 적게는 10개에서 많게는 30개가 넘는 방과 후 프로그램들을 운영하고 있다. 즉, 학교별로 방과 후 강사 수가 10명에서 30명까지 된다는 이야기이다. 평균 20명의 강사가 있다고 계산한다면 300개 학교에서 방과 후 프로그램을 운영하는 강사의 수는 6,000명에 다다른다. 엄청난 수이다. 매년 방과 후 위탁을 위해 여러 가지 법 제도도 마련된다. 하지만 큰 틀은 벗어나지 않는다. 방과 후 수업을 운영하는 초등학교 강사 수는 전국적으로 따져보면 어마어마하다.

8명의 교육생의 전쟁이 시작되었다. "선생님 당분간 조금 쉬어야 할 것 같아요." 갑자기 걸려온 전화에 나는 당황할 수밖에 없었다. 교육 중에 정말 열심히 참여했던 이서우 선생님 전화였다. 몇 년을 지켜봤지만 이렇게 쉽게 포기하실 분이 아니라는 생각을 하고 있었다.

이서우 선생님은 내가 지도한 아이의 엄마였다. 초등학교 1학년 재영이는 또래와는 달리 너무 착하고 예의가 바른 아이였다. 재영이의 수업을 진행하면서 이서우 선생님과 몇 번 만나 뵈었는데 밝은 목소리의 상냥한 어머니셔서 금방 친해지게 되었다. 몇 년 동안 수업을 진행하면서 학부형과 친해지는 일은 없었는데 나답지 않은 모습이었다. 그렇게 알고 지낸 지 4년 만에 재취업프로젝트에 들어오신 분이었다.

"왜 갑자기 그러세요? 무슨 일이 있나요?" 안타까운 마음에 나도 모르게 목소리가 높아졌다. 재영이보다 7살 어린 둘째를 안고 가다가 계단에서 굴러 무릎을 심하게 다쳤다고 하셨다. "다른 데 다친 곳은 없고요?" 너무 놀라 안부를 물으면서 안타까운 마음이 들었다.

"네, 선생님 아쉽지만, 병원에서 움직이지 말라고 하네요. 다음에 기회가 되면 다시 해 볼게요." 어쩔 수 없는 상황에 우리는 안타까운 마음을 뒤로하고 전화를 끊었다.

일주일이 지나고 교육생들의 스터디 시간이었다. 한참 스터디가 진행이 되는데 똑똑 노크 소리가 들렸다. "누구세요?" 문을 열다가 만 권지영 선생님이 깜짝 놀라셨다.

이서우 선생님이셨다. 허벅지까지 깁스를 하고 목발을 짚으신 채 우리 앞에 서 있으셨다. 반가운 마음에 서로 얼싸안고 좋아했지만, 목발을 짚은 다리가 걱정됐다.

"집에 누워있는데 다음에는 기회가 없을 것 같아서요. 조심히 움직이면 될 것 같아 당분간 불편하더라도 끝까지 해 보려고요." 우리는 서로 누가 먼저라고 할 것 없이 감동을 하였다. 마지막이 될 수도 있다는 생각, 기회, 인연… 그렇게 한 명의 낙오자도 없이 우리는 3개월을 버티기로 했다.

8명의 선생님의 집은 제각기 너무 멀었다. 집 근처 학교에 서류를 넣기 시작하면서 우리들의 만남은 조금씩 줄어들었지만 단체 채팅방은 1시간만 확인을 안 해도 300개의 대화가 오갈 정도로 활발하게 소통을 하고 있었다.

경력단절 여성 재취업 프로젝트를 진행할 때 나는 반드시 두 가지 약속을 받고 시작한다. 첫째, 수강료가 무료인 대신 학교에 서류를 무조건 넣어야 한다. 둘째, 학교에 취업을 안 한다고 해서 단체 채팅방을 나가지 않는다. 이 두 가지다.

나는 학교에 서류를 넣으면 학교 교문 앞에서 본인 얼굴이 나오도록 사진을 찍어 단체 채팅방에 올리도록 했다. 처음에는 귀찮아하고 부끄러워하던 선생님들도 나중에는 콘셉트를 잡아 다양한 방법으로 사진을 찍어 올리셨다. 그런 모습을 보면 가끔 웃음이 나오기도 한다. 사진을 찍어 올리면 다른 동기들도 자극을 받고 열심히 할 수 있는 촉진제 역할을 하기 때문에 이렇게 하고 있다.

채팅방을 나가지 못하게 하는 이유도 있다. 한 명씩 인원이 줄다 보면 힘이 빠지게 되는 경험이 있기 때문에 채용 기간이 끝날 때까지는 채팅방에 참여하시도록 한다.

아픈 다리를 이끌고 서류를 제출하는 이서우 선생님의 모습은 동기 교육생들을 자극하게 되었다. 대부분이 자동차 없이 부산 모든 지역을 발로 뛰어다니며 서류를 넣으러 다녔다. 학교마다 서류 제출양식이 제각각이어서 채용공고가 올라오면 그 학교에 맞는 서류를 다시 작업해야 했다. 50개 학교에 서류를 넣었다는 것은 50번의 서류를 학교 양식에 맞춰 만들어 냈다는 이야기였다. 말이 50개지 이력서 양식도 다르고 자기소개서 양식도 다르다. 자격증 사본을 제출하는 곳도 있고 원본 대조를 하는 곳도 있다. 등본을 내야 하는 곳이 있기도 하며, 까다롭게 보는 곳은 건강증명서까지 제출을 요구하기도 했다.

12월 말부터 강사 모집 공고가 하루에 수십 개씩 올라오기 시작했다. 어느 날은 접속자 인원이 초과하여 사이트가 마비되는 경우도 생겼다. 2주 간 서류를 넣고 매일 단체 채팅방을 통해 각자 사진을 봤는데, 하루하루가 전쟁이었다. 처음에는 가벼운 마음으로 시작했던 재취업 프로젝트가 시간이 갈수록 간절함으로 변해 가고 있었다. 8명의 교육생이 모두 강사로 자리 잡기를 너무나 바랐다. 내가 해 줄 수 있는 일은 지치지 않도록 응원하고, 만나 주고, 전화를 받고, 서류를 수정해 주는 것들뿐이었지만 그들이 강사가 되기를 간절히 매일 기도했다.

서류를 한참 넣을 때는 교육생에게 전화하기가 미안할 정도였다. 내가 전화를 하면 힘이 없는 목소리로 서류를 통과하지 못한 자신을 탓하는 경우가 대부분이기 때문에 나는 특별한 용건이 없으면 전화보다는 채팅을 이용해 소통하고 있었다.

채팅방에 김두영 선생님의 글들이 줄어들기 시작했다. 혹시나 하는 마음에 전화했지만 전화를 받지 않으셔서 걱정되었다. 여러 차례 전화를 시도한 끝에 통화가 되었다.

"본부장님 잘 지내시죠. 너무 정신이 없어서 부재 중 전화를 확인했는데도 연락을 못 드렸어요. 요즘 애들을 데리고 다니면서 서류를 넣다 보니 정신이 없네요."

"네? 이 추운데 애들을 데리고 다니면서 서류를 넣는다고요?"

"유치원이 방학해서 어쩔 수가 없어요. 그렇다고 애들만 집에 두고 다닐 수도 없고, 애들 때문에 서류를 안 넣을 수도 없고요." 김두영 선생님은 유치원생 두 아이를 데리고 서류를 넣고 다니느라 정신이 없어 전화를 받지 못했다고 했다.

"오전에 서류를 넣고 나서 보면 오후에 저쪽 끝에 서류가 마감인 곳이 있어요. 그러면 별수 없이 피시방에 가서 출력하고 서류를 넣는데 그러다 보면 하루가 어떻게 지났는지 모르겠어요." 갑자기 날씨가 추워졌다. 교육생들은 감기몸살에 걸려 하루걸러 병원에서 수액을 맞고 다녔다.

"본부장님, 김두영 선생님이 서류를 넣을 때 아이들을 태우고 하루 종일 돌아다녔더니, 아이들이 지쳐서 차에 자고 있더래요. 멀미도 너무 심해서 애들이 그렇게 고생을 했다고 하더라고요." 세월이 지나 다른 분들께 들은 이야기는 내 마음을 아프게 했다.

처음 부산에서 겨울을 보냈을 때 온도는 낮지 않은데 바람이 너무 많이 불어 목도리를 하지 않으면 목이 시렸다. 결혼하고 몇 년 동안은 감기를 달고 살았던 기억이 떠올랐다.

너무 힘들어하는 교육생을 보면 내가 정말 못할 짓을 시킨 게 아닌가 하는 생각도 들 때가 있다. 재취업도 좋고 자기계발도 좋지만 이렇게 열심히 해서 결과가 좋지 않게 나오면 어쩌나 하는 생각에 심한 죄책감에 시달릴 것 같았다.

재취업 1기생 권지영 선생님은 주산 암산을 너무 좋아했다. 결혼 전 수학을 가르쳤고 결혼 후에도 계속 일을 하고 싶었지만 연이은 출산으로 인해 집에 계시다가 셋째를 임신하고 있을 때 재취업 과정에 들어오셨다.

"본부장님 드릴 말씀이 있어요." 세 번째 수업을 마치고 조금 쉬고 있는데 권지영 선생님이 다시 사무실로 들어오셨다. 갑자기 난처한 표정으로 이야기를 꺼내시기에, "선생님, 과정이 마음에 들지 않으세요? 무슨 일 때문에 따로 이렇게 오셨어요?" 권지영 선생님은 거의 울 듯한 표정으로 이야기를 꺼내셨다.

"제가 본부장님을 속인 게 있어서요. 사실 제가 지금 셋째를 임신했거든요. 주변에 아는 분이 이 과정을 소개해 주셨는데 너무 하고 싶어서, 거짓말을 했어요." 뜻밖에 고백과 너무 미안해하는 선생님의 모습이 귀여워 자꾸 웃음이 나왔다. 선생님은 워낙 마음이 여려 이야기를 하면서 자꾸 눈물을 흘리셨다.

"아이고, 난 또 뭐라고요. 괜찮아요. 지금은 임신했지만 애들 조금 키우고 나면 일 하실 거잖아요. 그때까지 인연 쭉 이어갈 거니까 걱정하지 마세요."

"처음 수업 듣고 말씀 드려야지 했는데 못하고, 두 번째 수업까지만 들어야지 했는데, 듣고 나니 자꾸 욕심이 나는 거예요. 오늘은 도저히 마음이 좋지 않아서 집에 가다가 다시 왔어요." 너무 미안해하는 선생님을 위로하고 걱정하지 말라고 했다.

찬찬히 선생님을 보니 배가 제법 나와 있었다. 임신 5개월이라고 하셨다. "본부장님, 그럼 저도 인턴 강사 해 봐도 돼요? 아이들의 고함이랑 에너지가 너무 그리워서요." 표정과 말에 진심으로 이 일을 사랑하는 것 같은 마음이 묻어났다.

"그럼요. 얼마든지 가능해요, 대신 셋째니까 무리해서 하시면 안돼요. 그것만 약속해 주시면 언제든지 가능하죠." 셋째를 낳기 전까지 선생님은 우리와 함께해 주셨다. 동기 교육생들이 학교에 서류를 넣고 힘들어할 때마다 재치 있는 댓글로 힘을 실어 주기도 하고 잘하고 있다고 응원도 해 주셨다.

셋째는 뱃속에서 태교로 주산을 배웠다. 우리는 곧 암산 신동이 나올 거라며 선생님을 골려 주기도 했다. 힘든 시기 서로를 의지하고 서로에게 힘을 실어주던 재취업 1기생들의 모습은 아직도 눈에 선하다. 각각의 능력껏 취업한 것 같지만 시간이 지나고 그 시절을 되돌아보면 척 팔라닉이 한 "나의 어느 부분도 원래부터 있었던 것이 아니다. 나는 모든 지인의 노력의 집합체다"라는 말이 떠오른다.

나의 길을 정하다

내가 하는 일이 이렇게 커질 줄 처음에는 몰랐다. 나는 단지 능력 있던 여성들이 결혼 후 본인의 의지와는 상관없이 시댁과 육아 때문에 젊음을 보내는 것이 안타까웠다.

준비되지 않은 엄마가 건강하지 못한 방법으로 아이들을 키울 때 어떤 상황이 발생이 되는지 알지 못했다. 나는 떠밀리듯 돈을 벌어야 했고, 아이를 제대로 키우지 못해 결국에는 발달 장애를 가지게 만든 미흡한 엄마였다. 어린아이들을 키울 때 무엇이 중요한지를 알지 못했다. 바보처럼 남의 아이를 가르치는 방과 후 수업을 하면서 비로소 내가 얼마나 무지하게 아이를 양육했는지 알게 되었다.

나는 호연이가 행복했으면 좋겠다. 부족하지만 사랑스러운 나의 아들이 남의 눈치를 보지 않았으면 좋겠고, 아들의 부족한 모습도 사랑해 주는 많은 친구들이 주변에 있었으면 좋겠다. 사랑이 넘치는 아이들은 사랑이 많은 부모가 양육할 수 있음을 나는 알고 있다.

경력단절 여성 재취업 프로젝트 1기를 진행하면서 깨달은 바가 크다. 그 과정을 통해 엄마가 행복해야 아이들도 행복하다는 것을 알게 되었다. 내 주변에 행복한 엄마들이 많았으면 좋겠다는 생각으로 경력단절 여성 재취업 프로젝트를 꾸준히 진행하기로 마음먹었다.

1기 교육생은 한 명당 서류를 서른 군데 이상 넣었는데도 취업 소식은 들려오지 않았다. 1월 중순이 다 되어 가고 있었다. 방과 후 프로그램은 매년 3월에 첫 수업이 진행되기 때문에 채용이 마무리되는 시기는 2월 말이다. 12월 중순부터 서류를 넣기 시작했고 여러 번에 걸쳐 수정된 제출 서류에는 아무 문제가 없었다. 하루에 바쁠 때는 면접을 두 군데 이상을 보는데도 최종합격 소식이 없었다.

면접에서 자꾸 떨어진다는 것은 면접을 잘 보지 못한다는 의미였다. 우리는 고민에 빠졌다. "아무래도 면접 연습을 해 봐야 할 것 같아요." 자꾸 떨어지는 교육생들을 안타깝게 생각한 조모란 선생님이 의견을 냈다. "어떻게 면접을 보는지 알아야 도와줄 수 있잖아요." 지금껏 고생한 교육생들이 안타까웠기에 다들 그냥 보고 있을 수가 없었다.

"좋은 의견이에요. 하지만 우리의 좋은 취지가 교육생들의 마음을 상하게 할 수 있어요." 이세나 선생님의 말도 일리는 있었다. 센터장들도 의견이 나뉘었다. 나는 어떤 결정을 해야 좋을지 몰라 고민을 했다. 어떤 결론을 내리든 빨리 결정해야 시행착오를 줄일 수 있을 것 같아 교육생들의 의견을 들어보기로 했다. 이미 결혼을 하고 아이들까지 있는 성인들에게 좋지 못한 피드백을 주게 될 수도 있는 면접 연습은, 면접을 대비해 좋은 방법이긴 하나 걱정이 되는 부분도 있었다.

나는 곽민성 선생님께 도움을 요청했다. "선생님. 안은선입니다. 선생님께 상의드릴 일이 있어 전화했어요. 선생님들이 자꾸 떨어지는 것은 면접관이 원하는 답을 하지 못하는 것일 수도 있고, 아니면 면접을 볼 때 자세나 표정, 시선이 부자연스럽기 때문일 수도 있다고 생각을 했어요. 그래서 면접 연습을 해보고 동영상을 찍어 보려고 하는데요." 조심스럽게 우리의 의견을 알려드렸다.

"본부장님 너무 좋은 생각이에요. 사실 면접을 보면서 제가 제대로 답을 하고 있나 하는 생각이 들어서 면접을 보고 나오면서 자꾸 실수한 것만 생각이 나요. 우리가 면접을 보는 것을 동영상으로 직접 보면 뭐가 문제가 있는지 찾아낼 수도 있고, 또 의견들을 주시면 보완할 수 있을 것 같아요." 선생님은 좋은 생각이라며 단체 채팅방에 본인이 의견을 내보도록 하겠다고 했다.

"선생님들, 우리가 면접에서 자꾸 떨어지는 건 문제가 있기 때문인 것 같아요. 뭐가 문제인지 우리는 모르니 선배 강사들에게 부탁을 해서 면접 연습을 해 보는 것은 어떤가요. 이왕이면 동영상도 찍어 우리끼리 서로의 피드백을 해주는 것도 좋을 것 같아요."

"그런데 바쁘신 선생님들이 그렇게 해 주실까요? 시간도 뺏는 일이고 그렇게 해 달라고 이야기하기도 염치가 없어서요." 몇 명의 교육생들은 우리에게 부탁하는 것을 걱정했다.

"괜찮습니다. 이미 면접관 섭외 완료해 뒀어요." 나의 댓글에 다들 그럴 줄 알았다는 반응들이 나왔다.

"그럴 줄 알았어요. 본부장님이 우리 걱정하셔서 이미 준비해 두

셨구나. 감사합니다." 의외의 반응에 나는 안심이 되기도 하고 미안한 마음이 들기도 했다. 개인적인 사정이 있는 3명의 교육생을 제외하고는 모두 흔쾌히 허락했다. 다들 걱정을 하시는 것 같아 면접관을 섭외했다고 이야기했지만 사실 급하게 잡은 일정 때문에 기존의 강사들에게 부탁하기가 쉽지 않았다. 면접 연습이기 때문에 교육생을 잘 모르는 사람들이 면접을 진행해야 될 것 같았다.

"제가 뭐라고 그분들 면접을 진행하겠어요. 너무 부담스러워요." 면접관을 부탁하기 위해 전화를 건 모든 선생님이 부담스럽다며 거절을 했다.

"선생님, 우리가 면접을 볼 때 면접관이 자주 하는 질문들만 그냥 물어봐 주시면 돼요. 우리도 면접을 볼 때 그분들이 우리를 어떻게 생각할지 잘 모르잖아요. 질문에 답변하는 것을 보고 우리도 배울 게 있을 거예요." 어렵게 5명을 설득해서 진행을 하기로 했다. 질문을 해 주실 분들은 교육생을 모르는 현재 방과 후 강사로 활동 중인 분들이었고, 다들 교육생들을 응원하는 마음으로 참여를 해 주셨다.

저녁 7시, 면접 때와 똑같이 차려입은 교육생들이 사무실로 왔다. "너무 떨려요. 원래 면접 볼 때보다 더 떨리는 것 같아요." 자신의 모습을 동영상으로 찍는다는 것이 얼마나 큰 용기가 필요한 일인지 잘 알고 있는 나는, "힘 내세요"라고 이야기했다.

교육생들이 오기 전에 질문을 할 면접관 선생님들과 잠깐의 회의를 했다. "예상 질문을 5개씩 적어서, 면접을 볼 때 반복적으로 나오는 질문들을 3가지로 줄여 봐요."

회의를 통해 나온 질문들은 그동안 우리가 면접을 볼 때 제일 많이 받았던 것들로 정리가 되었다.

1. 산만한 아이를 어떻게 지도할 생각인가요?
2. 수준별 수업은 어떻게 진행할 생각인가요?
3. 왜 우리 학교에 지원했나요?
4. 선생님의 교육관은 무엇인가요?
5. 주산이 수학에 도움이 되나요?
6. 얼마나 배워야 하나요?
7. 학생 관리는 어떻게 할 생각인가요?
8. 학생, 학부모 및 교직원과의 소통방법은 어떤가요?
9. 학생들의 실력은 어떻게 평가하나요?
10. 학생 사고 예방 지도는 어떻게 하고 있나요?

10개의 질문 외에 강사의 옷차림, 말투, 표정, 몸짓에 대한 점수를 10점 만점으로 평가할 수 있도록 기준을 만들었다. 또, 평가점수에 대한 이유를 상세히 기술하도록 면접관용 채점표를 만들었다.

면접 연습을 진행하기 전에 면접관들에게 사전에 드린 교육생들의 이력서와 자기소개서에 미리 정한 10가지 질문 중 3가지를 미리적어 달라고 했다. 각 선생님당 20분간 면접을 진행하기로 하고 동영상 촬영에 들어갔다.

"학생사고 예방지도는 방안은 있으신가요?" 면접관의 질문에 유혜지 선생님은 잠시 당황하시는 듯하더니 교재를 꺼내 보여주시며 이야기했다. "저는 아이들 교재에 주의사항 스티커를 붙여 놓고 수시로 안전지도를 하고 있습니다. 학교에서, 하교할 때 주의할 점에 대한 스티커를 직접 제작했습니다." 짧은 침묵이 흘렀다. 흔들리는 눈빛과 두 손을 만지작거리는 모습이 모두 동영상으로 촬영이 되었다.

"산만한 아이들을 어떻게 지도하실 건가요?" 여러 번 질문을 받았던 경험이 있으신지 그 질문에는 당황하지 않고 잘 답변하시는 모습이 너무나 대견스러웠다.

그렇게 5명의 교육생은 날카로운 면접관들과의 면접을 마쳤다.

"선생님은 머리카락을 잘라 보시는 게 좋을 것 같아요. 긴 머리보다 짧은 머리가 전문성 있게 보일 것 같거든요." 면접이 끝나고 각자의 느낀 점을 면접관들이 이야기해 주셨다. 그렇게 5명의 교육생이 면접연습을 시작한 지 3시간을 넘어서야 끝이 났다.

"교육생 선생님들을 보니 내가 저렇게 보일 수도 있겠구나 하는 생각이 들어서 반성을 많이 했어요. 좋은 경험을 한 것 같아 기분이 좋아요." 면접관으로 섭외된 강사 분 역시 자신을 돌아보는 계기가 되었다고 했다. 늦은 저녁까지 진행된 면접 연습을 마치고 뭔가 큰 것을 하나 해결한 느낌이 들어 가슴이 뛰었다.

면접 연습의 효과는 대단했다. 각자 촬영한 동영상은 본인에게만 보내드렸다.

"본부장님, 우리 어제 밤 샜어요. 집에 가서 각자 받은 동영상을 모두 공유해 보고 잘된 점, 잘못된 점을 또 피드백했거든요." 깜짝 놀랐다. 나도 가끔 나의 모습이 촬영된 동영상을 보기가 부끄러울 때가 있는데 선생님들은 자신들의 문제점을 찾아내기 위해 서로의 면접을 평가해 주신 것이다. 면접의 효과인지 모르겠으나 그 뒤로 교육생들은 연이어 학교에 취업을 하게 되었다.

가끔 그때를 돌아보며 1기 선생님들이 2, 3, 4기 분들에게 이야기를 한다. 우리는 면접연습까지 했다고 자랑 아닌 자랑을 하는 것이다.

재취업 1기생의 대부분 강사들이 방과 후 학교 주산 암산 강사로 취업을 해 3월부터 수업을 시작했다.

짧은 기간 동안 쉽지 않은 경험을 하게 된 나와 우리는 막연하게 생각했던 이 길이 서로를 응원하고 같이 노력을 하면 가능하다는 경험을 하게 된 것이다.

내가 선택한 나의 길이 제대로 가고 있음을 알게 되었다. 돈과 명예를 바라고 했던 일이 아니었다. 재취업 1기를 위해 알게 모르게 애써 주신 센터장님들과 기존 강사들의 노력이 없었다면 이런 결과는 나오지 않았을 것이다.

다이아몬드가 되는 과정

프로젝트 1기생들의 취업 후 우리와 함께 하는 강사의 수는 점점 늘어나기 시작했다.

"선생님 이야기 들으셨어요? 얼마 전에 잘 알고 계시던 선생님이 그러시던데 앞으로는 개인 강사를 더 이상 뽑지 않는다고 하더라고요." 교육부 방과 후 학교 정책이 개인 강사에서 위탁업체로 전환이 된다는 소문이 돌기 시작했다. 학교에서 강사를 직접 고용해 수업하던 방식에서 외부업체에 위탁하는 방법으로 바뀐다는 것이다.

방과 후 학교 개인 강사 시스템을 위탁업체 시스템으로 전환하려는 이유는 개인 강사 채용·관리 부분에서 학교에 불필요한 인력이 필요하며, 개인 강사 선정 과정에서 블랙 커넥션이 생길 수 있기 때문이었다. 강사 선정의 과정에서 투명성을 높여 청렴한 학교문화를 조성해 나가려는 교육부의 방침이 있었기 때문이기도 했다.

부산은 학교마다 특정 과목을 제외하고는 대부분 개인 강사들이 활동을 하고 있다. 여기저기 수소문을 해도 강사에게 유리한 조건을 내미는 위탁업체들은 거의 없었다. 심한 곳은 수강료의 50%의 수수료를 요구하는 곳도 있었다. 나와 함께하는 30여 명의 선생님들은 당장 교육부 정책이 바뀌면 위탁업체에 들어가야 하는 상황이 되었다.

"그동안 우리를 믿고 같이 해 준 분들이 당장 교육부 정책이 바뀌면 위탁업체의 강사가 될 수밖에 없어요. 개인 강사로 활동하면서 열심히 하셨는데 높은 수수료를 업체에서 요구한다면 어쩔 수 없이 수업은 하겠지만 제대로 된 수업이 될 수 있을까 걱정이 되네요."

"하지만 우리의 힘으로 뭔가를 하기에는 조금 어렵지 않을까요? 강사 복지에 신경 쓰는 곳이 있는지 차라리 조금 더 알아보는 게 좋을 것 같아요."

"알아봐도 어차피 그 회사들은 위탁수수료를 가지고 운영하는 곳이에요. 당연히 지금보다는 상황이 나빠질 수밖에 없어요." 몇 달간 고민하면서 회의를 해도 뾰족한 답이 없었다. 아직 아무것도 결정된 게 아니니 조금 더 기다려 보고 싶었지만 대책 없이 무작정 기다릴 수는 없었다.

수학, 과학, 댄스를 직접 지도하면서 지도자 양성을 하시는 선생님들과 회의를 해서 우리는 강사들만의 비영리 단체를 설립하기로 했다.

비영리 단체 중 나는 협동조합을 선택했다. 협동조합은 공동으로 소유되고 민주적으로 운영되는 사업체를 통하여 공통의 경제적·사회적·문화적 필요와 욕구를 충족시키고자 하는 사람들이 자발적으로 결성한 자율적인 조직이다.

일반적인 협동조합은 5인 이상의 조합원이 모여 시장과 도지사에게 신고하고 설립등기를 거치면 설립할 수 있었다. 하지만 내가 진행하려는 협동조합은 사회적 기능이 강조된 사회적 협동조합이었다. 사회적 협동조합은 중앙부처장에게 신고하여 설립등기를 거쳐야 설립할 수 있었다. 즉, 교육부의 인가를 받아야 설립이 가능한 것이었다. 간단하게 협동조합을 설립할 수도 있었지만 나는 어렵더라도 일반 협동조합보다는 상위개념의 사회적 협동조합을 설립하고 싶었다.

사회적 협동조합을 설립하기 위해 정보를 수집해 봤지만 정보가 많지 않았다. 사회적 협동조합이 생긴 지 얼마 되지 않았었고, 교육부 인가를 받은 사회적 협동조합은 극소수였다.

며칠 동안 인터넷을 뒤져 겨우 얻어낸 정보는 사회적 협동조합을 설립하기 위해서는 부산광역시 사회적기업센터에서 도움을 받을 수 있다는 것이다. 약속도 없이 나는 부산 사회적기업센터에 찾아갔다.

"안녕하세요. 사회적 협동조합 설립을 하려고 하는데 담당자를 찾아왔습니다." 당연히 약속하고 왔다고 생각한 담당자는 "저랑 통화를 하신 적이 있으신가요?"라고 되물었다.

그간의 상황을 설명하고 사회적 협동조합을 설립하고 싶다고 이야기했다. "선생님, 그런데 교육부 인가를 받은 사회적 협동조합은 부산에는 아직 한 곳도 없습니다." 사회적 협동조합을 내기 위해 방문했을 당시, 전국적으로 교육부 인가를 받은 사회적 협동조합은 30개가 되지 않는다고 했다.

"어디서 정보를 얻을 수 없나요? 도움을 꼭 받고 싶습니다." 설립에 준비 기간이 꽤 오래 걸린다는 것을 알고 있던 나는 간절한 마음으로 담당자에게 부탁을 했다.

잠시 자리를 뜬 담당자는 한참 후에 돌아와 이렇게 이야기했다.

"천안 지역은 사회적 협동조합을 활발히 운영하고 있어서 그쪽 담당자에게 문의하니 자료를 조금 보내주신다고 하네요. 자료를 받는 대로 메일로 보내드리도록 하겠습니다." 지푸라기를 잡은 느낌이었다. 감사하다고 인사를 하고 나오는데 그동안 내가 준비해야 할 것들을 알려주셨다.

"부산에서 처음 진행하는 교육부 인가 사회적 협동조합은 저도 꼭 만들어졌으면 해요. 도움이 필요하시면 언제든 전화해 주세요. 다음에 오실 때는 꼭 먼저 연락해 주세요. 2주 동안 휴가입니다. 하루라도 늦으셨으면 저를 만날 수 없었어요."

여러 번 감사함을 전하고 나온 나는 담당자의 조언대로 조합원을 모으기 시작했다. 하루 만에 조합원 자격을 갖춘 발기인 5인은 모였고, 정관을 작성해야 하는데 '정관'이라는 명칭조차 생소했다. 정관은 협동조합의 목적과 조직에 대한 업무 집행에 관한 자주적이고 근본적인 규칙을 서류로 만들어 놓은 것이라는 것을 알게 되었다. 쉽게 이야기하면 회칙을 말하는 것이었다. 정관이 작성되는 대로 창립총회를 하고 설립인가를 내야 했다.

하지만 서류는 생각했던 것보다 굉장히 까다로웠다. 이미 바우처 제공기관 등록을 위해 서류를 만들어 본 경험이 있었지만, 협동조합은 또 다른 서류와의 전쟁이었다.

설립을 위해 필요한 서류는 정관작성, 창립총회개최 공고문, 창립총회 의사록, 임원명부, 사업계획서, 수입·지출예산서, 조합원별로 인수하려는 출자자 수를 적은 서류, 설립동의자 명부, 주 사업의 내용이 설립인가 기준을 충족함을 증명하는 서류 등이었다.

사회적 협동조합을 설립하기 위해 부산 사회적기업센터에 방문을 한 것은 4월 말이었다. 다른 서류는 인터넷을 뒤지고 담당자의 도움을 받아 준비했지만, 사업계획서와 수입지출예산서, 설립인가 기준을 충족함을 증명하는 서류는 담당자의 도움을 받지 못했다. 왜냐하면 교육부 인가를 받은 방과 후 위탁사업을 하는 사회적 기업은 전국적으로 몇 개 되지 않았고 더군다나 대외비로 지정이 되어 있었기 때문이다.

어렵게 얻어낸 사회적 협동조합 이사장들의 연락처로 전화를 드려 도움을 받고 싶다고 말씀드렸지만 한 분도 도와 주시겠다는 분이 없었다. 그즈음 내가 강사들을 대표해 사회적 협동조합을 만든다는 소문이 나기 시작했고 나는 포기할 수 없었다. 몇 달을 끙끙대며 서류를 만들었다. 컴퓨터 화면의 백지를 보면 답답했고 진척 없는 서류와의 싸움은 나를 지치게 했다. 포기하지 않으면 언젠가는 되겠지 하는 마음으로 욕심을 내려놓기로 했다. 늦어도 10월까지는 설립을 하고 싶었지만 그건 꿈이었다.

그렇게 미흡한 서류를 만들어 제출했고 담당자와의 여러 번 피드백 과정을 통해 서류가 조금씩 완성되기 시작했다. 사회적 협동조합을 하겠다고 마음먹은 지 8개월 만인 12월, 드디어 내 서류가 기획재정부에 접수되었다. 기획재정부에 접수된 예비 사회적 협동조합 서류는 사업목적에 맞는 각 부처에 이관되며, 이관 받은 교육부의 사회적 협동조합 담당자가 직접 협동조합 인가를 위해 현장조사를 나온다.

1월 초쯤 현장조사 일정이 나왔다. 조합원뿐만 아니라 사회적 협동조합을 기다리던 방과 후 강사 20여 명의 사무실에서 담당자와 만났다.

"사회적 협동조합 현장조사를 맡은 김필수입니다. 조합원이 이렇게 많은 곳에서 조사를 해 보기는 처음입니다. 원래는 이사장과 발기인 정도만 모시고 진행하는 현장조사였는데 왜 이렇게 많이들 오셨나요?" 모임에 참석한 강사들은 우리가 왜 사회적 협동조합을 만들려고 하는지를 이야기하기 시작했다. 담당자는 서류를 검토하고 우리의 이야기를 듣느라 약속된 1시간을 넘도록 가지 못하고 있었다.

"그동안 만났던 수많은 사회적 협동조합과는 다른 이야기라 듣는 동안 안타까운 마음이 듭니다." 현장에서 직접 우리의 이야기를 들은 교육부 담당자는 안타까워하기도 했고, 이렇게 어려운 서류를 강사 개인이 준비했다는 것에 놀라워했다. 서류를 만들다가 포기를 하는 경우가 많다고 한다. 나는 웃으면서 "여기 계신 선생님들이 도와주시지 않았으면 저도 포기했을 거예요"라고 대답을 했다.

그렇게 기다리던 사회적 협동조합은 2월 말에 인가를 받았다. 좋은 교육아카데미 사회적 협동조합이다. 교육부 인가 43호를 받은 것이다.

사회적 협동조합 설립을 하고 싶다고 마음을 먹고 담당자를 찾아간 그쯤에 아버님은 폐암4기 진단을 받았었다. 서류를 한창 준비하던 7월에는 두 아이의 검은 눈동자가 움직이지 않는다는 진단을 받았고 9월에는 호연의 오른쪽 귀가 들리지 않는다는 진단을 받았었다. 지옥 같은 날들이었지만 서류를 준비하면서 마음을 다스릴 수 있었다. 한창 현장조사를 받을 때쯤 아버님이 위독해지셔서 다시 병원에 들어가 계신 상태였다.

교육부에서 인가증이 나온 후 한 달 안에 등기를 마쳐야 설립을 할 수 있었다. 아버님의 병환이 깊어지면서 사무실을 비우는 날이 많았다. 교육부에서 우편등기로 보낸 서류가 내 부재로 다시 교육부로 여러 번 반송이 되면서 등기를 마쳐야 하는, 한 달이라는 시간이 어느새 흘러 딱 하루가 남게 되었다. 세종에 반송된 서류를 KTX를 통해 받아든 날, 아버님이 오늘을 넘기지 못할 것 같다는 말을 들었다. 아버님을 뵌 지 17년, 결혼하고 같이 산지 11년 만에 나는 슬픔에 빠져 있었다. 가성 혼수상태가 되신 아버님은 어떤 반응도 보이지 않으셨다.

"아버지, 더 아프지 말고 편해지셨으면 좋겠어요. 저희 잘살게요." 마지막 인사를 해도 아버님은 돌아가시지 않았다. 남편은 오늘 서류를 등록하지 않으면 10개월의 고생이 물거품이 된다는 것을 알았기 때문에 얼른 등기소에 다녀오라고 했다. 임종을 지키지 못하는 상황이 될 수도 있었다.

"아버님, 금방 다녀올 테니 저 올 때까지 돌아가시면 안 돼요"라는 말을 하고 나는 부리나케 부산진 등기소에 갔다. 서류를 어떻게 접수했는지 모를 정도로 울었다. 그렇게 좋은교육 아카데미 사회적 협동조합은 강사들을 대변하는 비영리 단체로 등록이 되었다. 아버님은 내가 등기소 일과 오후 수업을 마치고 돌아온 후 돌아가셨다.

PART 4

꿈을 가진 엄마는
멈추지 않는다

성공 연습하기

좋은교육 아카데미 사회적 협동조합은 비영리 단체이다. 영리사업을 하기 위해 설립을 했던 것이 아니라 교육부 정책이 위탁사업으로 변환이 된다면 강사들이 사용할 수 있게 하려고 미리 설립했던 것이라 내 삶에 크게 변화는 없었다.

여전히 나는 주산 본부장으로서 강사들과 함께했고, 바우처 제공기관을 운영하면서 즐거운 나날을 보내고 있었다. 바우처 수강생들이 늘어나면서 바우처의 혜택이 한정되어 있어 경력단절 여성들에게는 크게 도움이 되지 못하는 것을 깨달았다. 나는 호기심이 매우 많다. 무엇이든 마음을 먹으면 끝까지 해 내려는 불도저 같은 성격도 있다.

"선생님. 남편이 사업을 해서 바우처를 신청할 수가 없어요. 저는 부모교육도 듣고 싶고, 내가 어떤 일을 좋아하는지 찾아서 일도 다시 하고 싶어요." 잘 알고 지내던 분들이 이런 이야기를 할 때마다 목구멍에서 뭔가 걸린 것 같은 기분이 들었다.

'큰돈 들이지 않고 이분들이 좋아하고 행복한 일을 할 수 있도록 도와드리는 방법이 무엇이 있을까?' 궁금했다. 주변인들에게 무엇이 배우고 싶고 무엇을 하고 싶은지 물어보기 시작했다. 대부분의 대답은 주부로서 아이들을 양육하면서 내 일을 찾아서 하고 싶다는 것이었다. 갑자기 실직자 훈련이 생각이 났다. '그래, 실직자 훈련은 소득 여부와 상관없이 일정 기간 동안 일정 금액을 지원받아 본인이 듣고 싶은 교육을 들을 수 있지!' 하는 생각이 들었다.

실직자 훈련에 대해 알아보니 직업훈련학교, 평생교육학원, 평생교육원 등에서 실직자 훈련을 할 수 있었다. 갑자기 평생교육원을 하고 싶다는 생각을 했다. 어차피 바우처 제공기관은 평생교육과 관련이 있어 교육원을 설립해도 바우처를 운영하는 데 문제는 없었다.

하지만 평생교육원 설립은 의외로 까다로웠다. 인터넷에는 평생교육원을 차리게 해 주는 대가로 수천만 원을 요구하는 곳도 많았다. 나는 돈도 없을뿐더러 왠지 그런 방법이 사기 같다는 느낌이 들었다.

평생교육원을 이미 설립해서 운영하고 계신 원장님을 찾아가서 도움을 받기로 했다. "원장님, 제가 바우처 기관을 운영하는데 평생교육원으로 변경을 하려고 해요." 원장님께 조언을 구했지만, 원장님 본인도 약간의 수수료를 주고 설립을 도움 받았다고 하셨다. 가까운 분도 이렇게 컨설팅을 받고 설립을 했다는 이야기를 들으니 나는 그냥 포기해야겠다는 생각을 했다.

"선생님, 지금 보내드린 블로그를 보시면 평생교육원을 차리는 데 도움이 될 것 같아 문자 보내드려요. 보시고 참고해 보세요"라는 문자가 들어왔다. 여기저기 평생교육원에 관해 물어보고 다니다 보니 어떤 분이 우연히 글을 보다가 내 생각이 나셨다며 문자로 블로그 주소를 하나를 보내셨다. 글을 쭉 읽어 보니 평생교육원을 설립할 때 과도하게 컨설팅 비용을 요구하는 곳에 대해 비판을 하면서 본인은 무료로 컨설팅을 해 준다는 내용이었다. '정말일까?' 하는 생각에 연락처를 뒤져 문자를 하나 보냈다.

"안녕하세요, 대표님. 부산에 사는 안은선입니다. 블로그 글을 보고 문자를 보냅니다. 도움을 받고 싶은데 통화 가능하시면 문자 부탁드립니다." 문자를 드리고 며칠을 기다려도 연락은 오지 않았다. 큰 기대를 하고 보낸 문자는 아니었지만 조금은 실망스러웠다.

몇 주가 지나고 생각이 나서 또 한 번 문자를 보냈다.

"현재는 방과 후 강사로 활동하면서 정부 지원을 받는 바우처 기관을 운영하고 있습니다. 평생교육원을 설립해서 실직자훈련을 해보려고 하는데 도움이 필요합니다. 꼭 연락주세요." 여전히 답변은 없었다. 문자를 보내고 한 달쯤 지나 수학 강사들의 모임이 있는 날이었다. 스터디 모임을 마치고 간단하게 점심을 먹기 위해 식당을 가는데 모르는 번호로 전화가 왔다. 습관처럼 모르는 번호를 받지 않으려다가 혹시 학부형일 수도 있다는 생각에 전화를 받았다.

"안녕하세요. 얼마 전 저에게 문자를 보내셨던데, 바우처 기관 운영하시는 분이신가요?" 바로 기억이 나진 않았지만 내가 바우처 기관을 운영하는 것은 맞으니 나를 아는 사람이겠다 싶어 맞다고 했다.

"네, 맞긴 맞는데 제가 문자를 드렸었나요? 죄송합니다. 연락처에 저장이 안 되어 있어 누구신지 잘 모르겠어요."

"김민수입니다."

이름을 들어도 기억이 나질 않았다.

"정말 죄송해요. 제가 어떤 용건으로 문자를 넣었던가요?"

"아닙니다. 제가 너무 늦게 연락을 드린 게 맞는걸요. 한 달 전쯤 평생교육원을 설립하고 싶다고 문자를 넣으셨거든요."

전화번호를 저장해놓지 않아서 누군지 알 수 없었다며 사과를 했다.

"정말 전화를 주실 줄 몰랐어요."

나는 뜻밖의 전화에 반가움과 감사함이 들어 어찌할 줄 몰랐다.

"네, 제가 글을 한 번 쓰고, 평생교육원 설립에 관련된 전화나 문자를 너무 많이 받아서, 평생교육원이라는 문구로 스팸을 걸어놓았는데, 스팸 편지함을 정리하다 보니 선생님 글이 눈에 들어와 늦게라도 연락을 드렸습니다."

한 달이 지난 문자에서 어떤 문구를 보시고 연락을 주셨는지 궁금했다.

"다들 평생교육원을 차리면 큰돈을 번다고 생각하시고 연락을 주세요. 하지만 확실한 사업목적이 없으면 설립을 해도 운영을 하지 못해 폐업하는 경우가 많습니다. 선생님은 현재 바우처 사업을 운영하고 계시기 때문에 설립해도 유지를 할 수 있다고 생각해서 연락을 드렸어요."

청주에 사시는 청소년기자단을 운영하시는 대표님이셨다.

"그래도 정부 서류를 작성해 보셔서 만드시는 데는 다른 분들보다 빠르실 것 같아요. 제가 자료를 보내드릴 테니 참고해 보세요."

대표님은 그동안 지역별로 몇 분에게 도움을 주셨다고 한다. 선뜻 나눔을 베풀기가 쉽지 않은데 정말 고마운 분이셨다. 하고자 하니 도와주는 사람들이 자꾸 옆에 생기게 되었다.

"선생님 열정이 대단하셔서 도와드리는 거니 꼭 잘 운영해보세요. 실직자 훈련도 등록이 되었으면 좋겠어요." 그분의 마지막 당부와 함께 나는 본격적으로 무자본 평생교육원 설립을 시작했다. 평생교육원은 여러 가지 형태로 설립할 수 있다. 일반인이 설립 가능한 평생교육원은 사단법인부설 평생교육원과 언론부설 평생교육원이다. 나는 언론부설 평생교육원을 설립하기로 했다. 평생교육시설은 교육원 주소지의 교육지원청에 신고하면 신고증이 나온다.

사회적 협동조합 설립 서류를 준비해 본 경험이 있어 자료 준비에 크게 어려움을 느끼지는 않았다.

평생교육원은 시설기준과 등록기준만 된다면 누구든 등록할 수 있게 되어 있지만 등록기준이 워낙 까다로워 누구나 쉽게 등록을 하기는 어려웠다.

먼저 인터넷 언론사를 부산시에 등록했고 언론사 등록 허가증을 가지고 평생교육원 제출서류를 만들었다. 구청과 교육부에 서류를 내 본 경험과 담당자와 수시로 통화를 해 본 경험이 있어 등록 준비는 큰 어려움이 없이 진행되었다. 한 달 정도 서류를 만들어 제출하고 현장조사를 기다리고 있었다.

"여보세요. 여기 R교육지원청 평생교육 담당자 김민정입니다. 제출하신 서류 중에 화장실의 사진이 이상해서 전화했습니다." 화장실이 문제가 될 게 없었는데 담당자는 남녀 구분이 없는 화장실 사진에 문제가 있어 서류를 반려한다고 했다. 현장조사 역시 취소가 되었다. 갑자기 짜증이 났다. 부랴부랴 R교육지원청 평생교육 담당자를 찾아가 정확한 이유를 물어보았다. 화장실에 남자 소변기가 없고 남녀구분이 되어 있지 않았기 때문이라는 답변을 듣고 나는 돌아오면서 생각을 했다. 이제 그만 포기하자. 매번 어렵게 서류를 만들고 제출하는 과정이 슬슬 힘에 부쳤다.

교육지원청에서 돌아오는 길에 이서우 선생님께 전화를 했다. "선생님, 이번에 평생교육원 설립은 그냥 없었던 걸로 하려고요."

이서우 선생님은 매번 서류 때문에 고생하는 내가 안쓰러워 그만 일을 벌이라고 야단을 치시는 분이셨다. "왜요? 다 된 거 아니었어요?"

화장실이 문제가 되어 서류가 반려되었다고 이야기를 했다. "화장실 공사하면 안 돼요?" 뜻밖에 말에 나는 당황했다. 매번 야단을 치던 선생님은 포기한다는 내게 다시 해 보자고 제안을 하셨다.

"조금 힘이 들어서요. 어렵게 서류를 만들어 제출하고 조사받고 하는 것이 힘에 부쳐요." 전화를 끊고 사무실에 앉아 있는데 이서우 선생님이 사무실로 찾아왔다.

"같이 알아봐요. 이제껏 잘해 와 놓고 포기하는 것은 아닌 것 같아요. 나중에 정말 후회할 수도 있어요. 내가 주산 암산 강사를 하려고 준비할 때 다리를 다쳤잖아요. 그때 정말 할 수 없는 상황이었거든요. 근데 지금 포기하면 다시는 이런 기회가 없을 것 같았어요. 그래서 죽을 것 같았지만 열심히 노력했던 거예요."

선생님은 힘이 빠진 나에게 응원을 해 주셨고 우리는 화장실 공사를 하기로 했다. 화장실 공사가 마무리되고 다시 한 번 교육지원청에 서류를 제출했다. 담당자가 현장실사를 나오는 날이었다.

다른 교육원에 비해 규모가 아주 작았고, 시설기준도 턱걸이로 겨우 통과를 했기 때문에 현장실사에서 탈락을 할 수도 있었다.

"생각보다 너무 작아서 운영할 수 있을까요?" 평생교육원 허가를 담당하는 교육청 직원은 시설 규모에 대해 처음부터 좋지 않은 평가를 하셨다.

"네, 작긴 하지만 운영하는 데 어려움은 없어요. 등록기준이 되면 통과되는 것 아닌가요?"

"네, 서류를 완벽하게 했지만, 담당자가 현장실사를 해 보고 평생교육원을 운영하는 데 어려움이 있다고 판단되면 반려가 될 수도 있습니다." 젊은 교육청 담당자는 원리원칙대로 실사를 진행했다. 제출한 서류 중에 비품명세도 꼼꼼히 개수를 세면서 부족한 부분에 대해 사유를 물어봤다.

"간판이 '사회서비스'던데요. 간판을 뗀 후 다시 사진을 찍어 보내주세요." 명령하듯 말을 하는 담당자의 말에 나는 기분이 상했다.

"담당자님, 간판이야 나중에 등록하고 얼마든지 교체를 할 수 있는 부분이에요. 우리 기관을 등록을 할지 말지도 모르는 상태에서 100만 원 가까이 들어간 간판을 떼라고 하시는 것은 조금 말이 맞지 않는 것 같아요." 내 이야기에 담당자는 얼굴이 빨개졌다. 이곳에 현장실사를 나오기 전 어떤 일이 있었는지는 모르지만 프로답지 못한 모습이었다. 처음부터 실사가 거의 끝나갈 때까지 꼬투리를 잡으려고 하는 사람처럼 계속 공격적으로 질문을 했기 때문이다.

"그동안 이 지역에 많은 평생교육원 등록을 해 주신 걸로 알고 있어요. 담당자님이 보실 때 우리 기관이 작아 보이고 제대로 갖추지 못한 부분이 한심해 보일 수도 있지만 저는 어떤 컨설팅 비용도 내지 않고 스스로 몇 달 동안 고생하면서 서류를 준비했어요. 원칙에 어긋나면 원칙대로 해 주시면 돼요."

처음에는 기대하고 현장실사를 받았는데 실사가 진행되면서 어쩌면 평생교육원을 등록할 수 없을 수 있다고 생각을 했기 때문에 나는 하지 않아도 되는 말까지 쏟아내고 말았다.

현장실사가 끝나고 교육청에서 한동안 연락이 없었다. '안 됐나? 안 됐으면 어쩔 수 없지' 하는 마음으로 사무실에 앉아있는데 교육청에서 문자 한 통이 들어왔다.

> 좋은배움 평생교육원 등록증 찾아가세요.
> — R교육지원청 평생교육 담당자

평생교육원이 등록된 것이다.

어느 하나 나 혼자의 노력으로 된 것은 없다. 간절한 마음으로 도움을 바랐고 나의 간절한 마음을 통해 여러 사람들의 도움을 받아 내가 원하는 것을 얻어내곤 했다. 어떤 상황에 부딪치든지 자신의 모든 능력을 남김없이 쏟아 붓는 과정 자체가 바로 성공임을 알게 되었다.

취업에는 공식이 있다

실직자 훈련을 하기 위해 평생교육원을 세우는 것은 기본이었다. 기본을 맞추기 위해 6개월의 시간이 걸렸다. 그 기간 동안 경력단절 여성 재취업 프로젝트 2기생들은 열심히 주산 암산 지도법을 배우고 있었다.

이미 1기생들의 취업을 경험한 나는 1기생의 수업 때보다는 편한 마음으로 진행을 할 수 있었다.

2기생은 특별한 홍보 없이 주변 지인들의 소개로 들어오신 분들이다. 그중 두 분은 나에게는 아주 각별한 분이다. 이미 다른 곳에서 주산 암산 지도법을 배웠고, 취업에 성공하지 못한 채 나에게 오셨다.

"선생님, 안녕하세요. 저는 B대학교 평생교육원에서 주산 암산 지도법을 배운 사람인데요." B대학교 평생교육원이라는 말을 듣고 나는 흠칫 놀랐다. 내가 전에 있었던 단체에서 진행하는 과정이었기 때문이다. 그 단체를 나온 지 3년이 넘었지만, 조금이라도 연결이 되는 것을 원치 않았기 때문에 나는 정중히 거절을 해야 했다.

"선생님, 죄송합니다. 이미 주산을 배우셨고 자격증을 가지고 있으시니 제가 도와 드릴 일은 없을 것 같아요." 두 분의 선생님들은 나의 거절에 서운해 하셨다. 하지만 나로서는 어떤 잡음도 듣고 싶지 않았기 때문에 거절할 수밖에 없었다.

며칠이 지나고 두 선생님은 무작정 내 사무실에 찾아오셨다. 나는 돌려보낼 수가 없었다.

"많이 궁금했어요. 거기에 계신 분들이 이야기를 많이 하시더라고요." 묻지도 않은 이야기를 자꾸 하셨다. "네. 어떤 이야기를 들으셨는지는 알 수 없지만 저는 제 양심을 거스르는 일을 한 번도 한 적이 없습니다. 다만 나올 때 그동안 감사했다고 인사를 미처 드리지 못한 부분은 안타깝게 생각하고 있어요." 솔직한 내 이야기를 시작하니 불편했던 마음이 조금씩 누그러들고 있다.

두 분은 취업을 준비했지만 쉽게 연결되지 못했다고 한다. 그분들은 우리와 함께하고 싶어 하셨다. 나는 교육생을 뽑을 때도, 주산 암산 강사가 우리 모임에 들어오고 싶어 하실 때도 혼자 결정하지 않았다. 여러 선생님과 상의 후 연락드리겠다는 이야기를 드리고 나서야 집으로 돌아가셨다. 그쯤 5명의 교육생은 열심히 주산 암산 지도법을 배우고 있었다.

주산 암산 강사 수도 늘어나고 2기 교육생들도 있었다. 바우처 프로그램은 강의실 한 개로만 운영하기에는 턱없이 부족했다. 이사를 한 지 6개월 만에 나는 또다시 넓은 곳으로 이사를 해야 하는 상황이 되었다. 이곳으로 이사를 하기 전 지인에게 남은 임대기간을 부탁했던 작은 삼각형 사무실도 기간이 끝이 나고 있었다. 지인과 함께 사무실을 같이 사용하기로 했고, 함께하는 사람들이

1년 사이 2배로 늘면서 더 넓은 곳으로 이사를 하고 싶었다.

1년에 3번의 이사는 무리라며 말리는 주변 사람들의 이야기도 들리지 않았다. 막상 넓은 사무실을 알아보니 보증금과 임대료가 굉장히 비쌌다. 바우처 제공기관은 구청의 감독을 받고, 평생교육원은 교육지원청의 감독을 받기 때문에 주소가 다른 지역구로 변경이 되면 다시 등록해야 한다. 사무실임대료에 대한 걱정보다는 다른 지역구로 이전을 하면 서류를 다시 만들어야 한다는 생각에 나는 망설이고 있었다.

평생교육원 주소지로 있는 지역구에서 사무실을 구해 봤지만 내가 원하는 사무실은 쉽게 나오질 않았다. 남편과 함께 늦은 저녁을 먹고 집으로 올라가고 있었다. 아이들의 먹을 것을 사려고 슈퍼에 들렀는데 '사무실 임대'라는 현수막이 건물 입구에 붙어 있었다. 구경이나 해 볼까 하는 생각에 가벼운 마음으로 임대하는 곳을 방문하니 큰 평수에 기본적인 인테리어가 되어 있는 깔끔한 학원이었다. 기존 사무실과 보증금은 똑같았고 15만 원 더 비싼 임대료였지만 강의실 크기는 2배였다. 강의실이 무려 5개나 되었다. 그렇게 나는 일 년에 세 번째로 이사해서 지금의 사무실을 얻게 되었다.

이사 후 본격적으로 실직자 훈련을 등록하려니 막막했다. 주부들이 손쉽게 취업을 할 수 있는 프로그램이 무엇일까 생각을 해 보았다. 가정에서 살림하고 정리하는 것을 잘하는 주부가 직업을 가진다면 '정리수납컨설턴트'가 적당하다고 생각했다. '정리수납컨설턴트' 과정과 '공부환경지도사'라는 과목을 등록하고 실직자훈련과정을 열면 재취업 프로젝트 2탄이 탄생할 거라고 생각했다. 지금은 보편화가 많이 되어 있었지만 정리수납컨설턴트 과정을 등록하는 곳은 많지 않았다.

지인의 소개로 정리수납컨설턴트 과정을 진행하고 계신 분을 만났다. 그분을 통해 정리수납의 개념에 대해 들었다. 예전에는 집안 청소의 개념이었다면 지금은 시스템화된 과정이며, 정리수납을 하나의 직업으로 창업할 수 있게 됐다고 하셨다. 정리수납컨설턴트 실직자 훈련을 검색해 보았다. 당연히 정보를 얻기는 쉽지 않았다. 국가에서 진행하는 여성인력개발센터를 제외한 일반 사설 평생교육원, 평생직업학원에는 정리수납컨설턴트 과정이 개설된 곳은 딱 한 곳이었다. 강원도 원주에 소재하고 있는 평생교육원이었다.

늘 선택의 기로에 섰을 때 내가 마음 가는 것에 최선을 다하는 방법을 선택한다. 강원도 원주에 계신 평생교육원 원장님에게 여러 번 전화를 드려서 약속을 잡을 수가 있었다. 내가 사는 곳은 부산이다. 거리가 얼마인지 생각하지 않고 무작정 원주에 가는 버스에 올라탔다. 나 혼자 가기에는 너무 먼 거리라서 지인과 같이 동행을 했다. 강원도 원주라는 곳을 부산에서는 가 본 적은 없다. 약속 시간보다 한 시간 정도 먼저 도착한 우리는 점심을 먹고 약속 장소로 갔다. 조용한 카페였다.

짧은 커트 머리의 원장님은 카페에서 책을 보고 계셨다. 단번에 알아본 나는 성큼성큼 원장님께 다가가 인사를 했다. "안녕하세요. 부산에서 온 안은선입니다." 빈손으로 갈 수 없었던 나는 작은 화분 하나를 내밀었다. "생각보다 빨리 도착해 원주를 여기저기 둘러봤어요. 서울에 살 때 자주 왔던 곳인데 이렇게 여유롭게 원주 시내에 와 본 적은 없네요." 원주에는 작은아버지가 살고 계시고 몇 년 전 돌아가신 할머니가 계셨기 때문에 자주 왔다. 나는 왜 약속 장소를 자신이 운영하는 평생교육원이 아닌 카페로 정하셨는지 궁금했다. "네, 요즘 사설평생교육원이 힘들어 정리하고 있는 단계예요. 원주는 워낙 인구가 작아서 실직자 훈련을 해도 수요가 많지 않네요." 만약 원장님이 이상한 말로 둘러댔다면 쉽게 의심을 떨쳐 버릴 수 없었을 텐데 그분의 솔직한 답변에 믿음이 더 갔다. 3시간 정도 이야기를 나누고 내가 왜 이 과정을 운영하려고 하는지와 그동안 살아왔던 이야기를 했다. 원장님은 굉장히 솔직한 분이었다. 본인이 도와줄 수 있는 부분은 도와줄 수 있지만 컨설팅에 조금의 수수료가 필요하다고 했다. 고민의 여지는 없었다. 정리컨설턴트과정을 등록해 본 사람은 그분밖에 없기 때문에 나는 무조건 수수료를 드린다고 하고 부산으로 돌아왔다.

"선생님, 실직자 훈련 등록을 위해서는 설명회를 들어보시는 것이 도움이 될 것 같아요. 조만간 관련된 설명회가 있으니 참고해 보세요." 원주의 원장님 전화였다.

세종대학교 광개토관 컨벤션홀에서 진행된 신규기관 대상 현장 심사 설명회를 위해 나는 정말 오래간만에 대학캠퍼스에 가 보았다. 파릇파릇한 청년들의 모습들이 너무나 빛나 보였다. 2시간 교육을 받기 위해 왕복 6시간을 달려갔다. 설명회 덕분에 애매한 내용들이 정리된 것 같아 마음이 한결 가벼워졌다. 2015년도는 무조건 현장심사를 통과해야 실직자 훈련을 운영할 수 있다는 것을 알고 있는 많은 신규기관들은 설명회가 끝났는데도 그 자리를 떠나지 못하고 교육을 준비한 한국기술교육대학교 직업능력심사평가원 직원들에게 질문을 쏟아내고 있었다.

실직자 훈련을 등록하기 위해 서울과 대구에서 진행하는 설명회를 들었다. 설명회를 듣고 생각보다 만만치 않은 일이라는 것을 알았다. 2014년까지는 통합심사와 현장심사를 따로 하지 않는 유예 기간이었다. 그동안은 실직자 훈련과 관련이 되는 과목심사만 진행을 했다면 2015년부터는 직업능력개발훈련과정에서는 현장심사를 무조건 받아야 실직자 훈련에 등록할 수 있게 되었다. 300쪽 분량의 서류를 접수하면 서류통과자를 발표한 후 현장심사를 나오는 순서로 진행됐다.

서류심사 후 3명의 담당자가 현장심사를 나오는 날이었다. 현장심사를 대비해서 아침부터 분주하게 막바지 서류를 준비하고 있었다. 담당자는 생각보다 이른 시간에 도착을 했다며 전화를 걸어 왔다. 원주에 계신 원장님에게 여러 가지 팁을 얻었고 여러 군데의 설명회를 통해 어떤 형태로 현장심사가 진행이 되는지 알고 있었지만 막상 서울에서 내려온 고용노동부의 심사관은 외부에서 초빙한 정리수납 과정 담당자 분과 같이 오셨다.

심사는 11월 초에 진행되었다. 직업능력개발훈련과정은 고용노동부와 한국기술교육대학교 직업능력심사평가원에서 심사하고 관리한다. 심사내용은 기관건정성 평가항목에서 국세 및 지방세를 성실히 납부하고 있는지 여부, 대표훈련과정 과정개요서이다. 또한 기관이 제대로 프로그램을 운영할 수 있는지 판단을 하기 위한 기관경영 평가에서는 정부 위탁사업을 운영하는 직업능력개발훈련기관의 리더로서 사명감을 가지고 실업자 및 재직자등의 직업능력개발을 통해 사회 발전에 기여하기 위해 노력하고 있는지를 살펴본다. 통합심사에서는 세부적인 기관발전계획까지 수립을 해야 하는데 사회적 책임과 역할을 다해 전문기관으로 발전해 나갈 수 있도록 기관발전목표와 실행계획을 수립하고 추진하려는 노력을 평가 받는다. 경쟁력을 확보했는지, 기관만의 특성화 전략은 수립하고 있는지 확인하기도 한다. 위기상황에 대한 대응책은 마련하고 수립 했는지, 개인정보보호와 정보보안의 관리체계를 구축, 수립 및 실 행을 위해 노력했는지 여부도 판단을 한다.

NCS 훈련기준 및 학습모듈을 분석해서 훈련과정을 개발하고 운 영할 수 있는지, 훈련생 및 훈련수요자 요구조사를 철저히 진행했 는지, 적절한 훈련과정 운영체계를 갖추고 있는지는 직업훈련과정 에서 중요시하는 부분이다. 훈련과정 정보를 어떤 방식으로 전달 하는지를 보고, 훈련생에게 질 높은 훈련서비스를 제공하는지 보 기 위해 만족도 조사를 한다. 성취도 평가 방법, 훈련생 평가 방법, 훈련시설 장보 확보 여부, 훈련전담인력 확보 여부, 인력의 직무역 량 개발 지원시스템 등 전반적인 평가도 진행했다.

제출한 분량이 300쪽에 달했지만, 막상 현장심사를 위해 근거자 료를 비치한 것까지 포함하면 500쪽 분량이 넘었다. 결과는 12월 31일에 나왔다. 기관평가에서는 높은 점수로 통과를 했지만 프로 그램과정 평가에서는 부적격 판정을 받아 결국에는 실직자 훈련을 하지 못했다. 아직까지는 정리수납컨설턴트라는 과정이 생소했기 때문이다. 또한 국가는 자동차, 선박, 미용, 음식, 컴퓨터 등 국가기 조사업의 훈련과정을 통해 많은 인원들이 재취업을 성공하기를 바 란다. 정리수납컨설턴트과정은 내가 판단할 때 좋은 프로그램이었 지만, 대상이 주부와 여성이라고 한정지어 판단할 수 있는 부분이 있었을 것이다. 안타까운 마음도 있었지만 최선을 다해 노력을 했 기 때문에 후회는 없었다.

나는 미래를 걱정하지 않는다. 내가 할 수 있는 일을 최선을 다해 하다 보면 미래는 내가 원하든 원하지 않든 공식에 맞추어서 결과를 내곤 한다. 늘 성공을 했던 것은 아니다. 실패를 자주 하다 보면 실패를 더 이상 하기 싫어서 더 꼼꼼해지고 더 많은 것을 챙겨보게 되며 폭넓은 사고를 하게 된다. 지금도 나는 아이들이 한 번에 성공하는 것을 원하지 않는다. 실패를 해야 부족한 것을 채워나가는 방법을 스스로 터득할 수 있기 때문이다.

취업 역시 마찬가지다. 취업은 장기전이다. 하나씩 천천히, 내가 원하는 것은 여러 번의 실패를 거쳐야 얻을 수 있다. 지금까지 해 왔던 모든 것들을 쉽게 얻은 적은 없다. 기간이 오래 걸리든 비용이 더 많이 들든 그만큼의 대가를 지불하고 얻어냈던 것이다.

경력 유지도 단절도 나의 선택이다

　부산에서 재취업 프로젝트로 인연이 되어 방과 후 수업을 시작한 곽민성 선생님이 울산으로 이사를 간다고 했다. 정말 열심히 하던 분이란 걸 잘 알기에 이사를 한 후에도 주산 암산 방과 후 수업을 계속 하기를 바랐다. 같이 모임을 해 온 선생님들 역시 아쉬워하기는 마찬가지였다.

　"울산으로 이사하시면 방과 후 수업을 못하시겠어요. 아쉽네요."
학기 중 이사를 했기 때문에 당장 울산에서 방과 후 강사로 활동하기는 어려웠다.

　"당분간 학교를 계속 다닐 생각이에요. 불편하기는 한데 학교를 그만두는 게 아쉽고 서운해서 내년 2월 계약기간까지 수업을 진행하기로 했어요." 이사를 하고 나서도 곽민성 선생님은 학교와의 계약기간 동안 수업을 진행하기로 마음을 먹었다며 전화가 왔다. 울산에서 부산까지 왕복 2시간 거리, 차가 막히면 4시간 거리이다. 계약 기간은 4개월 이상 남았다. 일주일에 두 번 왕복을 하겠다고 이야기하는 모습이 감사하기도 하고 정말 대단하다고 생각을 했다. 세 아이를 키우면서 방과 후 수업을 하기가 보통 어려운 게 아닐 텐데 말이다.

어느 날 곽민성 선생님은 나에게 "본부장님, 울산에서 재취업 프로젝트 해주시면 안 돼요? 저도 상의할 선생님이 있었으면 좋겠어요." 내가 재취업 프로젝트 2기를 부산에서 한다는 것을 잘 알고 있던 곽민성 선생님은 울산의 주부들에게도 이런 기회가 있었으면 좋겠다고 했다.

"부산은 제가 잘 알고 있지만 울산은 한 번도 가본 적도 없고 부산에서 성공했다고 해도 울산에서도 그럴 거라고는 장담할 수 없어요." 생각해 본 일이 아니었고, 거리상 힘들 거라고 생각해서 쉽게 대답하지 못했다.

곽민성 선생님은 울산에서도 자신처럼 취업을 하고 같이 동행할 사람이 필요하다고 끊임없이 내게 전화를 했다. 거리를 계산해 보니 왕복 2시간 거리였다. 장소도 없는 데다 과정은 무료로 진행을 해야 한다. 재취업 프로젝트라고 해도 사람들은 처음 나를 보고는 사기꾼이나 다단계를 하는 사람으로 생각을 할 것이다. 또 과정을 열더라도 취업이 될 수 있을지 장담을 할 수가 없다.

울산 수업을 하려면 제일 중요한 것이 빡빡한 일정 중에 시간을 내는 것이었다. 왕복 2시간 거리이지만 수업 3시간까지 포함한다면 5시간을 확보해야 했다. 곽민성 선생님의 간절한 부탁과 '한 번 해볼까?' 하는 마음이 있었기에 2015년 8월에 우리는 울산 재취업 프로젝트 1기를 하기로 했다.

수업 시간을 잘 조절하여 수업이 가능한 요일을 선택했다. 10명 내외의 인원이 수업을 할 수 있는 장소가 필요했다. 칠판과 빔 프로젝트가 있는 곳을 알아보니 양성과정 수업과 매주 진행하는 스터디를 할 만한 장소를 빌리는 비용이 만만치 않았다. 교육장의 위치도 수업 후 부산으로 빠르게 이동할 수 있는 울산톨게이트 부근에서 찾으려니 더 찾을 수가 없었다. 곽민성 선생님을 통해 무료로 대관할 수 있는 곳을 수없이 두드려 보았지만 장소를 빌려주겠다는 곳이 없었다. 장소를 구하지 못하면 곽민성 선생님의 집에서라도 해 보자고 하던 차, 문득 얼마 전 나에게 교재를 구매하겠다고 전화가 와서 통화를 했던 분이 생각이 났다. 본인을 방과 후 수업을 하는 교회의 사모님이라고 소개를 했던 기억이 났다.

"선생님, 나노주산암산 안은선 본부장입니다. 잘 지내시죠? 이번에 울산에서 재취업 프로젝트를 진행하려고 하는데 장소가 마땅치 않아 혹시 교회의 교육실을 빌릴 수 있는지 궁금해서 여쭤봅니다." 그분은 흔쾌히 허락을 해 주셨다.

"의미 있는 일을 하시네요. 정말 잘 되길 바라요. 교육실이 많이 낡았지만 수업을 하는 데 지장은 없을 거예요. 대관료는 필요 없습니다." 장소를 빌려주시는 것이 너무나 감사했다. 장소가 선택되고 곽민성 선생님과 방문을 해 보니 울산 톨게이트 부근이어서 이동도 편리했다. 대관료 없이 진행하는 것이 부담스러워 작은 금액이라도 교회에 헌금을 하는 것으로 이야기를 마쳤다.

곽민성 선생님은 울산에서 태어나 대학까지 나왔다. 결혼 후 부산에서 10년 가까이 살다가 다시 울산으로 이사를 했기 때문에 주변의 주부들을 잘 알지 못했다. 우리는 취업이 안 될 수도 있다는 판단하에 선생님이 나온 고등학교, 대학교 동기들 중 재취업 1기생을 모집했다. 모두 9명이었다. 교회의 교육실을 이용했기 때문에 종교적인 성격으로 비춰질 수 있었기에 더 조심스러웠다. 첫 수업이었다. 9명의 교육생은 곽민성 선생님이 무조건 오라는 반 협박으로 오신 분들이라서 어떻게 교육을 시작해야 할지 걱정이 앞서기도 했다.

첫 수업 OT를 진행한 후 일주일 동안 어떤 피드백도 하지 않은 상태로 울산의 두 번째 수업에는 9명 전원이 참석했다. 주산을 어릴 때 배웠다는 분도 계시고, 주산이 처음이라는 분도 있었기에 과제의 양은 부산의 교육생보다 더 많을 수밖에 없었다. 4회 차 수업을 진행하는 중간에 한 분의 질문이 나를 흔들기 시작했다.

"방과 후 선생님들이 이런 식으로 취업을 하는지 몰랐어요. 조금 속은 기분입니다." 자신의 아이가 초등학교에서 방과 후 수업을 듣고 있는 교육생이었다. "왜 속은 기분이 들죠? 학교에서 원하는 자격 조건이 되고, 아이들을 가르칠 수 있는 방법을 아시는 분이 방과 후 수업을 하시는데 왜 그런 생각을 하시나요?" 그분은 다양한 프로그램을 들었다고 했다. 대부분 과정 중에 방과 후 강사를 할 수 있다고 해서 많은 돈을 주고 들었지만 취업과 연결되지 않았고, 이렇게 몇 달간의 과정만 마치면 취업할 수 있는 방과 후 수업의 질을 믿을 수 없다고 했다. 그 이야기를 듣는 내내 얼굴이 화끈대고 속이 아팠다.

"선생님, 몇 달간의 짧은 과정을 마쳤더라도 강사가 충분히 아이들을 지도할 수 있다는 판단은 학교에서 하는 거예요. 서류를 통과했다는 것은 그분의 기본적인 조건을 평가한 것이고, 면접을 통해 아이들을 지도할 수 있는 역량을 평가한 후에 채용이 되는 거랍니다." 그분은 학교의 선생님과 강사들은 아이들을 지도할 때 실력향상에만 초점을 맞춰서 지도하기를 바라는 분 같았다. 속상하지만 대부분의 사람들은 그렇게 생각을 하기도 한다.

하지만 학교에서 근무를 하다 보면 다양한 선생님들을 만난다. 몇 년 동안 지켜봐 온 교육의 현장은 아이들의 실력을 향상시키려고 노력하는 선생님보다 아이들의 인성을 지도하기 위해 노력하시는 선생님들이 더 많았다. 그분들은 초등학교 생활을 하는 동안 아이들이 평생 동안 삶을 살아가는 기초가 되는 태도, 인성, 습관을 잡아주는 것이 중요하다고 생각하셨다. 특히 어린아이를 학습에 서열을 매기는 평가는 좋지 않다고 생각하신다. 이런저런 이야기를 하다 보니 목소리가 높아지는 것 같아 빠르게 수업을 마무리했다.

5회 차 수업부터는 뚜껑을 열어놓은 사이다 같은 분위기였다. "안녕하세요. 일주일 만입니다." 즐겁게 인사를 하고 들어간 교실에는 몇몇 분이 지각을 하셨고, 결석생도 생기게 되었다. 지난주까지는 지각생이나 결석생이 없었는데 한 주 만에 분위기가 갑자기 변해 버린 것이었다.

"많이 빠지셨네요. 그래도 나머지 분들은 열심히 해서 좋은 결과가 나오도록 최선을 다해 봐요." 나 역시 기운이 빠졌지만 이대로 포기하는 건 아닌 것 같아 남아 있는 4번의 수업을 최선을 다해 보리라 속으로 결심을 했다. 질문을 하신 분을 따로 만나서 이야기를 했어야 했나 하는 후회도 밀려 왔지만 지난 일이니 후회해도 소용이 없었다. 열심히 하려고 오신 분들이 한 분과의 언쟁을 지켜본 후 갑자기 자신감을 잃었다. 즐겁지 않은 상태로 수업을 진행하다 보니 우리는 적극적인 자세보다는 얼른 이과정이 마쳤으면 좋겠다는 생각으로 겨우 버텼던 것 같다.

8회의 수업이 무사히 마무리되고 9명의 인원 중에 3명만이 남게 되었다.

"선생님들이 해 보지도 않고 이렇게 포기하는 것이 안타까워요. 무슨 일이든 된다고 생각하고 하셔야지 부정적인 생각을 가지고 하시면 안 되는데… 스터디도 진행해 보고 학교 채용시즌에 맞춰 서류도 내 보고, 면접도 경험을 해 본 다음에 이 길이 아니다 싶으면 그만두면 되는데. 시작도 안 해 보고 다시 원래대로 돌아가는 것을 보니 안타깝네요."

고 정주영 현대그룹 대표는 무슨 일이든 추진하려고 하면 반대하는 사람들에게 "해 보기는 해 봤어?"라고 이야기를 했다고 한다. 나도 그들에게 해 보기는 해 봤느냐고 물어보고 싶었다.

일자리를 찾아야 성공한다는 것은 아니다. 주부로써 살면서 아이들을 양육하고 가정을 돌보는 일이 행복하다면 상관이 없다. 하지만 일을 하고 싶어 나왔는데 이래서 안 되고, 저래서 안 되는 자기 검열은 일을 해보지도 않고 자포자기하게 만든다. 그런 경우를 너무 많이 봤다.

개인 강사든 일반 기업에 취업을 하는 사람들이든 그들은 되든 안 되든 일을 하기 위해 끝까지 해 본 결과물이 있었기 때문에 그 자리에 있는 것이었다.

상황과 환경은 핑계에 불과하다

이서우 선생님을 만난 건 재영이가 1학년이던 해의 3월이었다. 선생님은 내가 지도한 아이의 엄마였고 재영이는 다른 친구와 다르게 굉장히 착하고 순한 아이였다. 아이들을 지도하는 동안 기억에 남는 몇 명의 아이들 중에 하나였다. 선생님을 처음 만나던 날은 무더운 여름이었다. 갓 태어난 재영이 동생을 안고 내가 수업하는 교실에 찾아오셨다. 재영이 동생을 낳은 지 한 달이 조금 넘었다고 했다.

"선생님, 재영이 엄마예요. 수강료를 드리려고 왔어요." 초등학교 방과 후 수업료는 스쿨뱅킹이라는 시스템을 이용한다. 스쿨뱅킹은 학교에 내야 하는 각종 납부금을 학부모 계좌에서 학교 계좌로 자동이체 하는 시스템을 말한다.

강사가 개인적으로 방과 후 수업료를 받을 수 없다는 걸 몰랐던 선생님은 나에게 직접 수업료를 주려고 불편한 몸을 이끌고 학교에 온 것이었다.

"어머님, 강사가 개인적으로 학부형에게 돈을 받을 수는 없어요.

스쿨뱅킹을 등록하셨으면 일정에 맞춰 출금이 될 거예요." 갑자기 얼굴색이 변하면서 쉽게 대답을 못하는 선생님을 보면서 사연이 있음을 직감적으로 알 수 있었다.

"…저에게 주시면 행정실에 납부하고 재영이 편에 영수증을 보내 드릴게요." 더 이상 이야기를 하면 불편해 하실 것 같은 생각이 들어 돈을 받았다. 그 후로 선생님은 수강료를 납부하는 날에 맞춰서 아이를 안고 교실로 찾아오시기를 반복했다. 지금은 그렇지 않지만 예전의 나는 호연이 일로 웬만하면 나를 잘 드러내지 않는 사람이었다. 아이들의 성취도는 아동활동평가표라는 공문을 작성해 보내고, 결석과 지각에 대해서는 문자로만 소통을 하지 개인적으로 학부모님께 연락을 하는 것을 두려워하고 있을 때였다.

"어머님 매번 수강료를 들고 오시기 불편하지 않으세요? 재영이 편에 보내시라고 하고 싶지만 3만원은 1학년이 들고 다니기에는 큰 금액이라서 그렇게 할 수도 없고…"

내 이야기를 다 듣고는 이서우 선생님은 "남편과 제가 신용불량자라서 스쿨뱅킹을 등록할 수가 없어요. 저 때문에 번거롭게 해드린 것 같아 죄송해요. 선생님." 그동안 몇 마디 나눠 보지 못했던 선생님이었지만 재영이와 똑같은 말투에 나는 재영이가 엄마를 많이 닮았구나 하는 생각을 했다.

몇 개월이 지난 후 재영이는 다른 수업과 일정이 맞지 않아 내 수업을 끝내야만 했다.

"어머님, 너무 아쉬워요. 재영이가 조금만 더 했으면 좋겠는데… 제가 원래 학부모님들께 전화를 잘 안 드리는데… 재영이 지도하게 해 주신 거 너무나 감사드립니다. 행복했어요." 나는 꼭 재영이를 지도했을 때 행복했다고 전하고 싶었다. 그렇게 인연이 끝나는 듯했다.

2년쯤 지난 어느 날 학교 앞에서 만난 이서우 선생님은 여전했다. 재영이 동생 채은이는 많이 커서 벌써 뛰어다니기도 했다.

"어머나, 어머님. 잘 지내셨죠? 어떻게 지내셨어요?" 우리는 너무 반가운 마음에 길거리에서 한참을 이야기했다. "선생님 SNS 통해 소식은 잘 보고 있어요. 최근에 좋은 소식이 많이 있으시더라고요. 제가 예전에 미술학원 강사였고, 학원도 운영했었는데 혹시 아이들을 가르칠 수 있는 일이 있으면 소개 부탁드려요." 이서우 선생님은 강사였던 것이다. 선생님을 잘은 모르지만 아이들을 굉장히 따뜻한 마음으로 가르쳤을 거란 생각을 순간 했다. "네, 어머님. 제가 혹시 주변에 미술강사를 채용한다는 소문을 들으면 꼭 연락드릴게요"라고 하고 헤어지게 되었다.

또다시 1년의 세월이 지났다. 나는 그동안 강사에서 센터장, 센터장에서 본부장이 되어 활동하고 있었다. 본부장을 맡고 처음으로 진행한 경력단절여성 재취업 프로젝트 1기생을 모집할 때쯤 이서우 선생님이 문득 떠올랐다. 1년만의 통화였다.

"어머님, 잘 지내셨죠. 이번에 제가 재취업 프로젝트를 진행하는데 과목은 다르시지만 혹시 해 볼 생각이 있으신가요?" 이서우 선생님은 한 치의 망설임도 없이 하시겠다며 사무실에 먼저 오시겠다고 했다.

그 다음날 나를 찾아온 선생님은 단단히 마음을 먹고 온 듯 했다. "제가 선생님을 처음 만난 게 벌써 4년 전이네요." 재영이가 벌써 4학년이라고 했다. "네, 맞아요. 벌써 세월이 그렇게 되었네요."

"선생님을 처음 뵀을 때는 제가 학원을 차리다가 부동산 사기를 맞아 큰돈을 날렸었고 재영이 아빠는 일하는 곳에서 큰 사고가 나서 합의금이 필요했어요. 너무 많은 돈을 대출을 받다 보니 둘 다 신용 불량자였죠." 재영이가 1학년 때 나를 찾아왔던 이서우 선생님의 모습이 떠올랐다. '그랬구나. 이분도 힘들 때 나를 만났구나'라는 생각을 했다. 갑자기 힘들었던 나의 옛 시절이 생각이 나면서 힘이 되어 주고 싶었다.

"어제 선생님에게 전화를 받았을 때 식당에서 설거지를 하는 아르바이트를 하고 있었어요. 4년이라는 시간이 지나도 우리는 지금도 형편이 좋지 않은 상태예요." 말문이 막혔다.

"선생님의 전화가 어찌나 반갑던지. 늘 아이들을 가르치고 싶었어요. 몇 년 전 선생님을 길거리에서 만났을 때 다시 아이들을 가르친다면 정말 열심히 할 거라고 생각을 했었죠. 제가 이 일을 할 수 있을까요? 지금 50만 원을 받고 식당에서 일을 하고 있는데 수업시간이 식당에서 일을 하는 시간과 겹쳐서 선택을 해야 해요." 짧은 대화였지만 많은 생각을 하게 하는 순간이었다. 내가 이분에게 어떤 선택을 하라고 할 수 있을까? 당장 살아내기 위해 식당에서 일을 해야 하는 삶이었다. 프로젝트 1기는 어떤 결과를 낼지 알 수 없었던, 말 그대로 처음 시도해 보는 과정이었다.

"어머님, 고민이 많이 되네요. 일단 저는 뭐라고 말씀을 드릴 수는 없습니다. 다만 제가 살아왔던 이야기를 조금 해 드릴게요." 그동안 어떻게 살았고 왜 이 일을 해야 했는지를 설명했다. 묵묵히 듣고 있던 이서우 선생님의 표정에서는 오만가지 생각이 교차되는 것 같아 보였다.

"저희가 첫 수업은 OT로 진행합니다. 참여해 보시고 결정을 해 보세요." 어떤 선택을 하든 그분의 몫이었다. 1회 차 수업이 끝나고 고민의 시간을 지나, 두 번째 수업시간이 되었다.

'선생님이 참여를 하실까?' 하며 궁금하다가 걱정이 될 때쯤 문이 열리고 이서우 선생님이 들어오셨다. 그렇게 재취업 프로젝트에 참여하게 된 이서우 선생님은 다른 분들보다 더 열심히 했다.

이서우 선생님에게서 예전의 나의 간절함을 다시 보는 듯했다. 하지만 나는 어떤 표현도 할 수 없는, 모든 교육생을 똑같이 봐야 하는 본부장의 위치에 있는 사람이었다. 마음은 안쓰럽고 애가 탔지만 내 마음에 이끌려 어떤 혜택을 더 줄 수도 없던 나는 속으로 이서우 선생님을 응원할 수밖에 없었다. 그렇게 다른 분들보다 더 많은 숙제의 양을 괴물처럼 해내는 이서우 선생님을 많은 교육생들은 좋은 자극으로 받아들였다. 워낙 밝은 에너지가 있는 분이었고, 교육생들 중에 나이가 많은 편에 속해 수업을 듣는 동안 많은 분들이 의지를 하는 것처럼 보였다.

교육이 마무리되고 취업을 준비하는 12월에 사건이 생겼다. 채은이를 안고 계단에서 구른 선생님은 무릎은 심하게 다쳐 병원에서 당분간 움직이지 말라는 진단을 받았다는 전화를 받았다.

과정을 다음에 다시 하기로 하고 전화를 끊고 나서 안타까운 마음에 속이 너무 상했다. 열심히 준비했고, 너무나 좋은 선생님이 되실 분인데 상황이 자꾸 안 좋은 쪽으로 흘러가는 것 같아 눈물이 났다. 일주일이 지났다. 교육생 단체 채팅방에서는 매일 300개가 넘는 대화들이 오가고 있었다. 서류를 준비했다는 이야기, 학교 앞에서 찍은 사진들… 교육생들의 수다는 끝나지 않고 끝말잇기처럼 계속 이어졌다. 일주일 동안 이서우 선생님은 어떤 말도 하지 않으셨다. 교육을 처음 시작했을 때 채팅방을 나가지 말라는 당부를 해 놓은 상태였지만 너무 가혹한 것 아닌가 하는 마음에 속이 아팠다. 일주일이 빠르게 지나고 스터디를 진행하고 있었다. 똑똑 노크소리가 들렸다. 문이 열리고 갑자기 허벅지까지 깁스를 하고 목발을 짚은 이서우 선생님께서 들어오셨다.

"집에 누워 있는데 다음에는 기회가 없을 것 같아서요. 조심히 움직이면 될 것 같아 당분간 불편하더라도 끝까지 해 보려고요."
이야기를 하는 선생님과 눈이 마주쳤다. 선생님이 어떤 마음으로 이 자리에 왔는지 잘 알고 있기 때문에 어떤 말도 할 수가 없었다. 응원의 마음과 간절한 소망을 담아 등을 토닥여 주었다.

이서우 선생님의 등장으로 가라앉았던 수업 분위기는 급반전되었다. 선생님은 그 추운 겨울 불편한 다리를 이끌고 4살 아이를 데리고 학교에 서류를 넣으러 다니기 시작했다. 나는 다친 다리가 자꾸 걱정이 되어 잔소리를 하곤 했다. 취업도 중요하지만 이러다가 다리를 못 쓰면 어떡하냐고 화도 냈다. 하지만 선생님의 귀에는 들리지 않았다.

그렇게 많은 곳에 서류를 넣고 면접을 봤는데 자꾸 떨어지는 상황이 발생되니 마음이 더 조급했다. 이 일을 통해 새 삶을 살고 싶어 하는 간절한 마음이 있기 때문에 무조건 잘 되어야 한다고 생각을 했다. 하지만 여전히 나는 어떤 혜택도 어떤 편애도 할 수 없었기에 응원과 격려, 걱정밖에 해 줄 수 없었다.

무릎 보호대가 표시나지 않게 바지 안에 넣고 다니던 어느 날, 면접 연습을 진행하던 면접관이 내 귀에 속삭였다.

"저 선생님 다리가 불편하신 분인가요?"

"네?"

내가 되물었다.

"장애가 있으신 분인가 싶어서요. 왜 다리를 절죠?"

"아, 다리를 다치셨어요. 그래서 무릎보호대를 하고 계세요."

면접관은 나에게 이야기를 했다.

"무릎보호대를 바지 밖에 하라고 하시는 게 좋을 것 같아요. 저는 장애가 있으신 분이신 줄 알았어요."

늦은 깨달음이었다. 면접을 보면서 다들 선생님의 절뚝거리는 모습에 장애가 있다고 생각을 하셨던 것 같다. 그 다음날 바로 선생님은 면접을 보실 때 무릎보호대를 밖에 하고 가셨고 바로 연달아세 학교에 취업을 하셨다. 2월이었다.

> 장벽이 서 있는 것은 가로 막기 위함이 아니라, 그것은 우리가 얼마나 간절히 원하는지 보여줄 기회를 주기 위해 거기 서 있는 것이다.
>
> ― 랜디 포시,『마지막 강의』중

내가 원하든 원하지 않든 내가 처한 상황과 환경은 바꿀 수 없다. 하지만 그 상황과 환경을 어떤 모습으로 살아 내는가는 나의 몫이다.

다시 용기 내어 보기

안선희 선생님을 만난 건 우연한 기회였다. 내가 처음 방과 후 수업을 시작했을 때 선생님께서 수업을 아주 잘한다는 소문을 들었다. 방과 후 수업과 과외를 통해 월 5백만 원 이상을 번다는 이야기도 있었다.

선생님께서 수업하시는 학교는 부산의 끝자락에 있는 곳이었다. 우리 집에서 인턴 강사를 하러 가려면 지하철로 1시간, 걸어서 10분 정도를 더 가야 하는 곳이어서 쉽사리 수업에 가 보지를 못했다. 학기 중에는 엄두도 내지 못하다가 여름방학 중 두 아이들을 어린이집에 보내고 나서야 갈 수 있었다. 바쁘게 준비를 했음에도 불구하고 5분 정도 늦은 시간에 교실에 도착을 했다. 수업을 진행하고 있어 뒷문을 살짝 열고 조용히 들어갔다. 깔끔한 정장차림의 선생님이 눈에 보였다. 수업이 없는 날이라 단발머리를 짧게 묶고 편한 복장으로 간 내 모습과 비교가 되는 것 같았다 '조금 챙겨 입고 올 걸.' 후회가 되었다. 미리 전화통화를 했기 때문에 내가 온다는 것을 이미 알고 계셨다. 가볍게 눈인사를 하고 수업하시는 모습을 뒷자리에서 지켜봤다. 나는 이제 방과 후 수업을 시작한지 6개월 차인 강사였다. 첫눈에 들어온 건 아이들의 바른 자세였다. 각이 맞춰진 교실의 책상, 어느 기준인지는 모르겠지만 기준에 맞춰서 앉아 있는 아이들, 선생님께 소란스럽게 질문을 하지 않고 각자 알아서 수업을 진행하는 패턴 등이 나에게는 놀라운 광경이었다. 아이들을 가르치는 선생님의 표정에는 자신감이 넘쳤고, 아이들을 지도하는 모습은 카리스마가 있었다. 눈이 부셨다. 정말 오래간만에 빛나는 사람을 보게 된 것이다.

교실을 꽉 채운 아이들은 숨소리만 들렸다. 내가 수업하는 교실의 모습이 떠올라 나도 모르게 얼굴이 화끈댔다. 여기저기 떠드는 아이들, 줄이 맞춰져 있지 않은 책상들, 기준도 없고 규칙도 없는 모습이었다. 어떻게 3시간의 수업을 마쳤는지 모르겠다. 그때를 떠올리면 어쩌면 나는 내가 강사를 처음 시작할 때 만났던 몇 명의 선생님들이 아니었으면 이 자리에 없었을 거라는 생각을 한다.

수업하시는 모습을 지켜보니 차분하고 깔끔한 성격이라는 것을 느낄 수가 있었다. 수업을 마치고 집으로 돌아가려는 내게 "선생님, 시간 되시면 차 한 잔 하실래요?"라고 하셨다. 뜻밖의 제안에 나는 그러겠다고 이야기를 했다.

"여기에서 집으로 가는 시간이나, 제가 가는 해운대에서 집으로 가는 시간이나 비슷하시니 해운대 쪽으로 가도 될까요?"수업 후 가야 할 곳이 해운대라고 했다. 이제 막 방과 후 수업을 시작하는 나는 주차장에 세워진 선생님의 차를 보고 또 한 번 놀랐다. 소문이 사실이었어. 열심히 하면 방과 후 강사도 차를 타고 다닐 수 있구나라는 생각이 들었다. 지금이야 차를 타고 다니는 방과 후 강사가 많지만 10년 전에는 강사들이 차를 타고 다니는 경우가 아주 드물었다.

"다음 수업은 언제예요?"

"주4회 수업을 하고 있어요. 내일 또 와야 해요."

과목의 특성상 수업을 주 2회 하는 경우가 대부분이다. 하지만 안선희 선생님이 있는 학교는 주 4회 수업을 진행하고 있었다. 야무지게 가르친다는 소문이 나서 대기하는 학생의 수가 많아 주 4회 수업을 하게 된 것이다. 이 사람은 어떤 생각을 가지고 살아가고 있는지 궁금했다.

차를 타고 이동하면서 해운대에 가는 이유를 들을 수 있었다. 수업을 마친 후 아이들 과외수업을 하기 위해 가는 것이라고 하시면서 다른 날보다 수업이 일찍 끝나서 차 한 잔 할 시간이 된다고 하셨다.

"과외를 가는 집에 할머니가 계시는데 제 밥도 꼭 챙겨 주셔서 점심을 안 거르고 있어요. 너무 감사해요." 이야기를 듣던 나는 과외선생님 밥까지 챙겨 주는 그 집이 궁금했다.

"제가 지금 가는 곳은 엄마가 의사예요. 일부러 젊은 강사를 찾았다고 하더라고요. 과외를 하면서 병원에 가서 면접을 보기는 처음이었어요." 별나라의 이야기였다. 의사의 아이. 병원에서의 면접. 신기했고, 대접받는 강사의 느낌이었다. 몇 번 만나보지 않았지만 나보다 어린 안선희 선생님께 동경의 마음이 들기 시작했다. 자격지심에 '나도 결혼을 하지 않고 이렇게 일을 했다면 저렇게 당당할 수 있었을 거야'라는 속 좁은 생각을 하면서 선생님의 행동 하나하나를 살펴보았다.

"어떻게 이 일을 시작하게 되었어요?" 원래는 기계설계를 했다고 한다. 프로그램을 좋아해 아이들이 수업을 하는 플래시 암산을 직접 만들 수도 있다고 이야기했다. 문득 조금 전 수업시간에 선생님의 자리에 와서 노트북을 보며 플래시 암산을 하던 아이들이 떠올랐다. '그랬구나, 플래시 암산도 만들 수 있는 분이네.' 자랑 같은 이야기를 자랑처럼 하지 않는 묘한 매력이 있었다. 점점 더 궁금해지기 시작했지만 수업을 가야 한다며 조심히 가라고 지하철 역까지 나를 데려다 주셨다. 예의도 바른 사람이었다. 왠지 질투가 나서 속이 상했다.

방과 후 수업은 학기 중에는 아이들의 정규수업이 끝난 오후시간에 수업이 진행되지만, 방학기간에는 오전으로 변경이 된다. 첫 만남 이후 궁금한 게 더 많아진 나는 오후에 과외 스케줄이 없는 날을 잡아 만나고 싶다고 했다. 그렇게 며칠 만에 다시 만난 우리는 수업을 마치고 식사를 할 수 있는 레스토랑에 가서 스파게티를 먹으면서 이야기를 시작했다.

안선희 선생님은 원래 창원에서 일을 하셨다고 했다. 그 일을 하면서도 돈은 많이 벌었지만 늦은 밤 퇴근이 힘들었고 업무 특성상 실수를 하면 안 되어 굉장히 예민해져 건강까지 상하게 된 터라 과감하게 그만두었다고 했다.

지역을 바꿔 다른 일을 하고 싶어 부산에 오게 되었고, 커피숍을 창업하기 위해 가게 된 창업박람회장에서 주산 공부방 부스를 보고 일을 시작했다고 한다.

원래 일했던 곳의 월급의 1/5의 수준밖에 되지 않는 돈을 받게 됐고, 구두를 신고 버스를 타고 다니면서 힘들게 수업을 했지만 적은 월급의 반 이상을 어머니 용돈으로 주는 착한 딸이었다.

이직을 준비하던 시기에 많이 의지했던 할머니가 돌아가셨다고 했다. 매번 힘든 일이 있을 때마다 할머니에게 마음속으로 500만 원만 벌게 해 달라고 소원했다며 수줍게 웃으셨다. 몇 년 동안 고생을 하다가 방과 후 수업과 과외를 하면서 지금에 이르렀다고 했다. 타지에서 살아가면서 열심히 사는 안선희 선생님이 나보다 어리지만 대단해 보였다.

처음 선생님을 만났을 때 나는 방과 후 수업을 시작한 지 얼마 되지 않았었고, 세월이 조금 지난 후 각자 바쁜 일이 생기다 보니 어쩌다 한 번 연락을 하는 사이가 되었다.

"선생님 저 결혼해요." 선생님은 어느 날 뜻밖의 소식을 나에게 전해줬다. 내 마음속에 환하게 빛나던 모습을 계속 간직하고 싶어서 그랬는지 알 수 없지만 선생님의 결혼 소식에 놀랐다. 급하게 전해 준 결혼식 날짜가 아쉽게도 바쁜 일과 겹쳐서 참석하지는 못했다. 그런데 우연히 가게 된 워크숍에서 안선희 선생님을 보게 되었다. "잘 지내셨죠? 정말 몇 년 만에 보는 것 같아요." 반가운 마음에 우리는 폴짝폴짝 뛰면서 인사를 했다. "선생님, 임신하셨어요? 결혼식 때 못 가봐서 미안했어요." 헐렁한 옷차림을 하고 있었지만 배가 불러 있었다. 낯설기도 하고 워낙 동안이라서 아이가 아이를 가진 것 같았다. 워크숍 내내 나는 안선희 선생님을 따라다니며 놀려댔다.

그 후 몇 달간 또 연락이 되지 않았다. 아이를 낳았을 것 같은데 소식이 없었다. 다른 분들에게 들은 이야기로는 다니던 학교를 출산 때문에 그만두고 집에 계시다고 했다.

호연이가 아프고 나 역시 정신이 없던 어느 날 문득 안선희 선생님이 보고 싶어서 어떻게 지내는지 전화를 해 보았다. 몇 번의 시도 후 어렵게 전화통화가 되었다. 남자아이를 낳고 지금은 집에서 쉬고 있다고 했다. "선생님, 답답하지 않으세요?" 아직 아이가 어리지만 그동안 워낙 활발하게 활동을 하셨던 분이라 나는 선생님의 안부가 궁금했다.

"답답해요. 아이를 낳아 좋긴 한데 집에만 있으려니 너무 힘이 드네요."

방과 후 수업의 특성을 누구보다 잘 알고 있는 선생님에게 학교 한 군데만 수업을 해 보는 게 어떻겠냐고 권하게 되었다.

"많은 시간이 들어가는 것이 아니니 한 번 해 보는 게 어때요? 일주일에 딱 이틀 3시간씩만 친정엄마에게 부탁드려 보세요." 한참을 지나 들은 얘기지만, 선생님은 그때 너무나 바쁘게 살다가 갑자기 아이를 보면서 생활이 무료해져 약간 우울해 하고 있었던 차 나에게 전화가 왔었다고 했다.

우리는 화려했던 지난날을 기억하고 다시 돌아가고 싶어 한다. 나 역시 그랬다. 결혼을 하고 재취업을 준비하면서 '내가 무엇을 잘할까'를 늘 고민하고 일을 찾아 헤맸다. 내가 잘하는 세무 쪽 일보다 다른 일을 하고 싶어 했고 방과 후 강사라는 직업을 어렵게 시작할 수 있었다. 하지만 가끔 만약 세무 쪽 일을 계속했더라면 어땠을까 하는 생각도 해 보곤 한다. 아마도 결혼 전과 다른 느낌으로 일을 하고 있을 것이다.

안선희 선생님은 다시 방과 후 강사가 되면서 감사함이 늘 넘쳤다. 자신이 제일 잘한 일은 아이를 낳은 것이라고, 그래서 엄마의 마음으로 지도하는 아이들을 바라 봐 줄 수 있는 경험을 준 아들에게 늘 감사함을 느낀다고 했다. 결혼 전 일에 매달려 건강이 상하는지도 모르게 바쁘게 살았지만 똑같은 일을 다시 하고 있는 지금은 느낌이 완전 다르다고 했다.

하는 일은 같다. 다만 나의 상황과 환경이 달라졌을 뿐이다. 달라진 상황과 환경은 내가 하는 일을 보는 시선을 철저히 바꿔 주기도 한다.

지금 시작해도 늦지 않다

지금 시작해도 될까요? 이세나 선생님이 나에게 건넨 물음이었다. 이세나 선생님은 내가 주산을 배우기 3년 전에 주산 암산 지도법을 배워 학교에서 근무하던 방과 후 강사였다. 열심히 지도자 수업을 듣던 어느 날 "제가 나눠 드린 프린트를 보시면 방과 후 강사로 활동하시는 선배 강사들의 연락처가 있습니다. 다들 수업을 열심히 하시는 데다 지도하는 아동의 인원도 많고, 배울 점도 많으실 거예요. 꼭 미리 연락을 하고 가도록 하세요." 우리를 가르치던 지도강사는 현재 방과 후 수업을 하고 있는 곳에 찾아가서 수업을 도와주며 인턴강사 활동을 하라고 권했다. 이세나 선생님은 그 중 1번으로 기재되어 있던 분이다.

교육생 모두 이세나 선생님의 수업을 가기를 원했다. 한 학교에 너무 많은 인턴강사가 갈 수 없어 양보를 하고 나는 다른 학교에 인턴을 가게 되었다.

그 뒤로 과정이 끝나고 정신없이 학교와 문화센터에 제안서를 넣기도 하고 면접을 봐서 마침내 한 학교에 합격을 했을 때쯤이었다.

3월 첫 수업을 기대하고 있을 때 이상한 소문을 들었다며 동기생이 전화를 했다.

"선생님, K초등학교는 인원이 안 되어 폐강을 했다면서요." 내가 근무하게 될 학교의 폐강소식이었다. 나도 모르는 내 소식을 전해 주는 동기에게 나는 화를 냈다. "어디서 그런 소리를 들으셨어요?" 너무 화를 내는 나에게 동기생은 누군가가 이야기를 전해 줬다는 말을 못하고 망설이고 있었다. "아니면 됐어요. 걱정이 돼서 전화를 한 건데 괜히 이야기를 전하게 된 것 같아 미안해요."

나는 이런 이야기를 할 수 있는 사람이 선배 강사들 말고는 없을 거라고 생각을 했다. "혹시 선생님이 인턴강사를 가는 곳의 강사분이 그런 말을 하던가요?" 정확한 나의 질문에 대답을 못했다. 그분이 인턴을 가는 곳의 강사는 이세나 선생님이었다. 나는 한 번도 겪어 보지 못한 이세나 선생님에 대해 잔뜩 오해를 하고 있었다.

몇 달의 세월이 흘러 모든 동기생들은 이세나 선생님의 학교에 인턴을 하러 갔지만 나는 한 번 상해 버린 마음에 끝까지 가고 싶지 않았다. 부산 지역 주산 암산 강사들끼리 전체 연수회를 진행하던 날이었다.

"저 분이 이세나 선생님이세요." 아무 생각 없이 연수에 참석하고 있는데 곁에 계신 선생님이 나에게 이렇게 이야기를 해 줬다. 구겨진 표정으로 쳐다보는데 갑자기 이세나 선생님과 눈이 마주쳤다.

당황한 기색이 역력했다. 처음 보는 사람이 자신을 잔뜩 째려보고 있었으니 당연한 일이었다. 연수를 진행하는 동안 언짢아진 마음은 쉽게 풀리지 않았다. 그분 역시 자꾸 나를 쳐다봤다.

쉬는 시간이 되었다 "선생님, 안녕하세요. 이세나입니다. 혹시 저를 아시나요? 왜 자꾸 저를 불편하게 쳐다보시는지요?" 감정에 솔직한 이세나 선생님은 내 자리에 와서 나에게 말을 건넸다.

"네, 안은선입니다. 저를 모르시나요?" 이상한 표정으로 나를 쳐다봤다. "네, 모르는데요?" 예상 밖의 반응에 나 역시 깜짝 놀랐다. 몇 달 전 선생님 학교에 인턴을 가던 동기생을 통해 선생님이 나에 대해 했던 것을 들었노라고 이야기를 했다.

한참을 생각하던 이세나 선생님은 "아, 그 얘기군요. 저도 누군가에게 그 이야기를 듣고 강사들의 입에 오르내리는 것이 좋지 않으니 조심하라고 전해 달라고 했었는데… 오해를 하고 계셨네요."

이게 무슨 이야기인가. 몇 달 동안 괘씸하게 생각했던 이세나 선생님에 대한 오해가 풀리던 날이었다. 그 뒤로 이세나 선생님과 친해지게 된 일이 생겼다. 한국 사람들은 화를 참는 일이 반복되어 스트레스가 쌓여도 말을 잘 못한다. 그러다 보면 화병이 생기게 된다. 스트레스의 원인은 주변의 친구나 동료 또는 가족 간의 갈등, 일을 하면서 생긴 갈등이다. 강사들 모임에서 임원으로 활동할 때 거의 화병에 가까운 스트레스를 받고 있었다.

강사들끼리 모여 1박 2일 워크숍을 하자는 의견이 있었다. 모두들 의견을 내고 일을 분배하는 과정에 나에게 너무 많은 일들이 배정되었다.

가만히 상황을 지켜보던 이세나 선생님은 이렇게 말씀하셨다. "선생님들 이상하시네요. 왜 한 사람의 희생을 요구하시죠? 안은선 선생님도 가정이 있고 아이들이 있는데 선생님들도 싫은 일을 이렇게 많이 주시면 이분은 어떻게 해야 하나요?" 갑자기 내편을 드셨다. 이세나 선생님을 다시 보게 되었다.

이세나 선생님은 굉장히 솔직한 분이다. 그래서 때로는 마음과 다르게 솔직한 표현에 오해를 받는 경우가 종종 생긴다. 나 역시 솔직한 이세나 선생님을 좋아하지만 때론 냉정한 이야기를 듣다 보면 마음이 상할 때도 있었다. 곱씹어 생각해 보면 다 나를 위한 이야기였기에 오해를 한 적은 없다.

우리는 모이거나 저녁을 먹거나 마트에 장을 볼 때면 인간 계산기를 이용한다. 이세나 선생님이다. 초등학교 3학년 때부터 중학교 1학년 때까지 주산암산을 배웠던 경험 덕분에 한창 우리의 기를 죽일 때는 백만 단위의 암산을 척척 하곤 했다. 본인이 암산을 굉장히 잘하기 때문에 지도하는 아이들 역시 암산을 굉장히 잘한다. 워낙 나보다 한참 선배였기에 같이 면접을 보러 다니는 일은 없었다.

호연이가 장애 진단을 받고 얼마 되지 않았을 때 치료시간을 맞추기 힘들어 집 주변의 학교로 옮겨야 해서 면접을 보러 간 적이 있다. 어젯밤에 통화할 때도 아무 말이 없던 이세나 선생님을 교무실에서 만났다.

멋쩍은 듯 웃으면서 쳐다보는 선생님께 여기에 온 상황을 묻기가 그랬다. 이세나 선생님이 면접을 먼저 봤고 나는 한참 후 면접을 보았다. 터덜터덜 내리막길을 내려오는데 이세나 선생님이 나를 기다리고 있었다.

"왜 이렇게 오래 걸려요. 한참을 기다렸어요. 나 면접본 거 안 들키려고 아무한테 말 안 했는데 선생님한테 딱 들켰네요. 여기서 나본 거 잊어버려요." 가려는 이세나 선생님을 붙들고 커피숍에 들어갔다. 알고 지낸지 오래됐는데 나이를 물어본 게 그날이 처음이었다. 나보다 한 살이 어렸다. 결혼을 이십대 초반에 하고 아이를 빨리 낳았다고 했다. 면접본 걸 숨기고 싶은 이유를 물어도 대답을 안 했다.

"선생님 얼마 전 호연이가 장애진단을 받았어요. 치료를 위해 집 근처로 옮기려고 면접을 본 거예요." 솔직한 나의 이야기를 듣고 있던 이세나 선생님은 아무 말이 없었다.

"얼마 전 선생님이 제 편을 들어줘서 얼마나 기쁘던지… 아들이 그렇게 아픈지도 모르고 나는 다시 공부를 시작해서 올해 사회복지학과 졸업을 해요." 이세나 선생님의 눈빛이 반짝거렸다.

"공부를 다시 시작하셨어요?"

"전공은 세무회계 쪽이었는데 방과 후 일을 하려고 하다 보니 사회복지 쪽이 필요한 것 같아서요." 사이버 대학을 통해 공부를 시작했고 졸업을 앞둔 시기였다. 선생님이 갑자기 나에게 물었다.

"지금 시작해도 될까요?" 그동안 면접을 수차례 봤지만 공부를 끝까지 하지 못해 자신감이 많이 떨어졌다고 했다. 이십대 초반 결혼과 동시에 멕시코에 살다가 큰아이를 낳기 전에 한국으로 다시 온 것이었다. 공부를 시작하려고 했지만 아이를 키우는 게 만만치 않아 포기했고, 우울증이 와서 괴로웠다고 했다. 뭔가를 해야 할 것 같아 시작했던 일이 주산 암산 방과 후 강사였다.

둘째를 낳고 3개월 때부터 일을 시작했다고 하니 얼마나 간절함이 컸겠는가. 하지만 둘째는 유독 약해 병원에 수시로 입원을 해야 했고 다른 동기생들이 방과 후 강사로 취업을 해서 활동하는 모습을 지켜봐야만 했다고 한다. 주산 암산을 어릴 때부터 해서 성격이 꼼꼼하고 일 처리 속도가 굉장히 빨라 방과 후 수업 역시 재미있을 거라고 생각을 하셨다고 한다. 이세나 선생님이 지도한 아이들은 주산 암산 경기대회에 출전하면 선수급 실력으로 상을 휩쓸었다. 방과 후 강사로써 인정을 받았지만 공부에 대한 미련을 버리지 못하고 있었고 공부를 다시 시작해 볼까 하는 찰나에 나를 만난 것이었다.

그렇게 그해 봄 이세나 선생님은 다시 공부를 시작했다. 한국방송통신대학교 교육학과에 입학한 것이었다. 한국방송통신대학교는 사이버대학교와는 다르게 시험이 굉장히 어렵고 한 학년을 마치기가 힘들다는 이야기를 들었다. 하지만 이세나 선생님은 4년 동안 한 번도 쉼 없이 공부를 해서 졸업을 하게 되었다. 선생님은 학교를 들어가서 공부를 하고 졸업 후 자신감도 생기고 수업에 도움이 되는 다른 강의를 듣는다고 한다. 늦은 대학수업이라는 공부가 지금까지의 수업을 이어 나갈 수 있는 연속성의 계기가 되었다고 한다.

정말 대단해 보였다. 두 아이를 키우고 방과 후 수업을 하면서 공부를 한다는 게 쉬운 일만은 아니다. 나이가 중년에 접어들고 있는 지금 굳이 공부를 다시 시작해야 하는지 의문을 가지고 계시는 분들이 많다. 얼마 전까지 100세 시대라는 말이 있었지만 요즘은 의술의 발달로 120세까지 수명이 연장될 수 있다고 한다. 우리가 어떤 일을 하든지 밑바탕에는 교육이 필요하다. 그래서 평생교육이라는 말이 있는 것이다. 공부를 시작하기에 너무 늦은 건 아닐까? 취업을 다시 할 수 있을까? 지금 시작해도 늦지 않다. 내일 시작하는 삶보다는 하루라도 빨리 뭔가를 이루어 낼 테니까 말이다.

학력과 전공은 이력서 한 줄

아버지는 내가 계속 공부하기를 원했다. "대학원을 나온 사람은 택시운전을 해도 다르다"고 매번 이야기 하시는 아버지는 초등학교 밖에 나오지 못하셨다. 공부를 너무나 하고 싶었지만 그 시절 외갓집에 얹혀 사는 아버지에게는 꿈같은 이야기였다.

신앙 하나만을 바라보고 결혼한 엄마 역시 유복자였다. 외할머니의 희생으로 중학교까지 나온 엄마는 다니던 교회의 장로님을 통해 아버지를 소개받아 결혼을 하게 되었다고 한다. 두 분은 다섯 자녀를 바르게 키우시려고 많이 노력하셨다.

시골에서 전주로 전학을 가게 된 나는 왕따를 심하게 당했고, 중학교 시절 적응을 잘 못해 공부를 제대로 하지 못했다. 아버지는 인문계 고등학교에 가기를 바라셨지만 내 성적으론 그럴 수가 없었다. 거우 턱걸이로 상고에 입학했고, 고등학교에서는 열심히 공부를 해서 졸업할 때 좋은 내신을 받을 수 있었다.

하지만 나는 키가 작다는 이유로 취업을 할 수 없었다. 20년 전에는 공개 채용보다는 추천을 통해 취업을 하는 경우가 많았다. 학교는 학생들을 대기업에 추천했고 기업은 추천 학생을 대상으로 면접을 봐서 채용을 했다.

기업마다 기준을 제시했는데 공부 말고 신체조건을 따지는 곳이 대부분이었다. 여학생은 키와 몸무게를 봤다. 너무 작은 키는 언제나 기준에 못 미쳤기 때문에 졸업을 할 때쯤에는 키가 작거나, 뚱뚱하거나, 내신이 좋지 않은 아이들만이 반에 남아 있었다.

취업을 하고 싶었지만 대학을 가야 하는 상황이었다. 아버지는 처음부터 취업하기보다는 대학에 가기를 원했었고, 나는 어서 빨리 친구들처럼 돈을 벌기를 원했다. 내신으로 4년제 대학에 갈 수 있었지만 그렇게 오랫동안 공부하는 게 싫어 전문대학을 선택했다.

내가 대학을 입학하던 해는 1997년 IMF가 나던 해였다. 모두들 힘든 시기를 보냈다. 졸업을 하고 취업을 하려고 했을 때 전주에서는 직장을 구하기가 너무 힘들었다. 대학 때 단짝 친구가 부산에 언니가 있다고 해서 나와 함께 부산으로 첫 직장을 구해 왔다. 여러 가지 아르바이트를 해도 직장을 구할 수 없어서 결국에는 서울에 다시 올라가는 상황이 생겼다.

프랑스 외투법인의 재무팀에 입사를 하게 된 나는 열심히 일을 하면서도 뭔가 채워지지 않는 갈증이 있었다. 사회생활을 해 보니 '대학원 나온 택시운전사는 뭐가 달라도 다르다'는 아버지의 말씀이 자주 떠올랐다. 승진을 해도 다른 사람보다 늦게 되는 것이 꼭 학력 때문인 것 같다는 생각을 했다. 자격지심이었다. 더군다나 내가 다녔던 회사는 프랑스의 투자를 받았기 때문에 직원들의 학벌이 굉장히 좋았다. 회사에서 전문대를 나온 사람은 나밖에 없었다.

재무팀 부장님의 권유로 한국방송통신대학교의 경영학과에 편입을 했지만 쉽지 않아 한 학기만 하고 포기했다. 서울에서 직장생활을 하던 나는 남편과의 8년 연애를 끝으로 결혼했고 부산에서 새로운 생활이 시작되었다. 생각지도 못했던 일들이 몇 년 사이에 휘몰아쳐 왔다. 나를 생각할 여유도 없었고, 무엇인가를 해야겠다는 생각도 없었다.

그러던 중 조모란 선생님이 사이버대학교를 추천하셨다. 초창기 방과 후 수업은 특기적성 프로그램으로 아이들에게 실력 위주로 가르치기를 원했기 때문에 일정 기준이 되면 취업이 가능했다. 강사의 학력보다는 강사의 실력을 더 중요하게 생각했던 것이다. 더군다나 내가 가르치는 과목은 대학교에 전공이 없어 전문대 이상의 학력만 있다면 취업이 얼마든지 가능한 시기였다.

정말 가기 싫었던 대학에서의 공부는 내가 방과 후 수업을 하는 데 아주 많은 도움을 주었다. 내 전공은 세무회계였고, 아이들을 가르칠 수 있는 초·중등 실기교사 자격증이 졸업과 함께 나왔다.

방과 후 수업을 시작하면서 다시 대학을 가고 싶었다. 집안의 상황이 내가 대학을 갈수 없는 상황으로 자꾸 변하면서 아버지의 이야기를 듣지 않았던 것이 후회가 됐다. 아버지는 내가 전문대학을 졸업할 때 "논이라도 팔아서 대학을 보내 줄 테니 편입을 생각해 봐라"라고 이야기했지만 나는 싫다고 했다.

간절한 마음으로 학비가 저렴한 학교는 없을까? 하는 생각에 인터넷을 뒤져보니 이제 막 설립된 한 사이버대학교가 눈에 띄었다. 신설학교여서 신·편입생을 모집하기 위해 수업료의 50%를 홍익장학금으로 지급하는 학교였다. 두 번 생각도 하지 않고 편입서류를 제출했다. 지원한 학과는 다문화복지학과였다. 큰 형부는 정신요

양원의 사회복지사로, 큰언니는 요양병원의 영양사로, 큰 올케는 병원의 간호사로, 작은 올케는 어린이집의 사회복지사로 근무를 하고 있었다. 집안의 영향 때문에 나 역시 자연스럽게 사회복지학과를 선택하게 되었고 편입에 성공할 수 있었다.

내가 들어간 학교는 한국장학재단을 통해 장학금을 신청할 수 있는 학교여서 2년간의 수업을 경제적으로 무리 없이 들을 수 있었다. 4학년까지 마치고 사회복지학과를 졸업하게 된 것이다. 졸업을 며칠 앞둔 시기에 이세나 선생님의 공부에 대한 열망을 알고 나서 나만 그런 것이 아니라 모두들 배우고 싶어 한다는 생각을 가지게 되었다. 그래서 나는 본격적으로 '경력단절 재취업 프로젝트' 1기생과 '나이 들어 공부하기' 1기생 프로젝트를 진행하기로 했다. 나이 들어 공부하기는 재취업 프로젝트처럼 전단지를 만들고 홍보를 하는 것이 아니라 주변에 공부에 대한 열망이 있는 분들을 모아서 진행한 것이다. 1기는 6명이었다.

"선생님, 다시 공부해 보시지 않으실래요?" 뜬금없는 내 제안에 어리둥절하시던 분들도 어떤 취지로 공부를 다시 하자는 건지 알게 되면서 응원을 보내주셨다. 내가 다니던 학교에 편입학을 하신 분들은 5명, 타 학교에 들어가신 분은 1명이었다.

사회복지학과 특성상 마지막 학기에는 실습을 해야 한다. 대부분 방과 후 학교 강사로, 주부로, 아내로 살다 보니 120시간의 실습 시간을 채우는 게 보통 어려운 일이 아니었다. 나 역시 아이들을 가르치고, 아픈 호연이의 치료를 다니면서, 주부로 살아가다 보니 실습을 진행하는 게 만만치 않았다. 실습기관을 선정하는 것도 힘이 들었다. 하는 일이 아이들을 가르치는 일이다 보니 실습을 갈 곳도 지역아동센터로 선정했고 나는 지역아동센터장님의 배려로 실습을 할 수 있었다.

나이 들어 공부하기 1기생들은 3학기를 무사히 마치고 한 학기의 실습만을 남겨두고 있었다. 방과 후 선생님 4명, 고등학교 때부터 친한 친구 2명이었다. 방과 후 선생님 한 분이 학기를 다 마치지 못해 포기를 하셨고, 내 친구 한 명은 육아 때문에 잠시 휴학을 선택했다. 4명만이 실습을 진행했다.

지역아동센터를 가까이 접해 본 것은 실습이 처음이었다. 깐깐한 센터장님이셨고, 원리원칙대로 하시는 모습을 보고 이분에게 일을 배우면 힘은 들겠지만 제대로 배울 수 있을 거라는 생각을 했다.

실습 후 꾸준히 그곳에 후원을 하면서 간간히 소식지를 통해 지역아동센터의 소식을 듣고 있었다. 나는 당연하다는 듯이 공부하기 1기생들에게 그곳에서 실습을 하도록 권했다.

"본부장님, 너무 힘들어요. 하라는 것이 너무 많아요." 실습첫날 원망어린 목소리로 전화가 왔다. "당연히 힘들 거라고 이야기했잖아요." 장난기 어린 목소리로 나는 그분들을 놀려댔다.

"알죠. 하지만 이 정도일 줄은 몰랐어요."

실습생들이 실습을 가면 청소나 빨래, 부엌일을 시키는 곳이 많다고 했다. 하지만 우리가 실습을 했던 곳은 프로그램을 직접 설계해 보거나 설계한 프로그램으로 아이들과 직접 수업을 했고, 지역아동센터 아이들 집에 방문해 설문조사도 하게 하며 직접적인 일들을 배울 수 있도록 기회를 주시는 곳이었다. 4명의 선생님들은 서로 의지하면서 끝까지 열심히 해서 졸업을 하게 되었다. 너무나 감사했다.

"처음에 본부장님이 공부를 하라고 했을 때 그것까지 해야 하나 싶었는데 이렇게 포기하지 않게 해 주셔서 졸업을 했네요. 감사합니다." 선생님들의 감사인사에 나는 너무나 기뻤다.

졸업을 하고 달라진 건 별로 없다. 이력서에 한 줄이 추가된 것, 추가서류로 졸업증명서를 더 넣을 수 있게 된 것뿐이다. 그렇지만 졸업 후 이분들은 살아가는 방법이 많이 달라졌다며 아주 즐거워하셨다. 남편들도 공부를 다시 시작하는 것에 처음에는 무조건 찬성을 하지 못했다고 한다. 지금 이 나이에 배워서 뭐 하려고 그러냐고 핀잔을 듣기도 했고, 실습을 다니면서 엉망인 집안 때문에 싸우기도 많이 싸웠다고 했다. 하지만 막상 졸업을 하고 졸업증명서와 사회복지사 2급 자격증을 보여주니 수고했고 대단하다며 뿌듯해 했다고 한다.

나는 돈도 되지 않고 에너지를 많이 쏟아내는 이 일을 너무나 사랑한다. 그들의 졸업장은 나와는 상관없다. 하지만 그 졸업장을 얻기 위해 젊은 나이도 아닌 중년의 엄마들이 서로를 응원하고 같이 성장하려고 노력하는 모습을 보면서 내가 도리어 그들에게 힘을 얻었다.

얼마 전 나이 들어 공부하기 2기가 결성되었다. "본부장님이 하라는 대로 무조건 듣지만, 실습만은 다른 곳에서 하는 게 좋을 거예요. 너무 너무 고생을 해서요." 웃으면서 이야기했지만 그 실습을 통해 많이 성장한 걸 잘 아시는 1기생은 농담이었다며 이야기를 마무리 지었다.

1기생들의 적극적인 설득과 응원 덕분인지 힘들지만 같이 해 보기로 하고 5명의 선생님들이 모였다. 그분들은 이제 막 1학기를 마치고 2학기에 접어든 요즘 다들 한국장학재단을 통해 장학금 신청을 해서 거의 무료로 수업을 듣게 되었다고 소식을 전해 주셨다.

사람들은 항상 그들의 현 위치가 그들의 환경 때문이라고 탓한다. 나는 환경을 믿지 않는다. 이 세상에서 출세한 사람들은 자리에서 일어나 그들이 원하는 환경을 찾는 사람이다. 그리고 그들이 원하는 환경을 찾지 못할 경우에는 그들이 원하는 환경을 만든다.

— 조지 버나드 쇼

나이 들어 공부하기 1기생, 2기생들은 출세를 위해 공부를 한 것이 아니라 본인이 좀 더 노력하는 삶을 살아가기 위해 환경을 만들어 간다고 생각했다.

두려워하지 않는 게 문제다

내가 운영하는 교육원은 다양한 방법으로 운영이 된다. 48평의 규모에 4개의 강의실이 있다. 처음에 교육원을 찾아오시는 분들은 위치를 찾기 힘들어 길거리에서 많이 헤매신다. 하지만 한 번 교육원에 오셨던 분들은 교통편이 편하고 주차시설이 마음에 든다고 말씀하신다. 건물 주차장이 좁아 교육원 근처 교회의 주차장을 이용하고 있기 때문이다.

지금의 위치에 교육원을 선택했던 이유는 교육원에서 우리집까지 2분 거리고 내가 다니는 교회와도 2분 거리에 있기 때문이다. 수많은 사람들이 오가는 교육원을 선택할 때는 충분한 고민을 했다. "거기 주차장은 있나요?" 교육원을 찾아오시는 대부분의 사람들은 이런 질문을 하곤 한다. 10명의 선생님들과 스터디를 진행하려고 하면 10대의 자동차를 주차할 공간이 필요했다.

"목사님, 평일에 교회주차장을 이용해도 될까요?" 결혼하고부터 다니고 있는 교회 목사님께 주차장을 이용할 수 있는지 여쭤봤다. "집사님, 당연하죠. 평일에는 주차할 수 있지만 예배가 있는 수요일, 금요일, 일요일은 안 되는 것 아시죠?"

교회 주차장은 40대 정도가 주차할 수 있는 공간이다. "감사합니다. 목사님. 교회사무실에 교회행사가 있는지 여쭤 보고 그날은 주차를 안 하도록 할게요."

일반 프로그램을 운영하는 문화센터, 대학교 평생교육원, 사설평생교육원들과 달리 우리 교육원은 정부지원사업인 바우처 프로그램만을 운영하고 있다.

바우처 프로그램을 운영하려면 지역구청에서 등록증을 받아야 한다. 프로그램을 이용하려면 대상자(학생, 주부, 노인)는 거주지 주민센터에 바우처 프로그램을 이용하겠다고 신청을 해야 한다. 주민센터에서는 이용자 선정을 위해 서류검토를 한다. 서비스 이용자가 선정되면 이용자가 거주하고 있는 주소로 바우처 카드, 이용자선정 통보서, 이용가능 기관 등이 나간다.

우리 교육원은 주중에는 부모코칭 수업이 일주일에 한 번 정도 있고, 모든 프로그램이 토요일에 집중되어 있다.

보건복지부와 부산광역시에서 지원하는 '동화야 놀자' 프로그램은 만 2세부터 만 8세까지 아동들이 기관에 직접 와서 수업을 듣는 형태로 수업을 운영할 수 있다. 아동의 어휘력 및 표현력을 길러 종합적인 인지능력을 향상하고 동화의 감수성과 정서순화를 통한 정서발달 지원, 색다른 감상의 경험을 통해 상상력과 창의력을 극대화하는 것을 목적으로 운영이 된다.

"주산 책은 어떤 게 있나요?"

컴퓨터 작업을 열심히 하고 있는데 최은경 선생님께서 뜬금없이 나에게 질문을 하셨다. 최은경 선생님은 지인이 운영하는 수학 지도사 과정을 마치고 내가 운영하는 교육원에서 아이들 놀이수학을 지도하시는 선생님이다. 최은경 선생님은 원래 꿈이 선생님이었다고 한다. 결혼과 동시에 집안에서 살림만 하시다가 중앙도서관의 독서 모임을 통해 알게 된 분의 소개로 여러 가지 과정을 들었다고 한다.

하지만 아무리 노력해도 강사를 할 수가 없었는데 지인이 한 번 진행한 무료강좌에 신청하게 되어 놀이수학 강사가 되셨다. 그렇게 교육원에서 진행하는 동화야 놀자 강사로 일을 하면서 나와의 인연을 시작되었다.

내가 재취업 프로젝트를 진행했던 분이 아니라서 최은경 선생님에 대해서는 잘 알지 못하고 있었다. 그러다가 우연한 기회로 우리 교육원에서 수업을 하시면서 선생님에 대해 자세히 알게 되었다.

"선생님 좋은 선생님 한 분만 추천 부탁드려요. 다른 것보다 아이들과 눈높이를 맞출 수 있는 분이었으면 좋겠어요." 교육원에서 동화야 놀자 바우처 프로그램을 진행하게 되면서 토요일 수업을 할 수 있는 강사를 채용해야 했다.

"글쎄요. 요즘 누가 토요일에 수업을 하려고 하겠어요. 그래도 한 번 알아봐 줄게요." 지인에게 부탁을 했지만 돌아오는 답을 듣고 걱정이 되었다. "저부터도 토요일 수업은 안 하고 싶지요. 그래도 직장 다니는 엄마들은 토요일 수업을 원하니 안 할 수도 없고, 걱정이네요."

최은경 선생님의 첫인상은 무뚝뚝해 보였다. 같이 면접을 봤던 4명의 선생님들 중에 애교가 많으신 두 분의 선생님들과 같이 있어서 더 그래 보였는지 모르겠다.

지인이 수학과정을 무료로 진행했던 4분의 선생님들 모두 우리 교육원에 동화야 놀자 강사로 채용되었다. 일반 프로그램과는 달리 바우처 프로그램은 이용자가 한정되어 있다. 그래서 바우처를 이용할 수 있는 사람들이 등록된 기관에 문의를 하고 기관을 선정해서 프로그램을 이용하는 것이다.

　바우처 대상자들이 직장을 다니시는 경우가 많아 우리 교육원은 바우처 프로그램을 토요일 수업으로 한정시켜 뒀다. 나는 대부분의 모든 일정들이 토요일에 있기 때문에 바우처 수업을 직접 보는 일은 한 달에 많아야 한두 번 정도였다. 일이 있으면 전화나 카톡으로 확인을 했고, 선생님들은 수업을 마치면 아이들이 어려 집에 가시기에 바빴다. 일 년 동안 같이 일을 하면서도 많은 이야기를 나눌 기회가 없었던 것이다. 그러던 차에 최은경 선생님이 뜬금없는 질문을 하셨다.

　"네? 수학 안 하시고 주산하시게요?" 갑자기 주산 책을 물어보니 나는 당황할 수밖에 없었다. "선생님. 지금 현재 수학을 하고 계신 분에게는 주산을 안 가르쳐 드려요." 쌀쌀맞은 나의 대답에 선생님은 굉장히 당황하셨다.

　곽민성 선생님이 수학을 하다가 주산으로 과목을 바꿀 때 지인에게 굉장히 미안했던 경험이 있던지라 나는 지인과 관련된 강사들에게 주산을 가르치고 싶지 않았다. 같이 교육원을 쓰는 지인에게 더 이상 피해를 주고 싶지 않은 마음이 컸던 것 같다.

　한 사람을 양성하고 강사로 키우는 데는 많은 열정과 에너지가 소비가 된다. 약간 과하게 표현을 하면 자식을 낳는 느낌일 수도 있겠다. 엄마가 아이가 뒤집고 걷기까지 수많은 시행착오를 곁에서 지켜보며 응원하고 방법을 알려주는 것처럼 주부를 강사로 만든다는 것은 아이를 키우는 것과 같은 과정이 필요하다. 어떨 때는 앞에서 갈 길을 알려주어야 할 때도 있고 뒤에서 넘어지지 않게 등을 살짝 기댈 수 있도록 해 줄 필요도 있다. 그래야 제대로 된 강사가 될 수 있는 것이다. 그렇게 정성을 쏟은 자식 같은 강사를 여러 가지 상황 때문에 내 자식으로 만들 수 없었다. 교육원에 있는 4분의 선생님은 지인이 자식 같이 키운 강사들이었다. 그런 분들이 나에게 주산을 배워 혹시 주산 강사가 된다고 하면 지인이 상처를 받을 것 같았다.

그래서 나는 필요 이상으로 교육원 선생님들에게 곁을 내주지 않았다. 그렇게 1년 6개월이 지난 어느 날, 우연한 기회로 한국어교원 자격증을 재직자 훈련으로 무료로 배울 수 있다는 정보를 듣게 되었다.

우리 교육원에 수업을 하시고 계시는 분들 중에 관심 있는 분이 있을 것 같아 소개를 했더니 세 분의 선생님이 수업을 듣고 자격증을 준비하신다고 했다. 처음으로 내가 곁을 내준 것이다.

"저는 원장님을 너무 무섭게 봤어요. 첫인상이 너무 딱딱해서 새침해 보이기도 하고, 말을 걸기가 참 힘들더라고요." 최은경 선생님이 나에게 이렇게 이야기하셔서 조금 놀랐다.

"그래요? 그렇구나. 제가 이야기를 안 하면 조금 그래 보일 수 있어요. 그냥 저는 선생님이 내가 양성한 분이 아니라서 조금 어려웠거든요. 미리 말씀하셨으면 좋았을 걸요."

"했어요. 고민 고민하다가 한마디 질문했는데 얼마나 놀랐는지."

"저한테 이야기했다고요? 응? 이상하다. 선생님이 나한테 따로 말을 하신 적은 없었는데요?"

"말은 하고 싶은데 할 말은 없고 공통된 주제도 없어서… 갑자기 원장님이 주산 강사를 양성한다는 것이 생각나서 교재를 물어봤다가 얼마나 쌀쌀맞게 이야기하셨는지 몰라요. 제가 그때 너무 놀라서 정말 무서운 분이구나 했어요."

아, 예전에 주산교재를 물어봤던 것이 나와 이야기를 하고 싶어서 그랬던 거구나 하는 생각이 들자 선생님께 너무 미안한 마음이 들었다.

"아이고, 선생님 미안해요. 제가 눈치가 없어서. 저는 그냥 교육원 선생님들이 제가 양성한 분들이 아니라 조심스러웠거든요. 미리 이야기해 주셨으면 그렇게 쌀쌀맞게 대하지 않았을 텐데… 미안해요."

최은경 선생님은 마음이 따뜻한 분이다. 과목은 다르지만 아이들을 가르치는 것을 보면 따뜻한 마음이 눈에서 행동에서 말에서 뿜어져 나온다. 내가 배운 바인더를 교육원 선생님들께 소개하고 과정을 진행했을 때 여러 가지 아이디어를 제일 잘 실천하시는 분이시기도 했다.

"어머나 선생님 이런 것까지 하세요?" 학교 수업이 끝난 후 매일 그날의 수업에 대해 피드백 노트를 작성해서 그날의 수업에 잘된 점과 잘못된 점, 보완해야 할 점을 기재한 메모가 바인더 사이에 꽂혀 있었다.

"에이, 왜 그러세요. 다들 잘하시고 계시면서. 저는 수업을 할 때마다 늘 두려워요. 제가 지금 잘하고 있는지 애들에게 너무 못하는 건 아닌지 늘 생각하거든요. 그런데 얼마 전에 김주연 선생님이 저에게 이런 이야기를 해 주셨어요. 수업을 두려워하지 않는 게 문제라고요. 당연히 수업은 두려운 것이다. 이렇게요."

그 이야기를 듣는 순간 심한 충격에 빠졌다. 최근에 슬럼프가 생겨 아이들과의 수업에서 무엇이 문제인지를 찾고 있었던 나에게 정답을 알려주신 것이었다.

수업이 두렵지 않은 게 문제였다. 두렵지 않으니 노력을 하지 않고, 두렵지 않으니 대충하게 된다. 아이들에게 최선을 다하는 선생님이 되어야 하는데 나는 어느 순간 초심을 잃었던 게 아닌가 하는 생각을 하게 되었다.

최은경 선생님과 김주연 선생님의 일주일을 여쭤보니 아이들에게 하나라도 더 알려주려고 매일 새로운 것을 배우러 다니고 새로운 것을 응용하고, 아이들에게 좋은 결과물을 보여주기 위해 밤잠을 설쳐가며 노력하고 있었다. 최은경 선생님은 매 수업을 진행한 뒤 자신의 수업에 대해 피드백을 했고 수업 사진을 블로그에 올리면서 아이들을 가르치고 있었다. 교육원에 매번 동화야 놀자 프로그램 문의 전화가 들어오면 최은경 선생님의 블로그를 보고 전화가 많이 들어온다. 블로그라는 작은 공간에서도 선생님의 노력하는 모습들이 보이는가 보다.

열정이라는 것은 지치지 않는 것이라고 이야기를 많이 한다. 거기에 덧붙여 열정은 마음이 그곳에 가 있는 것이라고 생각한다. 최은경 선생님이 아이들을 가르칠 때 돈과 명예를 생각했다면 지금처럼 열심히 하지 못했을 것이다. 하지만 선생님은 아이들과의 수업에 마음이 가 있는 것이다. 지금은 평범한 강사일 뿐이지만 10년 후, 20년 후의 최은경 선생님의 모습은 너무나 멋진 모습일 것이라고 생각한다.

PART 5

대한민국 엄마들을
위하여

나도 충분히 아팠다

내가 처음 방과 후 강사를 했을 때 다들 사람들은 내가 돈에 미쳤다고 했다. 남편의 실직으로 인해 갑자기 한 번도 경험해 보지 못한 경제적인 어려움, 두 아이를 낳았지만 계속된 우울감이 돈에 미치게 한 것이라고. 하지만 그게 아니었다. 어서 빨리 그 상황에서 벗어나기를 바랐던 것이다.

한동안 돈을 벌면서 행복해지고 있었다. 갑자기 찾아온 아이의 자폐스펙트럼 장애 사실은 나와 우리 집을 다시 흔들기 시작했다. 호연이를 데리고 버스에 타면 모든 사람들이 우리를 쳐다봤다.

자동차 엔진소리는 아이를 자극했다. 호연이는 귀를 틀어막고 알 수 없는 소리를 질러대곤 했다. 겨우 자리에 앉으면 의자와 손잡이의 냄새를 맡으면서 내 품에 파고들었다. 다 큰 아이를 포대기에 업고 버스에서 내려 복지관까지 걸어가다 보면 벚꽃이 내 눈물처럼 흩어졌다.

봄을 맞이하고 더운 여름을 지나고 낙엽을 보고 겨울이 됐다. 이제는 업지 않아도 아이는 익숙한 길을 따라 잘 걸어갔다. 하지만 뛰어다니는 아이에게 사고가 날 수 있어 남들이 보든 말든 나는 아이의 손과 내 손을 끈으로 연결했다. 연결한 끈은 벚꽃이 지고, 매미가 울고, 낙엽이 지고, 칼바람에 옷을 여밀 때까지 우리 손목에 있었다. 이제는 끈이 없어도 잘 갈 수 있다.

그렇게 아이와 나는 그 긴 세월을 버텨냈다. 처음 상담을 갔을 때 엄마의 상태를 검사했다. "대부분이 검사지를 드리면 남에게 보여지는 거라고 생각하셔서 정직한 답변을 안 하시는 경우가 많아요. 어머님도 솔직히 검사에 응해 주셔야 호연이를 치료할 때 많은 도움이 됩니다." 주의사항을 듣고 작성한 내 검사지를 한참 보시던 치료사 선생님은 내 검사지가 정확하지 않다고 6개월 뒤에 다시 하기를 권했다. 나는 남들에게 내 상처를 잘 보여 주지 못했다.

방과 후 수업을 시작하고 아이가 열 경기를 해서 쓰러져도 나는 수업을 빠질 수가 없었다. 정확히 말해, 보고 싶지 않았다.

아픈 아이를 하나님이 나에게 준 이유를 나는 방과 후 수업을 하면서 알게 되었다. 그리고 나를 방과 후 강사로 만든 이유도 같이 알게 되었다.

"선생님, 쟤가 자꾸 시끄럽게 해요. 수업에 방해가 돼요"라는 아이들의 이야기를 듣고 쳐다보면 떠드는 아이의 모습에 나의 아픈 아들이 겹쳐 보였다. 나는 가만히 가서 그 아이를 안아주며 이야기했다. "도영아 이러지 마. 이러면 아이들이 싫어해"라고 말하지만 마음속으로 '호연아 이러지 마. 이러면 아이들이 싫어해'라고 생각을 한다. 나는 끊임없이 아이들을 보면서 내 아들이 떠올랐다.

아이가 없어졌다는 전화를 받았던 경험이 없는 사람은 그 기분을 알 수 없다. 땅이 하늘로 솟구쳐 오르고 빙글빙글 도는 느낌은 세월이 한참 지난 지금도 기억이 생생하다.

우리 아들보다 조금 큰 1학년 학생들과 수업을 진행하고 있는 비가 오는 날이었다. 유치원으로 저장되어 있는 번호로 전화가 왔다. "여보세요"라는 내 이야기도 듣지 않고 울음 섞인 목소리의 선생님이 말을 하기 시작했다. "어머님, 점심을 먹이고 아이들 양치 시간에 자리를 정리하다 보니 호연이가 없어졌어요. 아무리 찾아봐도 찾을 수가 없어서 전화를 했는데…" 말을 하고 있는 선생님의 목소리 사이사이 통화 중 연결 대기음이 울렸다. 번호를 확인하니 집이었다.

"집에 연락을 드렸는데 집에도 안 왔다고 하고… 일단 찾고 있으니 걱정하지 마시고 기다려 주세요."

벌써 세 번째 아이가 없어진 상황이었다. 집에서 다시 전화가 왔다. 어머님은 너무나 흥분한 목소리로 나에게 잔소리를 쏟아냈다.

"뭐 대단한 일 한다고 자식 하나 간수 못하고. 잘한다, 잘해. 어이구 어쩌노. 내 새끼 어쩌노." 속이 상해 하신 말씀이지만 내가 벌지 않으면 안 되는 상황을 아시는 어머님도 아이가 없어졌다는 소식에 소리를 지르셨다. "아버님은 어디 있으세요?" 호연이를 찾으러 나갔다고 하셨다. 아이가 없어진 지 30분 째라고 했다. 유치원을 샅샅이 뒤지고 온 마을을 뒤져보아도 아이는 보이지 않았다고 했다.

다리에 힘이 풀려 그대로 주저앉아 울기 시작했다. 수업을 듣는 1학년 아이들은 갑자기 터진 선생님의 울음에 어쩔 줄 몰라 했다. 유치원과 아이 선생님 전화는 계속 통화 중이었다. 수업을 하고 있는 곳은 집에서 1시간 거리여서 갈 수도 없었다. 피 말리는 기다림이 이어졌다.

전화벨이 울렸다. "미친×들, 호연이가 집에 왔다." 5살 아들이 어디에서 헤맸는지 비에 흠뻑 젖은 채 집으로 돌아왔다고 한다. 아이가 없어지고 1시간 만에 찾은 것이었다.

호연이를 찾았다는 소식을 유치원에 전해 주면서 나는 굉장히 화를 냈다. "도대체 아이를 어떻게 보셨기에 잃어버린 것도 모르시는지 알 수가 없네요." 원장님과 선생님은 나에게 사과를 했다. 유치원 CCTV에 아이가 혼자 밖으로 나가는 장면이 있었다.

아이는 알 수 없는 말을 쏟아내며 온 동네를 돌아다녔을 것이다. 그렇게 많은 어른들이 흩어져서 아이를 찾았지만 한 명도 찾지 못했는데 기적처럼 호연이가 돌아온 것이었다.

내가 출근하는 시간은 유치원에서 가까운 공원에 산책을 가는 시간이다. "얘들아, 두 줄 기차. 선생님 쳐다보고 다른 곳으로 가거나 다른 데를 쳐다보면 다치니까 앞만 보고 가는 거예요."

버스를 타려고 내려가다 보면 유치원 원복을 입은 아이들이 선생님의 인솔에 맞춰 두 줄로 서서 천천히 이동한다. 그 많은 아이들 중에 나는 호연이를 단박에 찾아냈다. 긴 두 줄 앞뒤에 선생님들이 아이들의 혹시 모를 사고를 대비해 걸어가시고 양옆으로 보조 선생님인 듯 보이는 분들이 아이들을 함께 인솔하고 계셨다.

호연이는 맨 앞 선생님 손과 긴 손수건으로 연결을 하고 나란히 걷고 있었다. '사고가 나는 것보다는 낫지. 그래도 저렇게까지 해 가면서 산책을 나가야 하나. 내일부터 그냥 유치원에 남겨달라고 할까?' 하는 복잡한 생각이 들었다. 그런 상황이 이해가 되면서도 지켜보는 엄마는 속이 아프다. 선생님이 어떤 마음으로 우리 아이를 품어 주시는지 잘 알고 있기 때문이다.

나에게 수업을 듣는 모든 아이들은 호연이를 알고 있다. 처음 수업에 들어오면 규칙을 정하는데 규칙 중에 힘든 친구 도와주기를 꼭 넣는다.

"애들아, 선생님한테는 치료를 받는 아들이 있어." 수업을 들으러 온 학생들은 선생님의 아들 이야기에 호기심 가득한 얼굴로 이야기를 듣는다.

여기저기서 질문들이 쏟아진다. "몇 살이에요? 학교 다녀요? 남자만 있어요? 여자도 있어요?" 질문에 답을 하고 부탁을 한다. "선생님 아들이 많이 부족한데 어디 가서 누군가에게 놀림을 받거나 도움을 요청했는데 안 도와준다거나 하면 선생님은 너무 속이 상할 것 같아. 그래서 우리 반에 수업을 들어오는 친구들은 도움이 필요한 친구가 떠들거나 돌아다녀도 놀리는 일도 없었으면 좋겠고 도움을 요청할 때는 반드시 도와주었으면 좋겠어. 선생님 아들이다 생각하고 말이야." 어린 학생들은 나의 이야기가 어렵게 느껴지는지 고개를 갸우뚱하지만 3학년 이상의 아이들은 비장한 표정으로 고개를 끄덕인다.

수군대는 저학년 아이들에게 "그러니까 요점은 선생님 아들이다 생각하고 도와주라고." 웃음이 나온다. 짧지만 정확한 요점정리이다.

엄마들을 만날 때면 우리 아들 이야기를 종종 하곤 한다. "제가 수업을 하다 보면 조금도 손해를 보지 않으려는 이기적인 모습을 보이는 학생을 볼 때가 있어요. 당장은 혜택을 보는 것 같지만 결국에는 친구들이 그 아이를 멀리 하는 경우를 많이 보게 돼요."

10년 가까이 아이들을 지도하다 보면 어떤 친구가 인기가 있는지

금방 알 수 있다. 처음에는 활발하고 공부를 잘하는 아이들이 인기가 있어 보이지만 나중에는 대체로 양보도 잘하고 배려심이 높은 아이들이 인기가 많은 것을 볼 수가 있다.

인성이 바른 친구들이 공부를 잘하는 경우를 많이 보았다. 간혹 이기적인 부모님을 뵐 때도 있다. "선생님, 지금 같이 수업을 듣고 있는 학생 중에 길수라는 아이가 있는데 그 친구가 수업시간에 너무 떠들어서 우리 아이가 피해를 보는 것 같아요. 그 학생 부모님께 수업을 듣지 말라고 이야기해 주시면 안 돼요?"

처음 방과 후 수업을 시작했을 때 자신의 아이가 피해를 보는 것이 못마땅하다며 산만한 아이가 수업에 들어오지 않도록 조치를 취해 달라는 부모님이 이해가 되지 않았다.

하지만 강사 입장에서 그렇게 이야기 하는 어머님을 뭐라고 할 수도 없었다. 그렇다고 산만한 아이에게 수업을 들어오지 말라고 할 수 있는 것도 아니기에 "어머님, 제가 최대한 신경을 써 볼게요. 아이들이 좋은 것만 보고 자라면 좋겠지만 조금 부족한 친구들을 통해 배려도 배우고 성장도 해요"라고 말씀을 드렸다.

호연이가 1학년에 입학을 하고 처음으로 가게 된 방과 후 수업은 미술이었다. 미술 선생님은 내가 방과 후 강사라는 것을 이미 알고 있었다. 이안이가 워낙 미술을 좋아해 1학년 때부터 수업을 맡아 주셨기 때문이다. 아버님이 편찮으시고 어머님이 병원에 계속 계셔야 하는 상황이어서 별수 없이 호연이를 이안이에게 부탁해야 하는 상황이었다.

"어머님, 제가 이런 말씀을 드리기 그렇지만 어머님도 이쪽 일을 아시니 조금 편하게 말씀드릴게요." 한참 수업을 진행하는데 호연이의 방과 후 미술 선생님께서 전화를 하셨다.

"호연이가 자꾸 돌아다니고 소리를 내니 같이 수업을 듣는 친구들이 집에 가서 이야기를 했나 봐요. 몇 아이들의 엄마들이 전화가 왔어요. 아이들이 피해를 본다고 하니 호연이가 조금 괜찮아지면 보내시는 게 어떨지요."

"네, 선생님. 그렇게 할게요"라고 이야기를 하고 전화를 끊는데 갑자기 눈물이 나면서 화가 났다. 좋은 것만 먹이고, 좋은 것만 보면서 자라면 아이들은 언제 양보를 배우고 배려를 배우고 사랑을 배우겠는가.

아픔 없는 인생이 어디 있겠는가. 힘들 때마다 나는 내가 이 일을 왜 해야 하는지를 자꾸 찾게 된다. 내가 정말 힘들 때 매일 되뇌던 문구가 있다. '이것 또한 지나가리라'이다.

어느 날 왕이 반지 세공사를 불러 "날 위한 반지를 만들되, 거기에 내가 큰 전쟁에서 이겨 환호할 때도 교만하지 않게 하며, 내가 큰 절망에 빠져 낙심할 때도 좌절하지 않고 스스로 새로운 용기와 희망을 얻을 수 있는 글귀를 새겨 넣어라!"라고 지시하였다. 이에 반지 세공사는 아름다운 반지를 만들었으나, 빈 공간에 새겨 넣을 글귀로 몇 날 며칠을 고민하다가 현명하기로 소문난 왕자에게 간곡히 도움을 청했다. 그때 왕자가 알려준 글귀가 바로 '이것 또한 지나가리라'였다. 이 글귀를 적어 넣어 왕에게 바치자, 왕은 흡족해하며 큰 상을 내렸다고 한다.

그 힘든 시절 '이 또한 지나가리라'라는 말을 붙잡고 견뎠더니 정말 그 시절이 지나가고 그 고통을 통해 성장해 가는 나를 발견하게 되었다.

내 삶의 가치는 내가 만든다

　주산 암산이라는 과목은 철저하게 자기주도 방식의 학습이다. 선의의 경쟁이라는 말은 여러 가지의 의미가 있다. 주산 암산은 친구들과의 경쟁을 통해 성장하는 것이 아니라. 어제의 나와 경쟁을 하면서 성장한다. 조금이라도 실력이 향상되면 아이들은 거기에서 승리의 희열을 느낀다.

　나는 주산암산 과목을 가르치는 것에 대해 아주 만족한다. 아이들은 스스로 목표를 세우고 목표를 달성하기 위해 끊임없이 노력하는 자세를 배우기 때문이다. 우리가 살아가면서 좋은 결과물을 낼 수만은 없다. 때로는 실패를 하기도 한다. 하지만 노력을 하려는 자세는 어떤 일을 하든 꼭 필요한 것이다. 주산이라는 과목은 아이들이 노력을 하는 방법을 배우기에 좋은 과목이다.

　방과 후 수업을 듣는 아이들끼리 경쟁을 통해 결과물을 내는 때가 딱 한 번 있다. 주산암산 경기대회이다. 방과 후 수업을 진행하면서 매번 내가 지도하는 아이들을 경기대회에 내보냈다. 아이들의 실력에 맞춰 출전부분에 지원을 하게 했고 아이들은 대회까지 열심히 노력해서 상을 받기고 하고 못 받기도 했다.

상을 받으면 물론 기쁠 것이다. 하지만 아이들은 상을 받지 않았어도 최선을 다한 자기에게 뿌듯함을 느낀다. 1학년 학생이나 6학년 학생이나 이것은 동일했다.

내가 본부장으로써 했던 두 번째 큰일은 경기대회를 하는 것이었다. 그동안 방과 후 수업을 하면서 경기대회에 내보내고 최고의 스태프로 활동했지만 내가 주도해서 진행하는 대회는 처음이었다. 예상 인원 300명이 한꺼번에 대회를 진행해야 하기 때문에 준비해야 할 것들이 너무나 많았다.

그동안 주산암산대회는 조그만 단체에서 강사들끼리 모여 대회를 진행하는 형태로 했었다. 물론 700명 가까이 출전하는 대회도 있지만 당일 시상이 되지 않는 단점이 있었다.

나는 내 삶의 가치를 조금 높여보기로 마음을 먹었다. 지금은 보편화되어 있는 시스템이지만 처음 대회를 진행할 때 어려운 방법을 선택했던 것이다.

타 지역에서는 대회장을 국회의원으로 세우는 경우가 많았다. 나도 '부산광역시 방과 후 어린이 주산 암산 대회의 대회장을 국회의원으로 세워 보는 것은 어떨까?' 하는 생각을 했다. 하지만 부산에서는 대회장을 국회의원으로 세운 적이 없었기 때문에 어느 누구도 시도를 해 보려고 하지 않았다. 어느 누구도 해 보지 않았던 일을 내가 한 번 해 보고 싶었던 것이다.

부산의 국회의원 명단을 인터넷에서 찾아봤다. 생각보다 많은 국회의원 수에 '모두 다 허락을 하면 어쩌지' 하는 꿈같은 상상을 해 보기도 했다.

"A국회의원 사무실 보좌관 김명민입니다." 무작정 전화부터 하게 된 나는 용건을 어떻게 이야기해야 할지 몰라 당황했다.

"네, 방과 후 강사들끼리 주산 암산 대회를 하는데요. 국회의원님을 만나 뵐 수 있을까요?" 지금 생각해 봐도 어이없는 질문이었다. 황당하다는 듯이 보좌관이 이야기를 했다. "공문을 먼저 보내시면 공문을 보고 판단한 뒤 연락드립니다. 팩스로 보내실 건가요? 이메일 주소를 알려드릴까요?"라고 했다.

내가 만나자고 해서 만날 수 없는 사람을 만나겠다고 하니 웃음이 나올 수밖에 없었을 것이다. 이메일 주소를 적은 쪽지를 노려보며 '공문을 작성해야 한단 말이지'라는 생각을 했다.

어떤 공문양식도 없었다. 막연하게 시작했던 일을 내가 너무 성급하게 장담한 건 아닌지 후회가 됐다. 국회의원을 섭외하기로 마음을 먹고 몇몇 선생님들에게 이야기를 미리 해 놨던 것이다.

그날부터 여기저기 끙끙대며 공문을 하나 만들어 냈다. 처음 전화를 했던 곳에 작성된 공문을 보내 놓고 아무리 기다려도 연락이 없었다. 이메일 수신확인을 해보니 내 공문을 열어보기는 한 것 같았다.

"일주일전에 공문을 하나 보내드렸는데 답변이 없어서 전화드립니다. 내용은 확인해 보셨나요?"

"하루에도 수십 통의 공문과 이메일이 들어옵니다. 정확히 공문을 보낸 단체의 이름을 이야기해 주세요." 단체의 이름을 말하고 기다리자 보좌관은 나에게 쓴 소리를 했다. "공문 양식도 맞지 않고 우리 국회의원님이 무엇을 해 드려야 하는지도 정확하지 않습니다. 이런 공문은 어디에 보내서도 승낙을 받기가 어려워요." 처음이기 때문에 주어진 양식도 없을뿐더러 방법도 알 수 없다며 보좌관에게 조르기 시작했다. 십여 분의 통화 끝에 내가 참고할만한 자료를 보내주시겠다고 하시고 전화를 끊었다. 1시간이 채 되지 않아 보좌관이 보내준 공문을 보고 어떤 것이 잘못되었는지를 파악할 수 있었다. 다시 작성한 공문을 보냈지만 일정이 맞지 않다며 거절을 하셨다.

거절당한 속상한 마음보다는 조금이라도 도움을 받을 수 있었음에 감사했다. 그 당시 부산에 국회의원은 17명이나 있었다. 17명의 명단을 확보해서 홈페이지와 주소, 국회의원 사무실 연락처를 출력했다. 전화를 돌리기 시작했다. 공문을 먼저 보내라는 일괄된 답변을 받은 다음 나는 공문을 작성해 각 국회의원 사무실에 보냈다. 너무 많은 곳에서 연락이 오면 어쩌지 하는 허황된 꿈은 일주일이 되어도 연락이 없는 상황에 깨져 버렸다.

대회 일정은 두 달 앞으로 다가왔다. 어서 빨리 대회장을 섭외해야 학부모님들에게 대회 신청서를 내보낼 수가 있었다. 마음은 조급한데 연락은 없고, 이메일은 수신확인된 상태였다.

'무엇이 문제일까' 공문은 첫 번째 국회의원 사무실에서 알려준 방법대로 작성을 했기 때문에 문제가 없었다. 거절의 의사를 밝히지도 않고 아무 대답이 없는 보좌관들에게 야속한 마음이 들었다.

그 중 한 곳에 전화를 했다. "한국나노주산암산단체에서 얼마 전 대회장 섭외 건으로 공문을 보내드렸습니다. 확인은 하신 걸로 되어 있던데 무슨 문제가 있어 답변이 없으신지 궁금하네요." 당돌한 내 전화에 보좌관은 급한 일처리를 하고 다시 전화를 주겠다고 하면서 전화를 끊었다. 다시 걸려온 전화에 그사이 내가 보낸 공문을 확인을 하고 전화를 주신 것 같은 느낌이 들었다.

"네, 공문을 다시 확인해 봤는데 부산 어느 곳에서도 주산 암산 대회를 진행하면서 대회장으로 국회의원을 세운 기록이 없더라고요. 그래서 저희도 마찬가지로 어떤 형태의 성격을 띠는지 알 수 없어 거절을 하기로 했습니다." 그동안 많은 곳에 공문을 보냈지만 답변을 들을 수 없었던 이유를 알게 되었다. 한 번도 해 본 적이 없어서였다.

나머지 15군데가 남았다. 이번에는 공문을 출력해서 들고 사무실마다 찾아다니기 시작했다. 학교에 처음 들어갈 때 제안서를 돌려본 경험이 있어서 누군가를 찾아간다는 것은 그리 두려운 일은 아니었다. 하루에 한 곳에 찾아가더라도 15일이나 걸렸다. 나에게 주어진 시간은 한 달밖에 없었다.

보좌관들은 나를 기다리고 있지 않았다. 당연히 빈자리가 많았고 한 달이 다 되어가도 보좌관을 만난 곳은 5군데를 넘지 못했다. 연락을 해도 만날 수도 없었고 연락을 안 해도 만날 수 없으니 나는 무작정 국회의원 사무실을 찾아다니기 시작했다. B국회의원 사무실은 많이 낡은 4층 건물의 맨 꼭대기 층이었다.

높은 구두를 신고 계단을 올라가다가 립스틱을 바르지 않은 게 생각이 나서 급하게 가방에서 립스틱을 꺼내 바르고 있는데 남자 한 분이 위에서 내려오셨다. 아무리 결혼을 했더라도 모르는 사람 앞에서 화장을 하려니 조금 창피한 마음이 들어 눈을 마주친 분과 눈인사를 하고 황급히 올라갔다.

역시나 보좌관은 자리에 없었다. 사무실 여직원에게 서류와 명함을 주고 되돌아 나오는데 문이 열리면서 아까 봤던 남자분이 들어오셨다.

"보좌관님, 차 키를 두고 가시면 어떻게 하세요." 여직원의 목소리에 그분이 보좌관인 걸 알게 되었다. "아이고 여기에 오시려고 그렇게 예쁘게 화장을 하셨네요." 털털하게 웃으시며 나에게 인사를 했다. 여직원에게 서류와 명함을 뺏다시피 해서 보좌관에게 설명을 했다.

"제가 상고 출신이라서 주산을 조금 하는데 아직도 주산을 배우나 봐요. 와, 아이들 많네요." 혹시 몰라 대회 사진을 출력해 가서 보여드릴 수 있었다.

"여러 군데를 찾아가 봤지만 다들 처음이라고 거절을 하시네요. 정말 순수하게 방과 후 학교 아이들만 대회를 하는 거라서 사교육과는 전혀 상관없는데. 속이 상하더라고요."

"네, 긍정적으로 검토해 보고 국회의원님과 상의 후 연락드리겠습니다."

나에게 주어진 한 달의 시간은 모두 흘러갔다. 이제는 더 이상 미룰 수 없는 대회 공지를 위해 학부모님들 대회 신청서를 인쇄를 하려던 차에 B국회의원 사무실에서 연락이 왔다.

"B국회의원 사무실입니다. 공문을 검토하고 상의한 후에 대회장을 해 주신다고 하니 필요한 서류를 들고 사무실로 들어오세요." 반가운 전화였다. 그렇게 섭외된 국회의원은 제1회 부산 방과 후 어린이 주산암산대회에서 대회장으로 활동을 해 주셨다.

나는 아무것도 없는 상태에서 무엇인가를 만들어 내고 도전해 보는 과정이 정말 즐겁다. 당연히 새로운 일은 나를 두렵게 하기도 하고 떨리게 하기도 한다. 하지만 한 번뿐인 인생에서 내가 살아가는 내 인생의 가치는 내가 만들어 간다고 생각한다.

주부로 살다 보면 국회의원을 만날 일이 몇 번이나 있겠는가. 그 분들의 보좌관이 지역과 서울에 있는 것을 아는 사람은 또 몇 명이겠는가. 평생 부산의 국회의원 수가 몇 명인지도 모르고 죽을 수도 있었다. 나의 무모함이 내 삶을 힘들게 할 때도 있지만 이런 무모함 때문에 남들은 쉽게 경험할 수 없는 일을 하게 되기도 한다.

함께 가야 멀리 간다

부산에서 방과 후 강사를 하다가 갑자기 울산으로 이사를 하게 된 곽민성 선생님은 재취업 프로젝트 1기생이었다. 원래는 수학 강사를 하려고 준비를 하고 있던 분이었다. 지인이 개설한 수학 강좌를 듣고 스터디하는 곳에서 나를 만나게 되었다.

호연이와 간질을 앓고 있는 과외 학생을 지도하기 위해 수학 공부를 꾸준히 하고 있을 때였다. "저는 남자아이 둘과 딸이 하나 있는 곽민성이라고 합니다." 긴 생머리를 가진 동안의 곽민성 선생님은 세 자녀를 둔 주부로 보이지 않았다.

수학 스터디는 함께하시는 선생님들이 순서를 정해 발표를 하는 형태로 진행이 되었다. 스터디를 하는 장소가 내가 근무하는 학교 부근이라서 웬만한 일이 없는 한 나는 스터디를 빠지지 않았다. 특히 곽민성 선생님이 진행하는 방법은 굉장히 독특했고, 책에 있는 내용을 3D로 뽑아낸 것 같은 기발한 활동이어서 언제나 큰 호응을 얻어냈다.

"큰아이가 초등학교에 입학해서 아이를 학원에 안 보내고 제가 직접 지도하려고 수학을 배우고 있는 거예요." 세 명의 자녀들을 키우면서 바쁠 텐데도 선생님께서 스터디에 꼬박꼬박 참석한 이유였다.

그해 겨울 우리는 오래간만에 강사들끼리 모여 스터디하는 공간에서 송년회를 하기로 했다. 대부분 주부들이어서 밤늦게까지 하는 모임을 허락하는 남편들이 많지 않았다. 나 역시 늦은 밤 귀가하는 것을 싫어하는 남편의 눈치가 보여 조금 서둘러 집으로 돌아갔다.

그런데 스터디 공간에 중요한 서류를 놓고 온 것을 깨달아서 이른 아침 그곳으로 가게 되었다.

문을 여는 순간 나는 깜짝 놀랄 수밖에 없었다. 그곳에 눈을 비비며 세 분의 선생님이 앉아 계셨던 것이다. "언제 제가 이렇게 한번 놀아 보겠어요. 남편에게 정말 오래간만에 허락을 받고 밤새 이야기하면서 보냈어요." 졸린 눈으로 곽민성 선생님이 이야기했다.

그렇게 수학을 열심히 하시던 분이 주산을 하게 된 계기가 있었다. 수학 관련 경력도 없었고, 학교에서 제시하는 조건이 맞지 않아 여러 번 서류를 넣어도 계속 떨어지던 곽민성 선생님은 그냥 집에서 아이들이나 지도해보겠다고 스터디만을 참석하고 계셨다. 내가 주산 암산을 지도한다는 것을 알게 된 곽민성 선생님은 "선생님 나 주산암산 지도법 알려 주시면 안 돼요? 큰아이만 가르칠게요." 그렇지만 나는 수학 스터디 공간에서 만난 분들에게 주산을 가르치고 싶지 않았다. 그래서 곽민성 선생님께 여러 번 거절을 해야 했다.

"재취업 프로젝트에 꼭 들어갈 거예요. 저 빼시면 안 됩니다." 경력단절여성 재취업 프로젝트 1기를 한다는 소식을 접한 선생님은 수업을 듣겠다며 연락을 주셨고, 인연이 되려고 했는지 결국 수업을 듣기로 하셨다.

그동안 수학을 배우면서 연산의 필요성을 잘 알고 있던 선생님은 다른 교육생들과 함께 열심히 공부를 하셨고 취업에 성공하게 되었다. 그렇게 어렵게 취업에 성공했는데 갑자기 울산으로 이사를 간다고 하니 너무나 아쉬웠다. 당연히 주산 암산 강사를 하지 않을 거라고 생각했는데 울산에서 부산까지 주산 수업을 위해 몇 달 동안 오가며 노력하시는 모습이 너무나 대견했다.

처음 주산암산 강사를 한다고 했을 때 곽민성 선생님을 만나게 해 준 지인에게 미안한 마음이 있었다. 지인 역시 곽민성 선생님이 수학을 워낙 잘하시던 분이라서 주산 강사를 한다고 했을 때 많이 아쉬워 하고 서운해 하셨다.

울산으로 이사를 하면서 울산 재취업 프로젝트 1기를 마무리하고 스터디 공간을 마련하지 못하는 상황에 과감한 결정을 하신 선생님은 나에게 전화를 하셨다.

"본부장님, 저희 집 1층에 사무실이 있는데요. 거기를 시어머님과 이야기 끝에 사무실로 쓰기로 했어요. 거기에서 스터디를 진행하면 될 것 같아요." 부산에는 교육공간이 있어 자리 잡기가 편했다는 것을 잘 알고 있던 선생님은 비싼 임대료를 낼 수 없는 나의 상황을 파악하고 비어 있는 공간을 사용 해야겠다고 생각을 했던 것이었다.

감동이었다. 아무것도 바라지 않고, 받은 것에 대한 감사함을 표현할 줄 아는 선생님을 보면서 나는 도리어 감사함을 느꼈다.

"그러지 말고 공부방을 직접 해 보는 것은 어때요?" 사무실을 스터디공간으로만 쓰는 것보다는 공부방을 하는 게 좋겠다는 생각을 했다. 좋은 생각이라며 선생님은 공부방을 시작하셨다. 여러 가지 상황을 지켜본 나는 문득 곽민성 선생님이 경력은 얼마 안 되지만 센터장을 하시면 잘할 것 같다는 생각도 들었다.

"선생님들, 곽민성 선생님이 울산으로 이사를 하셨는데 센터장을 맡겨 보는 것은 어떤가요?" 나의 물음에 부산 센터장들은 모두 찬성을 했다. 긴 기간은 아니지만 선생님을 가까이 지켜본 분들은 열심히 맡은 바 일을 잘하는 것을 알고 있었기 때문이다. 그렇게 짧은 경력에도 불구하고 곽민성 선생님은 센터장이 되었다.

울산 재취업 프로젝트 1기는 어찌 보면 실패했다고 말할 수 있다. 나 역시 확고한 믿음으로 진행하지 못했고 울산의 교육환경을 제대로 파악하지 못했기 때문이었다. 9명으로 시작한 프로젝트는 3명만으로 스터디가 진행되었고 취업률 0%로 끝이 났다. 뼈아픈 경험이었다.

울산에는 오로지 곽민성 선생님만 남았다. 이래서는 안 될 것 같아 나는 울산지역에 있는 기존 방과 후 주산 암산 강사들을 모아놓고 교재 설명회와 특강을 열었다. 반응은 뜨거웠다. 교육장의 장소가 워낙 좁기도 했지만 18명의 강사들은 눈을 반짝이며 내 이야기를 들었다. 3시간의 특강을 진행하면서 나는 그들 중에 누가 곽민성 선생님과 함께하면 좋을까를 고민했다.

며칠이 지난 후 한 분의 전화를 받았다.

"저번 주 특강을 듣던 사람인데 잠시 만날 수 있을까요?"

"네, 선생님. 몇 시에 어디에서 뵐까요?" 약속을 잡고 보니 너무 이른 시간이었다. 부산에서 울산까지 거리를 계산해 보니 집에서 7시 30분쯤 출발을 해야 했다. 그렇게 몇몇의 선생님들은 내가 부산에 있는 것도 모른 채 연락을 해 왔고 나는 거리와 시간을 따지지 않고 그분들을 만나 우리와 함께하자고 이야기했다.

어느 주는 일주일에 4번 이상 울산에 간 적도 있다. 오로지 함께할 사람이 필요했다. 그렇게 여러 달의 노력 끝에 울산의 강사 4명이 우리와 함께하기로 했다. 나와 곽민성 선생님의 진심이 통한 것이었다. 울산 프로젝트 1기의 실패 탓에 2기생을 모집하는 것이 부담스러웠다.

함께하게 된 울산 선생님들은 아이들을 잘 가르치기로 소문이 나 있는 꼼꼼한 선생님들이셨다. 그분들 덕분에 한두 명씩 강사 인원이 늘면서 8명의 강사 모임이 되었다. 울산에서 강사 모임을 시작한지 8개월 만이었다. 울산 2기생은 정말 적은 인원으로 시작했다. 1기생 중 딱 한 명이 학기 중 강사로 채용이 되었기 때문에 많은 인원을 양성하기가 부담스러웠기 때문이다.

곽민성 선생님의 공부방도 블로그를 통해 소문이 나기 시작하면서 조금씩 아이들이 모집되고 있었다. 지리적으로 불리한 위치였지만 암산 신동으로 유명한 교재를 사용하는 공부방은 꼼꼼한 곽민성 선생님의 지도법과 더불어 소문이 나고 있었던 것이다.

울산 재취업 프로젝트 2기생은 5명 소수로 진행했고 그 중 2명이 취업에 성공했다.

한 명으로 시작했던 모임이 2년 만에 13명이 되었다. 학교 수로 따져보면 30개 학교에서 우리와 함께하시는 분들이 수업을 하고 계시는 것이다.

"본부장님, 올해부터는 제 자료를 선생님들께 조금만 드릴까 해요." 곽민성 선생님의 이야기에 나는 조금 언짢았다. 취업 시즌이 끝난 3월 어느 날이었다. 면접을 보거나 서류를 만들 때 너무 많은 사람들이 선생님께 부탁을 하고 가져갔던 자료들을 잃어버리니 속이 상한다는 이야기를 하셨다. 충분히 이해가 되고 속상할 만한 이야기였다.

가만히 이야기를 듣고 있던 나는 "선생님, 제 주변에 왜 사람들이 많은 줄 아세요?" 질문의 의도를 모르는 선생님은 쉽사리 대답하지 못하셨다. "제가 이용가치가 있어서 그래요." 여전히 못 알아듣는 표정이었다.

"얼마 전 대회를 했을 때 상장케이스가 20개 정도 모자랐어요. 기억하시죠?" 월요일에 택배를 보내면 화요일에 도착할 수 있다고 말을 했지만 대부분의 선생님들은 월요일에 필요하시다며 나에게 가져다 달라고 하셨다.

그때 나는 일요일 저녁 늦게 20개의 상장케이스를 들고 부산에서 울산까지 다녀와야 했다. 양산에 계신 선생님이 면접을 보기 위해 작은 패널이 필요하다고 하면 나는 그 패널이 울산에 있어도 부산에서 울산까지 가서 가져다가 양산에 있는 분께 드리기도 했다. 그 수많은 사연을 알고 있는 곽민성 선생님은 아무 말씀도 없으셨다.

"내가 계산을 하기 시작하면 사람들도 계산을 하고 내가 베풀기 시작하면 사람들도 나에게 베풀어요." 곽민성 선생님의 수고는 내가 너무나도 잘 알고 있었다. 원해서 얻은 센터장의 자리는 아니지만 센터장으로서 챙겨야 하는 수많은 선생님들이 부담스럽기도 할 것이었다. 하지만 함께 가야 멀리 갈 수 있다.

모두를 만족시킬 수 있는 인간관계는 없다. 멀리 가고 싶으면 함께 가야 한다는 생각을 우리가 꼭 해야 하는 이유는 우리가 사람들로부터 성장하기 때문이다.

가족을 내 편으로

남편은 바쁜 아내에게 크게 잔소리가 없는 고마운 사람이다. 8
년 연애 기간 동안 한 번도 싸우거나 헤어져 본적도 없을 정도로
굉장히 착한 사람이기도 하다.

남편을 처음 만난 건 내가 20살 때였다. 처음부터 장거리 연애를
했기 때문에 한 달에 한 번, 어떨 때는 두 달에 한 번 정도 보는 게
다였다. 지금은 도로 사정이 좋아 부산에서 전주까지 3시간이면
갈 수 있지만 처음 우리가 만났을 때는 5시간 30분정도 되는 거리
를 이동해야 했다. 만날 수 없는 날은 매일 전화와 편지를 주고받
았다.

얼마 전 우연히 주고받았던 편지를 정리해 보니 200통이 넘는 편
지가 있었다.

IMF 시절 취업이 어려워 잠시 부산에 머무른 1년 6개월 정도의
기간만 매일 보다시피 했고 또다시 서울에 올라가면서 장거리 연애
는 계속되었다.

결혼을 위해 상견례를 날짜를 잡고 남편과 결혼을 할지 말지 고

민이 되었을 때가 있었다. 내가 근무한 회사는 대부분의 사람들의 무엇인가를 배우고 진취적으로 살려고 하는데 내 남자친구는 착하기만 하고 꿈이 없어 보였다.

"과장님, 사람은 너무 좋은데 결혼은 현실이잖아요. 같이 살다 보면 답답하지 않을까요?" 나의 물음에 "은선 씨, 내가 많이 살아보지는 못했지만 결혼은 조금씩 양보하는 배우자가 되어야 하고, 상대편이 무엇을 하든지 믿고 응원해 주는 사람이 좋은 거야. 남자친구가 착하고 은선 씨를 위해줄 것 같은데"라는 말을 들었다. 그 말에 힘을 얻어 나는 결혼을 하기로 했었다.

결혼 후 갑자기 실직이 되고 힘든 세월을 보냈지만 남편은 힘든 내색을 거의 하지 않았다.

주산 암산 지도법을 배우겠다고 했을 때는 남편이 반대를 했다. "네가 잘하는 것을 했으면 좋겠어. 잘 될지 안 될지 모르는 일에 너무 힘들 수도 있는데 굳이 이 일을 해야 하니?" 나는 남편을 설득하기 시작했다. "아이들 키우면서 할 수 있는 일이에요. 오후에 수업을 하기 때문에 많은 시간을 뺏기지 않아요."

내가 늘 결정을 하면 밀어붙이는 성격인 걸 잘 아는 남편은 더이상 이야기를 꺼내려고 하지 않았다. 남편이 내가 하는 일에 반대하는 일은 거의 없었는데 너무 심하게 반대를 하니 처음에는 남편을 속이고 수업을 들어야 했다. 방과 후 강사로 취업을 하기 위해 여기저기 제안서를 넣으려고 할 때도 나의 고생이 안쓰러워 남편은 미련을 버리지 못했었다.

"남들한테 안 들어도 되는 이야기를 들으면서까지 이 일을 하려는 네가 나는 이해가 안 돼."

잔소리를 하기는 하지만 남편은 여전히 내가 제안서를 돌리고 복지관 수업을 할 수 있도록 늘 나를 도와주고 있다.

학교에 취업을 하고 방과 후 수업을 했을 때야 비로소 남편은 내 일을 인정하기 시작했다. "안 될 줄 알았는데 정말 되는구나. 그동안 수고했어." 나는 남편의 응원에 힘입어 열심히 수업을 할 수 있었다. 방과 후 강사를 처음 시작했을 때는 수업과 집안일을 병행할 뿐이었기 때문에 크게 힘들지는 않았다.

하지만 강사 모임의 임원으로 활동을 하면서 남편은 나에게 따뜻한 말보다는 차가운 말을 하곤 했다. 한 달에 한 번 강사들끼리 모임이 있었는데 두 아이들이 어렸기 때문에 나는 늘 저녁 8시 30분에 집에 들어와야 했다. 점점 강사 모임의 횟수가 늘면서 모임이 있는 날이면 집에 들어가는 시간이 늦어졌다. 임원을 하면서 너무 많은 일들이 나에게 주어져 매일 수십 통이 넘는 통화를 해야 했고. 퇴근을 해 집에 있어도 나는 전화기를 붙잡고 있을 수밖에 없었다. 저녁을 챙기다가도 내가 해야 할 일이 생기면 불려나가곤 했고, 주말에도 행사가 있으면 가족보다는 모임의 행사가 우선이 되었다. 그렇게 2년의 시간을 남편은 아무 불만 없이 나를 위해 아이들을 시댁식구들을 챙기면서 살아가고 있었다.

호연이가 4살이 되어도 엄마 아빠 소리를 못하는 것을 보고 남편과 나는 좌절을 했다. 특히 나는 심한 죄책감에 시달려 힘든 시간을 보내고 있었다.

"난 널 이해할 수가 없어. 자식이 이렇게 아픈데 강사 모임이 중요한 거니? 가족들보다?"

남편의 뼈아픈 이야기가 내 가슴을 파고들었다. 그동안 내 꿈을 위해 나를 이해하려고 했다고 했다. 아들이 아픈 것에 대해 스스로를 원망하기도 했지만 남편은 어쩔 수 없이 자신에게 주어진 아들을 받아들이고 치료를 하면 될 거라고 다독여줬다. 하지만 엄마인 내가 가족들보다 일이 우선인 것이 마음이 아프다고 했다. 그렇게 아픈 이야기를 쏟아내는 남편을 보니 내가 참 못할 짓을 했구나 하는 뒤늦은 후회가 밀려들었다.

그렇게 나는 가족들을 위해 강사 모임을 그만두고 그 단체를 나왔다. 편안했다. 아이는 아팠지만 가족들과 함께하는 시간은 많아졌고, 스스로를 돌아보는 계기가 되기도 했기 때문이다. 다시 센터장이 되었을 때 남편은 나에게 당부를 했다.

"은선아, 일도 중요하지만 가정도 살펴보며 해야 해. 아이들과 보내는 이 시기는 다시는 돌아오지 않아."

그렇게 센터장이 되었는데 본부장이 되면서 더욱 많은 일들을 해내야 했다. 그동안 지켜보기만 했던 남편이 나를 이해하고 도와주는 계기가 생겼다.

제1회 방과 후 주산암산 경기대회를 준비하고 있는데 갑자기 트로피와 상장이 취소가 되면서 일정이 꼬이기 시작했다. 대회를 준비하는 동안 호연이는 귀가 들리지 않는다는 진단을 받았고, 아버님은 항암치료 부작용으로 패혈증이 와서 중환자실에 입원 중이실 때였다.

모든 것을 다 포기하고 안 하려고 어떤 전화도 받지 않고 집안에만 틀어박혀 있을 때 남편은 나에게 "이렇게 일을 벌려놓고 포기하는 것은 너답지 않아. 잘하든 못하든 마무리는 지어야지." 남편의 말에 힘을 얻었다. 나는 잘하려는 마음을 내려놓고 내가 할 수 있는 일을 먼저 했고 대회는 만족스럽지는 못했지만 큰 사고 없이 치를 수 있었다.

대회를 준비하면서 정말 많은 일들을 해야 한다는 것을 깨달은 남편은 그 후 대회가 잡히면 본인이 도와줄 수 있는 일을 찾아서 해 주고 있다. 매년 남편은 대회 당일 휴가를 내고 나를 도와준다. 대회 날 많은 짐은 옮기고 대회를 진행할 때 힘을 쓰는 일을 해 준다.

나는 그동안 나의 행복만을 바라고 가족들을 희생시킨 게 아닌가 하는 생각을 한다. 남편의 바람은 굉장히 소박하다. "4명 식구들이 밥상에 둘러앉아 행복하게 밥 먹을게 소원이야"라고 이야기하는 남편을 보면 내가 무엇을 위해 이렇게 열심히 살아야 하나를 깊게 생각해 보게 된다.

연애 기간 포함 20년을 지켜본 남편은 언제나 내 편이었다. 나에게 짜증을 내고 화를 내는 모습 역시 나를 위한 것이었지 본인의 욕심을 차리려고 그런 적은 거의 없었다. 나는 남편이 욕심도 없고 꿈도 없는 사람이라고 생각했지만 살다 보니 현명한 사람이었다. 화가 나고 짜증이 나도 절대로 바로 표현하지 않고 조금의 시간을 두고 얘기했다. "저번에 네가 이랬는데…" 하고 감정을 뺀 채 이야기를 한다. 내 주변의 선생님들은 나에게 가끔 "제 남편이 선생님 남편만큼만 해주면 소원이 없겠어요"라고 이야기를 한다.

잘생긴 남편을 만나면 3년이 행복하고
능력 있는 남편을 만나면 30년이 행복하고
현명한 남편을 만나면 평생이 행복하다.

예쁜 아내를 만나면 3년이 행복하고
착한 아내를 만나면 30년이 행복하고
현명한 아내를 만나면 3대가 행복하다.

어디에선가 본 탈무드 내용이다. 결혼 전에는 잘생긴 남편, 능력 있는 남편을 찾았지만 막상 결혼을 하고 살다 보니 현명한 남편이 평생을 행복하게 하는 것 같다.

나 역시 남편에게 현명한 아내인가를 생각해 본다. 남편뿐만 아니라 아이들에게도 좋은 엄마인가를 생각해 보게 하는 요즘이다.

좋아하는 것, 잘하는 것

부산, 울산 지역의 경력단절 여성 재취업 프로젝트를 진행해 보았다. 매번 재취업을 위해 많은 주부들이 참여를 했지만 취업에 성공하는 경우는 생각보다 많지는 않았다. 양산 지역 같은 경우는 10여 명의 강사를 양성했지만 경남교육청에서 방과 후 강사를 거의 뽑지 않아 한 명도 취업을 할 수가 없었다.

블로그를 통해 강사들의 모임을 소개하다 보면 가끔 강사를 파견해 달라고 연락이 오기도 한다. 파견 강사에 대한 복지는 개인 강사보다 좋지 않기 때문에 나는 한 번도 강사 파견을 해 본 적이 없다.

"여보세요. 선생님 블로그를 통해 글을 보고 연락드려요. 지도자 과정이 창원에서도 있나요?" 생각지도 못했던 지역이었다. 그동안 부산, 울산, 양산은 진행해 봤지만 창원은 나에게는 너무나 생소한 지역이었다. 창원 지역은 얼마 전 3개의 도시가 합쳐져 굉장히 큰 도시가 되었다. 나에게 연락하신 분은 창원에 방과 후 지도자 과정이 있으면 좋겠다고 했다.

바쁜 일정이 있었고, 부산, 울산만으로도 나는 버거운 상태였다.

"어머님, 제가 시간이 되지도 않고 또 창원은 한 번도 가 보지 않아서 쉽게 뭐라고 말씀을 드릴 수가 없네요." 나의 대답에 아쉬움을 남긴 채 전화를 끊으셨다.

그리고는 며칠이 지난 후 또다시 연락을 주셨다. "안 되는 줄 알지만 꼭 과정을 듣고 싶어요." 몇 번의 문자가 도저히 거절할 수 없을 정도로 들어왔다.

"제 아이가 주산을 배웠는데 주산수업이 힘든지 수업을 그만뒀거든요. 그래서 제가 꼭 배워서 가르치고 싶어요."

많은 시간을 낼 수가 없어 방과 후 수업이 늦게 시작하는 날을 선택해 수업을 진행하기로 했다. 공식적으로 지도자 과정이 열리는 것이 아니기 때문에 교육장을 따로 잡지 않고 그분의 집에서 수업을 하기로 했다. 혼자 수업을 듣는 것보다는 누군가와 같이 듣는 것이 좋다고 이야기를 했는데 그 사이 두 분이 더 오기로 했다고 하셨다. 그분들이 정현정, 이현정, 박혜란 선생님이시다.

처음에는 평범한 가정집에서 수업을 하려니 어색했다. 하지만 공부방을 준비하셨던 탓에 집안에는 작은 칠판이 있어서 수업을 하는 데는 어려움이 없었다.

"일단 지도자 과정과 같이 세부적으로 진행할 수는 없습니다. 주산을 조금 하는 정도로만 수업을 진행할 테니 서운해 하지 마시고 짧은 기간 동안 열심히 해 주세요."

지도자 과정의 개념보다는 주판을 활용해서 덧셈, 뺄셈, 곱셈 정도만을 할 수 있도록 해 드리기로 하고 수업이 진행이 되었다. 주산을 처음 배웠는데도 생각보다 진도를 잘 따라오셨다. 나중에 들어 보니 세 분 모두 수학강사를 하셨던 분이셨다. 초·중·고 학생들을 지도해 보니 연산이 부족해 힘들어 하는 것을 보고 주산을 배워야겠다는 생각을 하셨다고 했다.

방학 기간 동안 짧게 진행된 말 그대로 스터디 형식의 수업은 선생님들의 열정에 처음 약속한 1시간 30분에서 2시간으로, 2시간에서 3시간으로 점점 더 늘어났다.

띠리릭. 현관문이 열리는 소리에 두 눈을 번쩍 떴다. 시계를 보니 새벽 3시였다. 남편이 배를 움켜잡고 들어왔다. "여보 왜 그래요? 어디 아파요?" 나는 너무 놀라 불도 켜지 않고 거실로 뛰어 나갔다.

"응, 배가 아파서 밤새 뒤척이다가 응급실에 다녀오는 길이야." 한 번 자면 쉽게 일어나지 못하는 나는 옆에서 아파서 끙끙 대는 소리도 듣지 못하고 잠을 잤던 것이다.

"내일 아침에 입원수속 밟으라네. 맹장염 같다고."

간단한 수술이라고 하지만 남편은 젊을 때 십이지장천공으로 큰 수술을 받았던 경험이 있기 때문에 걱정이 되었다. 아침이 되고 병원에 가려고 준비를 하는데 남편은 한참 통화를 한 후 깊은 한숨을 내쉰다.

"오늘 입원 못하겠다. 사람이 안 구해진다네." 나는 화가 났다. 남편은 대형마트에서 지입차를 운전한다. 남편 대신 지입차를 운전할 사람을 구하지 못해 아픈 사람에게 일을 하라고 하니 화가 날 수밖에 없었다. 그렇게 이틀을 꼬박 아무것도 먹지 못한 채 일을 끝내고야 남편은 입원을 하고 수술을 받을 수가 있었다.

창원 수업이 있는 날이었다. 무사히 수술을 마치고 정현정 선생님께 전화를 했다.

"선생님 죄송해요. 오늘 수업을 못했네요. 남편이 좋아지면 제가 창원 지역에서 지도자 과정을 열 테니 그때 참여해 보시는 게 어때요?" 약속을 지키지 못한 미안한 마음에 창원 지역 재취업 프로젝트 1기를 제안해 버렸다.

그렇게 창원지역 재취업프로젝트1기가 시작이 되었다. 장소를 대관하면서 창원 지역의 이곳저곳에 대해 알게 되었다. 창원은 진해, 창원, 마산이 합쳐지면서 초등학교 수가 110개 정도가 되는 울산과 맞먹는 규모의 도시가 되었다. 대부분의 방과 후 강사들은 개인 강사들이며 경남교육청을 통해 채용되고 있었다.

카페를 통해 재취업 1기생을 모집했다. 예상 외로 많은 분들이 신청을 하셨다. 정현정 선생님과 나는 정말 재취업을 하고 싶은 분들이 했으면 하는 바람으로 자녀를 지도해 보겠다는 분들은 제외하고 신청을 받았다.

그렇게 11명의 엄마들은 재취업을 생각하고 첫 수업을 시작했다. 한 달 전 나와 잠깐 스터디를 진행했던 분들도 재취업 프로젝트 1기에 합류하게 되었다.

"남편이 다단계 아니냐고 조심하라고 해요."

"처음에는 무료라고 했다가 나중에 큰돈을 요구하지 않나요?"

"왜 무료로 진행하나요?"

이런 질문들은 내가 재취업 프로젝트를 진행할 때마다 듣는 질문이다. 창원 역시 마찬가지였다. 첫 수업 OT를 진행하다보면 단골멘트처럼 나오는 말이다. 만약 그 수업에 다행히 그동안 나를 쭉 지켜봤던 사람들이 있다거나, 2기를 진행하는 경우는 오해가 금방 없어져 좋지만 그렇지 않으면 나와의 공감이 생길 때까지 교육생에게 끊임없이 내 이야기를 해야 한다. 처음에는 이런 오해를 받을 때 안타까웠다. 너무 많은 사람들이 '교육'이라는 이름을 가지고 사람들을 속이고 다니니 나 역시 같은 사람으로 취급받는 것이 말이다.

나는 어릴 때부터 남들에게 작은 것 하나도 잘 주는 성격이었다. 오죽하면 엄마는 그런 내게 "남들은 밥이나 같이 먹을 때나 좋은 거야"라고 나에게 늘 잔소리를 했다. 그래서 내 주변에 나를 좋아하는 사람들도 있지만 나를 이용하려는 사람들이 있다고 가까운 분들에게서 늘 잔소리를 들어왔다.

"사람 조심해라. 네 마음처럼 그 사람은 생각 안 해"라는 이야기를 자주 듣곤 했다. 물론 인간이기에 소소한 갈등은 있을 수 있지만 다행히도 그동안 만났던 사람들 중에는 나에게 큰 상처를 주는 사람들은 없었다.

우리 집에서 창원까지는 50분 정도 거리다. 매주 창원 재취업 1기생을 만나기 위해 왕복 2시간의 거리를 달려가서 그분들과 수업을 하다 보면 수업시간이 짧은 것 같은 느낌이 든다.

8주 간의 과정을 무사히 마치고 스터디를 진행했다. 매번 첫 프로젝트에 참여하시는 분들은 그 지역에서 주산암산 방과 후 수업에 참관할 수 없다는 어려움이 있다. 과정을 마치고 스터디를 하는 동안 선배 강사들의 수업을 따라다니며 배울 수 있는 기회가 없다는 이야기다.

"본부장님, 제가 부산에 계신 선생님들 수업을 보고 싶은데 가능한가요?" 교육생들 중 한 분인 이현정 선생님이 물어보셨다. "그럼요, 가능하죠. 멀긴 해도 수업을 보시면 선생님께 도움이 많이 될 거예요." 거리가 멀어 쉽게 인턴 강사로 활동을 해 보라고 권할 수가 없었는데, 먼저 나에게 이야기를 해 주시니 감사했다. 아직 아무것도 이룬 것은 없지만 하고자 하는 열정이 대단해 보였다.

창원 교육생들은 선배들의 도움 없이 면접과 서류를 준비하느라 분주했다. 나는 부산, 울산, 창원의 교육생들의 채용 기간에 대비해 눈코 뜰 새 없이 며칠 밤을 새며 서류를 만들어 내야 했다.

아무래도 부산은 선배 강사들의 도움을 받을 수 있으니 자료나 면접을 준비하기가 용이하다. 창원의 교육생 중 부산에 직접 와서 선배 강사들의 도움을 받는 분도 계셨고 울산에 계신 분들 중 부산의 강사 수업을 참관하러 오시는 분들도 계셨다.

그렇게 창원 재취업 1기생들도 어느 팀 못지않게 열심히 과정을 마쳤고, 스터디를 하고 취업시즌에 맞추어 서류를 넣어서 2명의 교육생이 학교에 취업을 했고, 5명의 선생님이 매월 스터디를 진행하고 계신다. 내가 좋아하는 것은 사람을 만나는 일이다. 새로운 인연을 맺고 그분들이 자신의 길을 찾아가는 것을 지켜보는 게 나의 즐거움이다. 몇 년 동안 진행해 본 재취업 프로젝트는 교육생들을 통해 즐거움을 누릴 기회를 준 프로젝트였다.

나는 주산 암산을 좋아할 뿐만 아니라 아이들 입장에서 지도하려고 노력하는 강사이다. 물론 주산 암산을 나보다 훨씬 잘 가르치는 분들은 너무나 많다. 나는 실력 면에서는 어찌 보면 그분들을 도저히 따라갈 수가 없다. 하지만 방과 후 수업에서 필요한 기본적인 지도법을 가르칠 정도의 실력은 된다는 생각이 든다.

내가 좋아하는 것이 있고 잘하는 것이 있다. 내가 좋아하고 잘하는 것이 같다면 좋겠지만 그러기는 쉽지 않다는 것을 우리는 다 잘 알고 있다.

포기할 수 없는 이유를 찾아라

"안녕하세요? 저녁 늦은 시간에 죄송합니다. 주산 수업이 들어간 걸로 알고 있는데, 혹시 지금 수업 참여가 가능한가요? 늘 관심을 갖고 있었는데 늦게 확인을 했어요." 작년 겨울 늦은 밤 문자가 한 통 들어왔다.

울산 2기를 막 시작할 때였다. "네, 진도가 많이 진행되어 어려울 것 같아요. 다음번에 기회가 되시면 신청해 주세요." 무료과정을 진행하면서 블로그에 글을 몇 번 올렸는데 전국적으로 과정 문의가 들어오고 있었다. 2분 간격으로 문자가 들어온다 "2번 진행된 것 같은데요. 어떻게 안 될까요? 저는 스토리텔링수학지도사랑 수학 자격증도 소지하고 있어서 관심이 많거든요. 2번 하신 건 제가 개인적으로 보충할게요. 부탁드립니다." 여러 번의 문자로 슬슬 짜증이 밀려왔다.

"주산은 기초가 중요해서요. 다음번에 기회가 되시면 신청해 주세요." 더 이상 문자를 받기 싫어 거절의 의사를 확실히 밝혔지만 또 한 통의 문자가 들어왔다. 늦은 밤의 문자는 12번이 오가고서야 겨우 마무리가 되었다.

이 분은 울산 재취업 3기생이었던 이은정 선생님이다. 원래 재취업 프로젝트는 2학기에 진행을 하는데 프로젝트를 진행해 보니 취업을 하는 과정에서 부족한 부분이 발생되었다. 그래서 보완을 하기 위해 올해부터는 1학기부터 진행하는 것으로 결정을 했다. 블로그나 SNS를 통해 지도자 양성 문의가 많이 들어와 통화를 할 때마다 상대편의 번호를 저장하기는 힘들었다. 한 번의 통화로 번호를 저장하지는 않았다. 또 과정이 열리면 문자를 부탁하시는 분들도 꽤 많아서 일일이 그러겠다고 말씀을 드릴 수도 없는 상황이었다.

4월 울산 3기를 모집하면서 그동안 기다렸던 분들이 과정을 신청하게 되었고 공지를 올린 후 일주일도 되지 않아 정원 마감이 되었다. 소수정예로 진행을 하려는 계획했고 1학기 때부터 준비해 2학기까지 연결 지어 스터디를 진행할 생각이었다. 이은정 선생님은 지인과 같이 이 과정을 수강하게 되었다.

첫 시간 OT를 진행하면서 내가 지금 하고 있는 일들이 이들에게 희망을 줄 수 있다는 생각에 힘이 났다.

본인을 소개하는 시간이었다.

"안녕하세요. 이은정입니다. 작년 겨울 지도자 과정을 들으려고 했는데 기간이 지나 아쉽게도 이제야 듣게 되었네요. 생각보다 빨리 과정이 열려 너무나 감사합니다. 저는 주산 암산을 굉장히 배우고 싶었어요. 다른 사람들보다 손이 늦을 수 있지만 최선을 다해 공부해 보겠습니다." 교육생 대부분이 기다렸던 분들이었기 때문인지 분위기는 너무 좋았다.

"1분이 늦어도 늦은 겁니다. 될 수 있으면 수업 5분 전에 도착해 주세요. 정시에 수업을 시작할게요."

원래 약속을 잘 지키는 편이었지만 3P자기경영연구소의 강규형 대표를 통해 자기경영을 배우면서 약속의 중요성을 깨달은 나는 선생님들과 교육생들에게 시간의 중요성을 매번 강조했다. 물론 불가피 하게 늦을 수도 있지만 조금만 서두른다면 약속 시간을 어기는 일은 일어나지 않을 수 있기 때문이다.

매주 나는 수업 시간보다 30분 먼저 울산에 도착했다. 이른 아침 출근 시간에 맞물려 도로는 주차장을 떠올리게 한다. 특히 부산에서 울산으로 가는 고속도로는 대형화물차가 많아서 조금만 방심을 해도 큰 사고가 날수 있다. 그래서 울산을 오고갈 때는 늘 안전운전에 신경이 쓰인다. 이은정 선생님은 항상 조금 일찍 오셔서 커피를 같이 마시면서 이런저런 이야기를 하곤 했다.

수업을 마치고 집으로 돌아오는 차 안에서 이은정 선생님의 전화를 받았다. "선생님, 제가 예전에 교통사고를 당해 오른손을 잘 쓰지 못해요 그래도 잘할 수 있을까요?" 예상 밖의 이야기에 나는 당황했다. 젊은 나이에 사고를 당해 오른손이 불편하다고 하니 짠한 마음이 들었다.

"그럼요. 남들과 비교하면 한도 끝도 없어요. 포기하지 말고 선생님의 속도대로 연습을 하다보면 잘하실 수 있어요." 더 많은 용기를 주고 싶었지만 내가 해 줄 수 있는 말은 그 말밖에 없었다. 기존에 주산을 배우신 분도 있으시고 처음이신 분들도 계셨지만 이은정 선생님은 주산을 유독 힘들어 하셨다. 속도가 늦을 수밖에 없다는 것을 우리는 서로 알고 있었지만 선생님이 다른 교육생들과 비교해서 속도가 늦다고 상실감이 생겨 쉽게 포기할 줄 알았다. 하지만 선생님은 늦은 속도였지만 다른 사람들보다 진도가 느리지 않도록 더 많이 연습을 해오셨다.

매주 2시간 수업을 마치면 "오늘 배운 내용을 끝까지 한 번씩은 무조건 풀어야 하고, 시간이 되시면 두 번 풀어도 상관없으며, 세 번은 선택입니다"라며 60쪽 분량의 책을 일주일 만에 풀어오라고 과제를 내준다.

한 권당 700문제가량을 주판으로 푼다고 생각해 보면 적은 분량은 아니다. 그것을 한 번은 기본, 두 번, 세 번도 해오라고 하니 내 말을 무시할 수 없는 교육생들은 대부분 두 번 이상 문제를 풀어오곤 한다.

"매일 하루도 빠짐없이 채팅방에 과제를 올려주시고 반장님은 숙제를 했는지 여부를 체크해 주세요." 각자 집으로 돌아가 일주일 동안 단체 채팅방을 통해 하루도 빠짐없이 숙제한 것을 사진으로 올리도록 했다. 힘든 과정이었지만 힘들다고 숙제를 거르는 일은 거의 없었다. 어두운 배경으로 사진 한 장이 올라왔다. 사진의 각도를 잘못 잡아 어둡게 찍힌 줄만 알았던 나는 사진을 보면서 그냥 넘겼고, 다음 교육시간이 되어 일주일 동안 어떻게 보냈는지를 돌아가면서 이야기하고 있었다.

"저는 주말에 가족들과 캠핑을 다녀왔어요. 힘들었지만 즐겁게 보내고 왔답니다." 이은정 선생님이 캠핑을 다녀오셨다고 했다. 즐거웠겠다고 교육생마다 이야기를 하다가 "남편이 캠핑갈 때도 주판을 챙겨 간다고 어찌나 구박을 하던지. 숙제를 꼭 해야 한다는 생각으로 챙겨 가서 열심히 문제를 풀어서 올렸어요."

"정말 캠핑을 갈 때 주판을 가져갔어요? 설마." 우리는 놀러 가는데 주판까지 챙겨 가냐며 못 믿겠다고 했다. 사진 한 장을 보여주셨다. 텐트 안에 어두운 등을 켜고 캠핑용 탁자에서 주산을 하는 모습이었다. 남편이 놀리면서 찍은 사진이라고 수줍게 보여주셨는데 나뿐만 아니라 교육생 모두 감동을 받았다. 남들과 다른 신체조건이지만 남들보다 더 많은 노력을 하는 이은정 선생님이 좋아보였다.

남편의 직장인 우즈베키스탄으로 잠시 이민을 가 있었다고 한다. 이민을 온 한국 아이들의 주말 한글학교에서 수학을 가르치면서 무료함을 달랬고, 이민 5년 차에 큰 교통사고를 당했다고 하셨다. 사고가 난 지 일주일 만에 깨어난 선생님은 머리가 심하게 흔들려 사고 후유증으로 오른손을 쓰는 게 불편해졌다고 했다. 그렇게 한국에 들어왔고, 주산을 배우고 싶어 인터넷을 뒤지다가 내 블로그를 보게 된 것이었다. 아쉽게 2기를 시작을 한 상태였기 때문에 2기에 참여할 수 없었노라고 이야기를 해 주셨다.

이은정 선생님은 보면서 나는 반성을 많이 했다. "선생님, 제가 요즘 반성을 하고 있어요. 초심이 사라진 것 같아요." 며칠을 고민하다가 조모란 선생님께 전화를 했다. 나의 힘든 과거와 현재를 너무나도 잘 알고 계신분이라서 언제나 고민이 있거나 좋은 일이 있을 때 제일 먼저 전화를 할 수 있는 사람이다.

"무슨 일이에요? 안 좋은 일 있어요?" 내가 전화를 걸 때마다 언제나 내 안부부터 묻는 고마운 사람이기도 하다.

"선생님, 내가 가졌다고 해서 상대편의 간절함을 무시한 건 아닌지 모르겠어요. 재취업 과정을 하면서 많은 사람들이 전화가 오거든요. 때로는 귀찮을 때도 있고, 내가 무료로 그 사람들을 도와준다고 생각을 해서인지 모르겠지만 편한 대로 사람을 선택하는 것 같아요."

"네, 선생님. 잘못한 거 같아요. 선생님도 처음에 너무 간절하게 강사가 되고 싶었던 것처럼 그 사람들도 그럴 텐데 아무리 바빠도 그러시면 안 돼요." 따끔한 조모란 선생님의 충고였다.

"앞으로는 연락이 와도 그렇게 무책임하게 하지 말고 처음 그 일을 하려고 마음먹은 것처럼 내가 사람 하나 살리는 역할을 하고 있다고 생각하고 꼭 잘 챙겨주세요."

주산 암산을 배우려는 이유는 각자 다 다르다. 상황과 여건이 되었다면 문의가 들어오는 사람들의 전화번호를 저장하고 문자 한 통 정도는 넣을 수도 있었다. 나는 의식하지 못했지만 당신이 아니어도 교육생은 넘쳐난다고 생각을 했던 것이다. 이렇게 인연이 되어 각자 포기할 수 없는 이유를 듣게 되면 나는 그동안 스쳐지나갔던 수많은 인연이 될 뻔한 사람들에게 못할 짓을 한 것 같다는 생각이 든다.

대부분 사람들은 감당할 수 없는 불행이 찾아왔을 때 운명으로 탓하고 체념을 한다. 나 역시 살아오면서 많은 고난들이 닥쳐오면 운명을 탓하기도 했다. 그렇지만 뒤돌아보면 모든 불행과 고통이 끝난 후에 성장해 있는 나를 발견했다. 오히려 고난이 있기 전보다 더 강해져 있는 내가 있다.

이은정 선생님은 남들과 다른 고난과 고통을 겪었다. 하지만 그것을 극복하기 위해 끊임없이 노력을 하는 모습에서 시간이 지나면 고통을 통해 성장해 있는 모습을 발견하실 거란 생각을 가져본다.

내 꿈이 아이들에게 다운로드

호연이는 소방관이 꿈이라고 이야기한다. 한쪽 귀가 들리지 않는 장애를 가지고 있지만 장애인도 아닌 정상인도 아닌 중간에 끼인 상태의 아들의 소원은 내 가슴을 무너지게 하곤 했다.

아이가 점점 커 가면서 하고 싶은 것을 표현할 때마다 나는 거짓말쟁이 엄마가 되어 아들에게 힘을 준다.

"그럼, 호연아. 훌륭한 소방관이 될 거야."

"엄마, 나는 용감해서요. 불도 잘 끄고, 불쌍한 사람도 잘 도와줄 거예요."

한창 소방관이 꿈이라고 말하고 다니던 호연이는 집안에 있는 도구를 이용해 소방관이 되곤 했다. 어디서 찾아냈는지 모를 조그만 주황색 바가지를 머리에 쓰고 예쁘게 꾸며 달라고 이야기를 했다. 아이는 내가 만든 소방관 모자를 쓰고 보자기를 둘러메고 샤워기를 틀어대며 물장난을 했다. "용감한 소방관이 불을 끌 거예요. 조심하세요."

호연이는 내가 만든 소방관 모자 바가지를 들고 학교에 가곤 했다. 우리 집은 아이들이 학교에 가는 길이 보이는 빌라 5층이다. 호연이와 이안이를 학교에 보내 놓고 스물까지 세고 창문을 열면 저 멀리 주황색 바가지가 춤을 추며 학교 오르막을 오르고 있다. 이안이는 호연이의 튀는 행동이 싫어서인지 자꾸 호연이를 밀쳐낸다. 그 모습을 바라보는 나는 가슴이 시리다.

이안이가 학교에 입학을 하고 아버님과 어머님은 늘 5층 창문에 매달려 이안이가 학교 가는 모습, 집에 돌아오는 모습을 보시곤 했다. 두 분은 부엌 창문에서 보다가 아이가 사라지면 다용도실 문을 열고 학교까지 올라가는 모습을 봐야 거실로 돌아오시곤 했다. 이안이와는 달리 호연이가 입학을 했을 때는 아버님이 위독하셨다. 그래서 다른 아이들은 엄마와 함께 등교를 했지만 호연이는 입학하자마자 누나와 함께 학교에 가야 했다. 3학년인 누나는 호연이 반에 아이를 데려다 주고 자기 반에 올라갔다.

입학통지서를 받고 기쁨보다는 걱정과 두려움이 앞섰다. 호연이와 같이 치료를 받던 친구들은 유급을 선택한 친구도 있고, 장애학교를 간 친구도 있었다. 입학에 대해 고민을 안 했던 건 아니지만 막상 입학을 해야 하는 상황이 되자 남편과 나는 고민이 많아졌다. 유치원의 졸업을 앞둔 어느 날 유치원 원장님이 나와의 상담을 원하셨다.

"어머님, 속상하시겠지만 이제 곧 호연이 취학통지서가 집으로 올 텐데, 어떻게 하시겠어요?" 대답을 할 수가 없었다. "제가 보기에는 유급이나, 장애 학교를 알아보시는 게 좋을 것 같은데요." 예상했지만 냉정한 원장님의 말에 속이 상했다. "집에 가서 남편과 상의해 보고 결정할게요." 원장님은 내 표정을 살피시더니 어깨를 토닥여줬다.

"여보, 유치원에서 호연이 장애 학교나, 유급을 이야기하네." 밥을 먹는 자리에서 이야기를 꺼내는 게 아니었다. 남편은 먹던 숟가락을 내려놓고 더 이상 식사를 하지 않겠다고 했다.

"곧 취학통지서가 나온다고 하는데 어떻게 할까?" 남편 속도 내 속 못지않게 상했을 거라는 것을 잘 알지만 부모인 우리가 빨리 결정을 해야 했다. "내일 얘기해. 나 피곤해." 남편은 더 이상 이야기를 꺼내지 못하게 입을 닫았다.

아침이 되어 친정엄마에게 전화를 했다. 이야기를 다 들으신 엄마는 깊은 한숨을 내쉬셨다. "은선아, 다 뜻이 있어서 너에게 주신 거야. 잘 감당할 수 있어. 네 자식이니 너희가 결정을 해야지 엄마도 말을 못하겠다." 엄마는 어떤 답도 나에게 주지 못했다.

어차피 아이가 살아내야 할 인생이다. 나는 처음부터 유급을 하는 것보다는 학교에 일단 보내놓는 게 좋다고 생각했다. 적응이 힘들면 학교를 쉬더라도 일반 학교에 보낼 생각이었다.

취학통지서가 집으로 왔다. 나는 취학통지서와 기초 설문지를 작성해서 교무실로 올라갔다. "교장선생님을 뵙고 싶어서 찾아왔는데요." 학교에 서류를 제출하고 바로 나오지 않고 나는 교장선생님을 찾았다. 교장선생님께 아이의 상황과 상태를 설명하고 좋은 선생님이 배정되었으면 좋겠다고 이야기를 하는데 목소리가 떨렸다.

걱정을 뒤로하고 입학식에 가 보니 유독 작은 호연이는 맨 앞줄에 서서 선생님의 말에 따라 얌전히 의자에 앉아 있었다. 입학식을 하는 동안 호연이의 담임선생님이 궁금했다.

호연이의 담임선생님은 이안이 1학년 때 담임선생님이 되셨다.

다행이기도 하고 걱정이 되기도 했다.

　호연이 친구들은 호연이를 아주 귀여워했다. 또래보다 어려보이는 얼굴과 천진난만한 장난기가 친구들에게 좋아 보였던 모양이다. 어느 날 학교 엄마를 길거리에서 만나게 되었다.

　"호연이 엄마, 호연이가 너무 순수해서 애들이 귀엽다고 하네요. 오늘 애들이 떠들어서 선생님이 화가 나셨나 보더라고요. 아이들을 앉혀 놓고 혼을 내는데 호연이가 갑자기 앞으로 나가서 선생님을 안더래요. 그러면서 '선생님 화내지 마세요'라고 하면서 안아주니까 선생님이 갑자기 웃으셨다고 하더라고요. 우리 딸이 호연이 최고라고 그러던데요." 나에게 늘 하는 행동을 호연이는 밖에서도 스스럼없이 하고 있었다.

　호연이는 감정표현이 솔직해 우리를 당황하게 한 적이 한두 번이 아니었다. 소방관 모자 바가지를 쓰고 며칠을 학교에 갔다. 어깨에 둘러맨 보자기는 겨우 말려서 안 하고 갔지만 나는 아이가 하고 싶다는 것은 웬만한 일이 아니면 하도록 둔다.

　좋은 선생님과 좋은 친구들 덕분에 호연이는 일반 학교에 너무나 적응을 잘해 갔다. 호연이를 잘 모르는 사람들은 아이가 치료를 받는 것조차 모를 정도로 1년 사이 굉장히 좋아졌다. 그런 호연이를 보면서 얼마나 선생님이 아이를 사랑했는지, 친구들이 호연이를 얼마나 좋아했는지 알 수 있었다.

　대부분 내 주변의 사람들은 나에게 너무 바쁘게 산다고 타박을 하곤 한다. 아픈 아이를 돌보지 않는다고 말이다. 하지만 호연이의 치료약은 친구들이다. 나와 함께 하는 시간이 필요한 것이 아니라 친구들과 노는 방법을 배우고 사람들과 소통하는 방법은 배울 시간이 필요한 것이다. 그것은 내가 해 줄 수 있는 것이 아니다.

호연이가 3학년이 되었다. "엄마, 특별하지 않아도 되니까 목소리가 작았으면 좋겠어요. 그리고 오른쪽 귀도 들렸으면 좋겠고요." 얼마 전 저녁을 먹는데 느닷없이 호연이가 이렇게 이야기를 했다.

나는 왜 그런 소리를 했는지 짐작이 갔지만 모른 척 하고 물어봤다. "왜? 호연이가 특별한 게 싫으니?"

"네. 하나님이 나를 특별하게 쓰시려고 이렇게 만들었다고 했는데요. 전 그냥 안 특별해도 되니까 목소리가 작았으면 좋겠어요. 친구들이 자꾸 목소리가 크다고 뭐라고 해요." 나는 아무 말도 할 수가 없었다.

"그래? 그렇구나. 그런데 호연아 엄마가 비밀이 하나가 더 있어. 사실 호연이가 특별한 것도 있지만 원래는 엄마가 더 특별해서 하나님이 특별한 엄마한테 특별한 아들을 주신 거야."

이상하다는 표정을 지었다. "그러니까 엄마가 특별해서 호연이가 특별한 것이기 때문에 어쩔 수 없다는 거지." 3학년인 아이는 다 이해는 할 수 없어도 엄마의 말에 수긍을 해 준다.

"그럼 어쩔 수 없는 거네요. 엄마가 특별한 거니까." 유독 나를 좋아하는 아들은 내가 퇴근을 하면 내 껌딱지가 되어 온종일 따라다닌다.

하루 종일 엄마, 엄마를 불러대며 말이다. 그러던 얼마 전 아들의 꿈이 바뀌었다. 주산 암산 회장이 되겠다는 것이었다. "엄마는 주산 본부장, 나는 주산 회장이 될 거예요." 갑자기 주산 회장이 되겠다는 아이가 우스웠지만 이유를 묻지 않았다.

"네가 하고 싶은 건 무조건 해." 내 대답과는 다르게 남편은 궁금한 모양이었다. "호연아 왜 주산회장이 될 거야?" 아빠의 물음에 호연이는 당당하게 이야기했다. "맨날 엄마, 아빠는 우리한테 이것저것 시키잖아요. 그래서 생각해 봤는데 엄마보다 높은 주산 회장이 되면 나도 이것저것 시킬 수 있을 것 같아서요." 가슴 아픈 이야기였다.

아이가 몸이 불편하다는 것을 알고 나서부터 우리 가족은 웬만한 일은 우리가 하지 않고 아이 스스로 할 수 있게 무조건 시키면서 키웠다. 7살 때부터 자기가 잤던 이불을 정리하는 것, 부모님 이불 정리하는 것, 청소, 슈퍼 심부름, 스스로 샤워하기 등 다른 집 아이들은 부모들이 해 주는 것들을 우리는 전혀 해 주지 않고 스스로 하게 했다. 갑자기 비가 와도 우산을 절대 가져다 주지 않았다. 왜냐하면 아침에 우산을 챙겨가라고 말을 했는데도 내 말을 듣지 않고 그냥 갔기 때문이다. 어찌 보면 가혹할 수 있지만 우리는 두 아이들 모두 스스로 할 수 있는 방법을 가르쳐 주는 것 밖에 방법이 없다고 생각했다.

이유를 듣고 나니 내가 주산 본부장인 걸 어찌 알았는지 궁금해졌다. 집에 오면 될 수 있으면 밖에서 있었던 일을 이야기하지 않기 때문이다.

"호연아, 엄마가 주산 본부장인 건 어떻게 알았어?"

"응, 저번에 엄마가 하는 주산대회 갔잖아. 거기서 봤지. 엄마가 멋진 무대에 올라가서 상도 주고 마이크도 잡고 하는 게 좋아 보이더라고." 이제야 알게 되었다. 얼마 전 부산에서 대회를 할 때 갑자기 어머님이 일이 생겨 아이들을 데리고 대회 스태프로 남편이 참여를 하게 되었는데 그 모습을 기억했던 것이었다. 호연이 눈에는 엄마가 멋있어 보였던 것이다.

"엄마는 공부도 잘하고, 책도 좋아하고, 호연이도 좋아하지요?" 호연이 눈에 내가 꿈을 이루어 가는 것이 보였던 것이다. 아직 무엇을 해야 할지 모르는 나이지만 적어도 나중에 부족하게 태어난 것에 대한 원망을 하지 않았으면 하는 바람으로 참 열심히 살았던 것 같다. 호연이의 반응을 보고 그럼 나는 어떤 것을 보고 이런 삶을 살아가는지 생각해 보았다.

갑자기 떠오른 모습은 아버지였다. 내가 기억하는 부모님은 농사를 열심히 지으시던 부모님이다. 연년생 5형제를 키우기가 힘드셨기 때문에 나는 늘 외할머니 집에서 지내다가 어쩌다 한 번 부모님 집으로 오곤 했다. 아버지는 농사를 지어도 늘 책을 보셨다. 엄마 역시 책을 좋아해 어릴 때 학부모 독후감 대회에서도 상을 받을 정도였다.

무더운 여름 온몸이 젖을 정도로 땀을 흘리시면서 고추를 따던 모습, 한겨울 비닐하우스에서 모종을 심기 위해 분주하게 움직이시던 모습들 사이로 양복을 말끔하게 차려입은 아버지 모습이 떠오른다. 월요일부터 토요일까지 열심히 일을 하시고 일요일 아침 양복을 차려입고 성경책을 옆구리에 끼고 교회로 향하시는 모습이다.

엄마도 일하기 편한 옷으로 밭을 매다가도 예쁜 정장을 차려입고 뾰족 구두를 신고 성경책이 든 가방을 들고 교회에 가셨다. 그런 모습의 부모님을 내가 기억하는 어린 시절부터 봐왔다.

아버지는 초등학교밖에 나오지 않으셨지만 교회에서 장로로 계셨다. 늘 강단에 서서 설교하는 모습은 엄하기도 하고 때로는 재미있는 이야기를 풀어 내시는 모습이었다. 엄마는 그 시절에도 오르간을 치셨다. 늘 교회 오르간 앞에 앉아서 찬송가를 치시곤 했다. 세월이 흘러 교회 오르간은 피아노로 바뀌었고 엄마는 젊은 청년에게 자리를 내어 주었지만 내 머릿속에는 오르간을 치던 엄마의 모습이, 설교를 하던 아빠의 모습이 남아 있다.

그래서 그런지 나는 남들 앞에 서는 것에 대해 두려움이 없다. 또 배우고자 하는 열정도 뒤처지지 않는다. 지금 생각해 보면 부모님의 영향이 있었던 것 같다. 나는 호연이도 나와 남편의 모습을 보고 꿈을 꾸었으면 좋겠다. 나의 꿈이 남편의 꿈이 아이들에게 다운로드되었으면 좋겠다.

직업에서 사명 찾기

지난겨울 아들이 부쩍 자신의 장애에 대해 질문을 많이 했다. 왜 귀가 들리지 않는지 왜 시력이 나쁜지 왜 자신이 치료를 받아야 하는지 끊임없이 묻던 아들은 나의 마음을 후벼 파는 질문들을 쏟아냈다. 이런 아들을 위해 내가 할 수 있는 일이 무엇일까를 고민하다가 우연히 3P자기경영연구소의 강규형 대표를 알게 되었다. 자기경영의 방법에 대해 강의를 들으면서 신선한 충격을 받았고 나를 돌아보는 계기를 가질 수 있었다. 그동안 바쁘게만 살면서, 여러 가지 일들이 겹쳐 챙겨야 할 가족들도 챙기지 못하고 가까이 있는 선생님들도 챙기지 못하는 경우가 부쩍 많아졌고, 꼼꼼한 내가 실수가 잦아졌다.

주변에서 '본부장님은 바쁘시니까 통화하기가 죄송해요'라는 소리를 늘 듣다 보니 내가 바쁜 게 죄를 짓는 것 같아 불편한 마음이 들곤 했다. 우연히 접한 강규형 대표의 자기경영방식은 나에게 여러 가지 원동력을 주었다.

'나의 존재의 이유는 무엇일까?' '이 일을 하는 목적과 사명은 무엇인가?'를 처음으로 듣게 된 나는 모든 성공한 사람들의 공통점은 자기경영이 철저하다는 이야기를 들으면서 충격에 휩싸였다. 그 이야기를 듣고 내 자신을 돌아보니 나는 자기관리가 빵점인 사람이었다.

갑자기 생긴 이중약속, 기한까지 넘기지 못한 서류, 끊임없이 울려대는 전화기, 사무실에서 처리하지 못해 집까지 들고 가는 업무… 아이들과 놀아주는 시간보다는 일에 집중하는 시간이 더 많았다. 하지만 돌아오는 이야기는 바쁘면서 제대로 챙기지 못하는, 그래서 일만 벌리는 일 중독 엄마라는 평가였다.

내 주변의 엄마들도 마찬가지였다. 아침에 아이들을 학교에 보내고 나면 의미 없는 수다로 오전을 보내고, 아이들이 오면 학원 가방을 둘러메고 아이들의 스케줄에 맞추어서 움직이는 엄마들. 대부분의 주부들도 한 것 없이 바쁘다는 말을 입에 달고 산다.

3P바인더를 사용하면서 제일 처음으로 했던 것은 나의 시간을 알아보는 것이었다. 하루, 일주일, 한 달을 어떻게 보내는지를 기록해 보니 하지 않아도 되는 일들을 무수히 하고 있었다.

그렇게 시간을 정리해 나가면서 잦았던 실수들이 점차 줄어들고 있었다. 잠이 없어 늦잠을 자는 경우는 거의 없지만 자기경영을 배우면서 새벽에 일어나 매일 책을 읽는 독서습관이 생겼다. 어릴 적 독서를 굉장히 좋아했지만 어른이 되어서는 책을 거의 보지 않았다. 3P자기경영연구소에서 진행하는 독서경영을 통해 목적 있는 책 읽기의 방법을 배우게 되었다.

평상시 핸드폰을 사용해 스케줄을 관리했었는데 3P바인더를 사용하면서 스케줄 관리가 자유롭게 되어 아이들 학교 준비물을 놓치는 일도 줄어들었다. 자기경영 과정 중에 내가 그동안 해왔던 수많은 일들이 나도 모르는 나의 사명 때문이었음을 알게 되었다.

나의 사명은 이것이다.

모든 사람들이 자녀에게 존경받고, 꿈을 찾고 실현할 수 있도록 교육과 코칭으로 실천 방법을 제시하는 서비스를 제공하는 것

이를 위한 나의 역할은 다음과 같다.

1. 남편: 믿음 안에 남편을 사랑하고
2. 자녀: 신앙 안에 아이들을 양육하겠으며
3. 부모님: 부모님의 기쁨이 되며
4. 리더: 사회의 리더로서 끊임없이 노력하고 나의 역할로 인하여 주변에 선한 영향력을 끼칠 수 있는 사람이 되는 것

막상 사명을 적고 보니 막연했던 일들이 선명해지는 경험을 하게 되었다.

아주 가끔 힘든 삶을 살아갈 때 내가 왜 이런 고통을 당해야 하는지 원망도 많이 했다.

다른 사람들은 한 개만 줘도 힘들다는 고난을 나에게는 너무나 많이 주셔서 정신을 차릴 수 없었다.

만약 내가 신앙이 없었더라면, 나를 위해 기도해 주시는 부모님이 안 계셨더라면 나는 아마도 이 세상 사람이 아닐지도 모른다.

그동안의 수많은 일들이 점처럼 여기 저기 흩어져 있었다. 그 경험의 점들이 가느다란 실로 연결이 되어 어느 새 다이아몬드가 되어가고 있다는 것을 알게 된 것은 내가 사명을 찾고 역할을 찾은 후였다.

내 주변의 엄마들이 건강하길 바란다. 그래서 그들이 양육하는 자녀들이 건강하게 자라서 건강한 사회를 만들었으면 좋겠다. 나의 사명의 대상은 주부였다.

꽃 같은 10대, 20대를 보낸 우리들, 무엇을 해도 빛나던 시기, 그런 시기를 보내고 아이들을 양육하면서 스스로를 틀에 가둬 버리는 주부들이 나는 찬란하게 빛났으면 좋겠다. 그동안 수많은 사람들을 만나면서 서로를 응원하고 용기를 주는 모습이 나에게는 늘 감동이었다. 내가 돈으로는 살 수 없는 그들의 응원을 받았을 때, 감당할 수 없는 고통을 이겨낼 수 있는 힘과 용기를 낼 수 있었다. 내가 교육생들에게 용기를 준 것이 아니라 교육생들이 내가 더욱 빛나도록 용기를 주었다. 힘이 닿는 한 나는 재취업 프로젝트를 계속 진행할 예정이다.

최근에 나는 사명이 흔들리는 일들이 생겼다. 내가 하는 일이 의미가 없는 것 같아 괴로웠다. 그러다가 3명의 멘토에게 나는 힘을 얻었다.

첫 번째 분은 자기경영을 배우면서 만나게 된 3P자기경영연구소 강규형 대표님이다. 대표님의 글 중에 "누가 보든 보지 않든 관계없이 매 순간 '최선'을 다하고 '정성'을 다한다. 그 결과는 누구나 알 수 있다"는 의 말에 큰 힘을 얻었다. 누가 알아주길 바라고 이 일을 했던 것도 아니고 내가 잘하고 있다고 칭찬을 들으려고 시작했던 일도 아니다. 나는 그들의 삶이 자녀에게 존경을 받고 꿈을 찾아 실현할 수 있는 방법을 제시하는 사람인 것이다. 그 이상도 그 이하도 아니었다. 매순간 교육생들과 만남에 최선을 다하고 정성을 다한 것이다. 그 결과는 다른 사람은 몰라도 내 자신을 알고 있었다.

그리고 박광기 회장님의 『중용』 23장을 조용히 읊조려 봤다.

작은 일도 무시하지 않고 최선을 다해야 한다. 작은 일에도 최선을 다하면 정성스럽게 된다. 정성스럽게 되면 겉에 배어 나오고 겉에 배어 나오면 겉으로 드러나고 겉으로 드러나면 이내 밝아지고 밝아지면 남을 감동시키고 남을 감동시키면 이내 변하게 되고 변하면 생육된다. 그러니 오직 세상에서 지극히 정성을 다하는 사람만이 나와 세상을 변하게 할 수 있는 것이다.

—『중용』, 23장

그렇게 두 분의 멘토는 나에게 작은 일에 최선을 다하고 정성을 다하라고 했다.

그랬을 때 나와 세상을 변하게 할 수 있다고 말을 해 주신다. 내가 하는 작은 나눔이 그들의 삶을 변화시키고, 꿈을 꾸게 한다는 것이 나는 가슴이 설레고 기쁘다. 물론 나보다 더 많은 것을 베풀면서 사시는 분들도 계시다. 그분들에 비하면 나는 아무것도 아니지만. 지금 내가 살아가면서 할 수 있는 최선을 다해 정성을 다하고 있다.

얼마 전 유튜브를 통해 보게 된 영상이 있다.

옳은 방향을 선택했다고 생각되면 그 방향을 확신하세요. 속력은 중요하지 않습니다.

— 크리스 가드너

크리스 가드너의 삶을 영화로 만든 '행복을 찾아서'가 유행처럼 번졌다. 크리스 가드너는 미혼모의 아들로 태어나 위탁가정에서 자랐다. 결혼을 했지만 의료기기 영업이 경제난으로 사업이 망하고 아들 하나만을 남겨둔 채 부인은 떠나게 되었다. 증권 중개인을 뽑는 인턴십 프로그램에 참가하는 6개월 동안 아들과 쉼터, 교회, 지하철, 화장실에서 생활을 해야 했다. 하지만 성실함을 잃지 않고 매일 200통씩 고객들에게 전화를 걸겠다는 목표로 열심히 일을 하니, 그의 성실함을 눈여겨본 유명 투자사 '베어 스턴스'가 스카우트 제의를 해 왔다. 마침내 크리스 가드너는 유명 증권사로서의 첫 걸음을 내딛은 것이다. 지금은 보유 자산 약 1억 달러로 Christopher Gardner International Holdings의 CEO가 되어 있다는 이야기이다. 크리스 가드너 역시 성실함을 잃지 말라고 했다.

내 슬픔을 자기 등에 지고 가는 자와
함께하기

오래된 친구에게 무심해진다는 것은 어떻게 생각해도 슬픈일
이다.

새로 사귄 친구가 나를 잠시 설레게 할 수 있지만 오래된 친구처럼
내 아프고 쓰린 눈물을 닦아 줄 수는 없을 것이다.

— 이향아, 『하얀 장미의 아침』 중

"선생님, 잠시 시간 좀 내주세요."
손은정 선생님은 우리 집 근처의 학교에서 수업을 하셨다. 강사
로 취직을 하면서 처음으로 학교 수업을 한 곳이고 비슷한 시기에
강사가 되어 서로 의지하는 시간이 많았다. 그동안 지내면서 수시
로 만남을 가졌지만 이번에는 내가 꼭 할 말이 있으니 와 달라고
했다.
"제가 선생님에게 부탁했던 성인 수업을 이제는 더 이상 부탁드
리기가 힘들 것 같아서요." 내가 운영하는 사회서비스센터에서 엄

마을을 대상으로 수학을 가르치는 것을 더 이상 하지 말라는 통보였다. "알겠어요. 어쩔 수 없죠." 예상을 하고 있었던 듯 선생님은 담담하게 대답을 했다.

세월이 한참 흐른 지금도 나는 이 상황이 너무나 가슴에 사무치게 후회하는 순간이다.

선생님은 나와 4개월 차이로 주산수업을 들으셨던 분이다. 어릴 적부터 주산을 굉장히 좋아했고 잘했다고 한다. 뭔가 일을 시작해 볼까 하는 마음으로 이것저것 알아보다가 주산을 배우게 되었고 강사가 된 것이다. 나와는 주산 모임을 통해 알게 됐다. 선생님은 워낙 성격이 좋아 처음 보는 사람들과도 잘 지내는 분이었다. 우리 집 근처의 학교에서 수업을 하게 되면서 만나는 시간이 많아졌고 나보다 나이가 많아 의지를 많이 하게 되었다.

어느 날 오전, 호연이가 유치원에서 나가 길을 잊어버려서 찾느라 진을 뺐다. 간신히 아이를 찾아 놓고 경황없이 출근을 했다. 부재중 전화가 와 있었다. "무슨 일 있어요?" 손은정 선생님이었다.

"네, 호연이를 유치원에서 잃어버려서 겨우 찾았는데 어떻게 해야 할지 모르겠어요."

"일단 수업은 해야 하니까 얼른 수업 마치고 집 앞으로 갈게요"

수업을 마치고 집 앞에 도착하니 선생님이 사색이 되어 나를 기다리셨다.

"무슨 그런 일이… 유치원에서는 뭐라고 하던가요?"

"전화통화는 하지 않겠다고 무조건 유치원으로 오라고 하시더라고요. 미안하다는 말 한마디 없으세요."

"통화를 하다 보면 오해가 생길 수도 있고 말실수 할까 봐 그런가 보네요. 같이 가줄테니 가 봐요."

그렇게 선생님은 내 손을 잡고 호연이 유치원에 갔다. 낯선 분과 함께 나타난 나를 보고 원장선생님은 인사도 없이 업무를 보셨다.

"그러니까 아이가 갑자기 없어져서 저희도 당황을 했고 30분 만에 찾았어요."

짜증 섞인 목소리로 통화를 하던 원장선생님은 호연이에 관련된 내용을 보고하는 듯했다.

호연이를 잃어버린 후 어떤 사과 전화도 없던 원장선생님이 괘씸해 교육청에 문의를 드렸다. 그 때문에 교육청에서 유치원에 소명을 하라고 했던 모양이었다.

"어머님, 대단하신 일 하셨네요." 원장선생님은 나를 째려보며 이야기를 시작했다.

"아이 상태가 그렇다면 이야기를 먼저 해 주셨어야지요." 유치원에 입학하고 2주 만에 일어난 일이었다.

"그게 무슨 말씀인가요?" 너무 놀라 대답을 하지 못하고 있었는데 선생님이 원장님께 따지기 시작했다.

"아이 상태라니요. 지금 말씀이 너무 지나치신 거 아닌가요? 그리고 원장선생님이 사과를 하셨으면 호연이 엄마가 교육청에 문의 전화를 했겠습니까? 그게 그렇게 어려우시던가요? 입장 바꿔 원장님 아이를 잃어버렸다가 찾았는데 상대편에서 사과 한마디 없으면 가만히 있으시겠어요?"

선생님은 자신의 일처럼 나를 대변해 원장선생님과 이야기를 했고, 끝내 나는 원장선생님의 사과를 들을 수 있었다.

그 일이 있은 후 나는 선생님을 더 의지했고 수업에 관련된 내용도 수시로 상의를 할 정도로 친한 사이가 되었다. 주산 수업을 잘 하셔서 선생님이 수업을 하는 학교는 언제나 아이들이 대기를 걸 어놔야 할 정도였다. 어릴 적부터 주산을 좋아하기도 했지만 아이 들 눈높이에 맞춰 수업을 진행하시니 인기가 많을 수밖에 없는 것 이었다. 운동을 좋아하고 즐거워서 점심시간 아이들과 운동장에서 뛰어놀 정도로 활발하시다가도 수업을 할 때면 꼼꼼한 모습을 보 이시기도 했다.

사무실을 급하게 옮겨야 되는 상황이 되었다.

"선생님 사무실 한 번 같이 봐 주세요." 우연히 길을 가다 보게 된 사무실이 마음에 들어 계약을 할까 싶었는데 괜찮은지 잘 몰라 서 선생님께 부탁을 했다.

"시간 되니까 같이 한번 봐 줄게요." 선뜻 대답을 하고 사무실을 보게 된 선생님은 주인에게 이것저것 꼼꼼히 물어보셨다.

"좋네요, 선생님. 규모도 좋고 대출도 없고, 주인분도 좋으신 거 같아요. 그냥 계약하면 될 것 같은데."

나보다 나이도 많고 경험도 많은 선생님이 좋다고 하시니 나는 더 마음에 들었다.

"계약할게요. 내일 오면 되죠?"

"계약은 내일 하더라도 조금이라도 계약금을 걸고 가죠? 혹시 아 나 오늘 저녁에라도 다른 사람이 계약을 할지." 주인아저씨는 갑자 기 계약을 하고 가라고 권하시는 것이었다.

사무실은 마음에 들었지만 갑자기 계약금을 걸라고 하니 나는 당황할 수밖에 없었다.

"그럴까요?" 갑자기 선생님이 대답을 했다. 큰돈은 아니지만 갑자기 100만 원을 출금하기도 그렇고 통장에 잔고가 조금 부족해서 내일 하려고 했던 참이었다.

"계좌번호 주세요. 지금 바로 입금해 드릴게요." 계좌번호를 받아든 선생님이 바로 송금을 하는 것이었다. "내일 나한테 송금해주면 되지, 뭐가 걱정이야." 내 표정을 살피던 선생님의 대답이었다. 그렇게 선생님의 도움으로 사무실을 이전할 수 있었다.

아버님이 돌아가시던 날도 마찬가지였다. 위독하신 상황을 알고 있었던 몇몇의 선생님들의 도움을 통해 나는 큰 걱정 없이 무사히 장례를 치를 수가 있었다. 긴 기간은 아니지만 암으로 투병하시면서 병원비가 상당히 많이 나온 상태였고 장례를 치를 때도 비용을 걱정할 수밖에 없는 상황이었다. 내 상황을 알고 있던 선생님은 제일 먼저 장례식장에 와 주신 분이었다.

"에휴… 이런 경험은 좋은 건 아니지만 나는 여러 번 겪어 봐서 이게 얼마나 힘든지 잘 알지. 장례에 대해 잘 알지 못하면 덤터기 쓰는 경우가 많아요." 태어나서 처음으로 상주가 되어 장례를 치르던 남편과 나는 선생님 덕분에 장례를 잘 치를 수 있었다.

그런 분에게 나는 나의 이익을 먼저 생각하고 야멸차게 수업을 할 수 없음을 통보했던 것이다. 그 일이 있은 후 나는 선생님과 얼마간 거리를 두고 지냈다.

선생님은 남들에게 베푸는 것을 좋아하시는 분이다. 우리끼리 오지랖 약이 개발된다면 최고의 고객이 될 거라고 우스갯소리를 할 정도로 남이 힘들어 하는 하는 모습을 보는 걸 못 견뎌 하는 분이다.

나는 새로운 사업을 시작하고 바쁜 나날들을 보내면서 새로운 사람들과 만나기 시작했다. 내 곁에 늘 있던 선생님의 자리에 다른 사람들이 들어왔다. 점점 더 나는 선생님이 하는 충고들이 듣기 싫어졌다. 다 나를 위한 충고였음에도 불구하고 무조건 듣지 않으려고 했다. 그렇게 서서히 시간이 지나면서 선생님은 더 이상 나에게 충고를 하지 않았다.

몇 년의 세월이 흘렀다. 최근 나에게는 커다란 사건이 하나 있었다. 영원히 같이 할 것 같은 사람과의 관계가 정리가 된 것이다. 처음에는 너무 괴로웠다. 같이 지낸 세월이 아쉽고 안타까웠지만 얼마간의 시간이 흐른 후 마음을 정리하고 주변을 돌아보니 내가 가진 시간, 에너지, 감정을 그분에게 너무나 많이 빼앗겼다는 걸 깨달았다. 그분과의 인연이 다했던 것이다. 그 사람과의 관계를 유지하기 위해 놓쳤던 수많은 사람들이 얼굴이 떠오르기 시작했다.

4년의 시간 동안 아무 대가 없이 묵묵히 내 곁을 지켜주신 많은 분들이 있었던 것을 알게 되었다. 나라면 어땠을까? 그동안 가족처럼 지내던 사이가 갑자기 소원해지면 나는 그렇게 묵묵히 그 사람 곁을 지키고 있을 수 있을까? 하는 죄책감과 미안한 감정이 들어 그분들에게 할 말이 없었다.

오랜 망설임 끝에 나는 전화기를 들었다. "선생님, 미안하고 감사해요. 지나고 보니 내가 선생님께 너무 심하게 했던 것 같아서 괴롭네요." 처음으로 떠올린 사람이 손은정 선생님이었다. "괜찮아요. 그래도 마음을 빨리 추슬러서 다행이네요. 언제나 응원합니다." 언제나 그랬듯 선생님은 따뜻하게 나를 위로해 줬다.

친구란 인디언 말로 '내 슬픔을 자기 등에 지고 가는 자'라고 한다. 나이와 상관없이 친구가 될 수 있는 그분들은 '내 슬픔을 등에

지고 가는 사람들'이었다.

　내가 제자리를 찾지 못하고 방황할 때 나를 위해 따끔한 충고를 해 줄 수 있는 사람. 내가 제자리로 돌아올 때까지 나를 무작정 기다려 준 사람들이 곁에 있어 나는 행복하다.

내가 선택한 가족

아이들을 가르치면서 대학원에 가고 싶었다. 대학원 학비가 만만치 않아 몇 년을 마음만 먹다가 입학서류를 마지막 날에 제출했다. 원래 평생교육과 사회복지에 관심이 많았는데, 두 가지를 모두 다 선택할 수 없어서 두 가지 전공 중에 사회복지 대학원을 선택하게 된 것이다.

대학원에 가고 싶어 하시는 몇몇 선생님들께 입학을 권유했다. 여러 가지 상황 때문에 올해는 힘들다는 이야기를 듣고 어차피 혼자 공부는 하는 것이라고 생각하고 서류를 넣었는데 서류 마지막 날 전화가 한 통 왔다. 안상희 선생님이었다. "선생님, 나도 K대학교 사회복지대학원에 서류 넣었어요." 그동안 아무 말도 없었는데 갑자기 내가 서류를 제출한 대학원에 서류를 넣었다는 것이었다.

"선생님 평생교육 대학원 쪽으로 가신다고 하셨잖아요. 왜 갑자기 사회복지 대학원 쪽으로 오신 거예요?" 원래 평생교육 쪽에 관심이 많으신 분이라는 걸 잘 알고 있었기 때문에 사회복지대학원을 선택했다는 것이 의아하게 들렸다.

"혼자 하기도 힘들고 선생님이랑 하면 힘이 날 것 같아서 해 보려고요." 뜬금없기는 하지만 대학원 공부를 같이 할 수 있는 사람이 생겨 기분이 좋았다.

"선생님, 우리 큰언니보다 나이가 많아요." 우연히 보게 된 선생님의 생년월일을 보고 나는 깜짝 놀랐다. 알고 지낸 지 6년이 넘다 보니 나이도 잊고 지낸 것이었다.

"그래서 내가 방과 후 수업을 할 때 고민이 많았어요. 이 나이에 시작해도 될까 하고요. 지도하던 아이들이 나이를 물어 보면 100살이 넘었다고 하는데, 휴… 대학원에 가는 게 욕심이 아닌가 싶어요."

같이 지내다 보면 나이를 전혀 생각지도 못하게 하는 분이시다. 막상 나이를 알고 나니 지금까지 너무 까불었던 것은 아닌가 하고 조심스러워졌다.

선생님을 만 난건 온라인 카페를 통해서였다. 주산 암산 강사와 관련된 인터넷 카페에서 활동을 하고 있는데 강사를 할지 말지를 고민하고 있던 선생님이 강사 채용에 관련해서 글을 남기셨다. 카페 운영진으로 활동하던

나는 아무 생각 없이 댓글을 남겼는데 내 글에 힘을 얻어 내가 들었던 수업인 주산 암산 양성 과정을 듣게 되었다고 했다. 인터넷 카페에 활동하면서 강사들이 필요한 자료를 모아서 올리기도 하고 내가 직접 만든 자료를 공유하기도 했다. 우리를 지도하셨던 지도 강사가 나와 몇몇 선생님들께 교육생에게 도움이 될 만한 이야기를 해달라고 부탁을 했다.

"저희보다 더 잘하시는 선배 강사님들이 있는데 그분들께 부탁

을 하시는 게 좋을 것 같은데요."

쑥스럽기도 하고 주산 암산 강사가 된 지 얼마 되지 않아서 그런 자리는 부담스러웠다. 몇 번의 거절 끝에 오래간만에 B대학교 평생교육원에 교육생이 아닌 선배 강사가 되어 참석하게 되었다. 그 자리에 안상희 선생님이 계셨던 것이다. 카페를 통해 나에 대해 잘 알고 있었던 선생님은 반가운 마음에 인턴을 나가면 나의 학교에 가고 싶다고 생각을 했었다고 한다.

그렇게 내가 다니는 학교에 인턴 강사로 오신 선생님은 복지관에서 주산 암산 강사로 활동을 하시면서 꾸준히 내 수업에 들어오셨다.

"선생님, 제가 학교를 옮기려고 하는데 혹시 한 달 정도 제 수업을 도와주실 수 있나요?"

학교에 서류를 넣다 보니 이중으로 취업이 되었던 나는 한 학교에 수업을 할 수 없음을 이야기했지만 강사를 채용할 때까지 한 달 정도를 더 수업해 달라는 부탁을 받았다.

두 학교가 같은 요일에 수업이 잡혀 불가피하게 인턴 강사가 수업을 하는 조건으로 학교와 조율이 되었다.

"학교에서 양해를 해 주셨으니, 다음 달에 강사가 채용될 때까지만 부탁드릴게요."

"괜찮아요. 어차피 학교 수업이야 내가 좋아하는 거니까 할 수 있어요."

"정말 감사해요. 이 은혜를 어떻게 갚아야 할지 모르겠어요."

"다음에 나도 부탁할 거 있으면 꼭 해 줘요. 그럼 되잖아요."

어려운 부탁인데도 불구하고 본인의 시간을 내어 한 달을 나를 위해 수업을 대신 해 주셨다.

선생님은 맏딸이다. 글을 쓰면서 곰곰이 생각을 해 보니 언제나 나는 선생님께 받았던 기억밖에 없었던 것을 알게 되었다. 내가 처음 센터장이 되었을 때도 말없이 나를 응원해 주셨고 혼자 일을 할 수 없어서 수시로 부탁을 드리면 사무실 근처에 사시는 선생님은 아무런 불만 없이 오셔서 일을 도와주시곤 했다.

"선생님, 오늘 잠깐 와서 도와줄 수 있어요?"

"이러다가는 집에서 쫓겨나요. 대충 하고 집에 얼른 가야지." 밤늦게까지 일을 하는 나를 보고 모른 척 할 수 없다며 투덜대면서도 도와줬다.

"나는 선생님이 다른 사람의 삶을 사느라고 시간을 낭비하지 않았으면 좋겠어요." 늘 바쁘게 사는 나를 보며 가족을 챙기고 나를 챙기라고 이야기해 주시는 선생님이 언제나 감사했다.

세 번의 사무실을 이전할 때도 많은 도움을 받았다. "남편하고 사무실을 보고 왔는데 잘 선택했는지 알 수가 없어요. 한 번 봐 주실래요?" 그러면 선생님은 "집 근처라서 좋네요. 호연이도 볼 수 있고, 장소도 좋고, 계약할 때 같이 가요. 꼭 연락해요"라고 해 주셨다.

1년 사이에 한 세 번의 이사는 여러 사람이 도와주지 않았다면 정말 할 수 없는 일이었다. 5개의 강의실이 있는 학원 건물은 큰 인테리어 비용이 들어가지 않아도 되는 기본 구조였다. 그러나 바우처를 진행하기 위해서는 10평이 넘는 큰 강의실이 필요했다.

이사를 하면서 여기저기 들어가는 돈이 상당히 많았다. 이사비용뿐만 아니라 넓어진 강의실에 책상과 의자, 책장을 넣다 보니 생각보다 많은 돈이 들어간 것이다.

두 개의 강의실을 터서 큰 강의실을 만들고 벽지시공을 맡겨야 하는데 막상 견적을 받아보니 3백만 원이 넘어가는 비용이 나왔다.

"휴… 걱정이에요. 공사를 안 할 수도 없고. 그냥 들어가자니 너무 낡은 것 같고."

"그러니까 꼭 해야 하는 공사가 뭔데요?" 가만히 지켜보던 선생님이 나에게 질문을 했다.

"강의실 넓히는 거랑 벽지공사요."

"꼭 벽지를 해야 해요? 벽지용 페인트를 발라도 되는 거 아닌가?"

선생님 말처럼 벽지용 페인트를 바르면 비용이 절약될 것 같은 생각이 들었다.

"맞네요. 그걸로 견적을 받아봐야 할 것 같아요."

"견적 다 받아보고 제일 적은 금액이 나오면 이야기해 줘요."

처음에는 그게 무슨 말인지 알 수 없었다. 여기저기 금액을 알아봐도 250만 원이 넘는 금액이 나와서 그냥 인테리어를 포기하기로 했다.

"공사 안 해요?" 내가 연락을 하지 않으니 또 전화가 왔다.

"금액을 너무 세게 불러서 그냥 들어가려고요." 모든 걸 다 갖추어서 들어가면 좋겠지만 그러기에는 힘든 상황이었다.

"음, 내가 알아봐 줄게요. 공사비랑 페인트 비용 합쳐서 150만 원이면 되려나?"

"그런 곳 없어요. 페인트는 기본으로 두 번 정도 칠해야 하고 강의실 공사비용도 만만치 않은 걸요."

"다 수가 있으니 기다려 봐요."

며칠 후 연락이 온 선생님은 150만 원에 공사를 맡기로 했다고 계좌번호를 하나 주셨다.

　　"여기에 입금 하면 돼요."

　　가만히 살펴보니 예금주가 안상희였다.

　　"어찌된 일이에요?"

　　"남편이 페인트 관련된 일을 해서 부탁했어요. 아시는 분도 사무실 공사를 하신다고 해서 같이 견적을 받은 거예요." 그동안 남편 분이 무슨 일을 하는지 알지 못했던 나는 깜짝 놀랐다.

　　"요즘 너무 바빠서 시간을 도저히 뺄 수 없다고 했는데 내가 며칠을 우겨서 특별히 부탁했어요." 며칠을 고민했던 일이 생각지도 못했던 곳에서 해결이 되었다.

　　우리 사무실을 처음 방문하시는 분들은 사무실에 칠해져 있는 벽지 색을 보고 색깔이 너무 예쁘다고 놀라신다. 꼼꼼한 선생님 남편 덕분에 공사는 잘 마쳤고 지금도 사용하는 데 불편함이 없다.

　　내가 하는 일에 언제나 응원을 해 주고 힘든 일이 있을 때마다 가족처럼 챙겨주는 선생님이 있어 나는 늘 감사하다.

　　가족이 하늘이 맺어준 인연이라면 친구는 내가 선택한 가족이다.

— 헨리 데이빗 소로우

전하라, 그리고 성공하라

"아버지 저 학교 그만둬도 돼요?" 대학교에 입학한 지 3개월 만에 보험회사에 입사할 기회가 생겼다. 고3 때 취직 자리를 그렇게 기다렸는데 대학교에 들어가고 얼마 지나지 않아서 취직할 기회가 생긴 것이다. "네가 알아서 해라. 그런데 나는 네가 공부를 시작했으니 대학은 나왔으면 좋겠는데. 네 인생이니 네가 결정해야지." 몇 날을 고민하다가 학교를 다니기로 결정을 하고 후회를 한 적은 없었다.

"전공을 살려서 직장을 구해야지 굳이 방과 후 수업을 해야겠어?" 방과 후 수업에서 아이들을 가르친다고 했을 때 남편이 반대를 했지만 내 고집은 꺾이지 않았다. "어머님, 호연이가 자폐스펙트럼 장애가 있는 것 같습니다." 나에게 천벌 같은 진단이었지만 나는 그 긴 고통의 시간을 버텨냈다.

얼마 전 사람으로 인해 아픔을 겪었다. 나의 간섭이 힘이 들고 나의 평가기준이 너무 높아 숨이 막혔다고 했다. 그런 이야기를 듣는 내내 마음이 아팠다. 사랑해서 간섭을 했고 남들보다 잘했으면 좋겠다는 마음으로 했던 충고들이 상처가 되었다고 했을 때 나는 내가 하고 있는 일에 대해 갑자기 회의감이 들었다.

내가 그들의 삶에 너무 간섭을 하고 있는 건 아닌지, 원하지 않았는데 내 기준에 맞췄던 건 아닌지. 나를 통해 성장하길 바라서 권했지만 내가 불편할까 봐 이야기를 못했던 건 아닌지 하는 생각으로 몇 달을 괴로워했다.

"정신 차려. 왜 한 사람만 보고 나머지 수많은 사람들은 보지 않는 거야. 그동안 너를 통해 수많은 사람들이 꿈을 꾸고 성장했어. 모든 사람을 만족시킬 수는 없는 거야." 매일 울면서 지내는 나에게 조모란 선생님은 따끔한 충고를 했다.

"네가 힘들다고 하면 너를 도와주러 많은 사람들이 달려올 거야. 그리고 네가 지금 좌절하고 쓰러질까 봐 염려하는 사람들이 매일 나에게 전화하고 있어." 선생님의 말을 듣고 정신을 차린 나는 그동안 내가 했던 재취업 프로젝트를 통해 만났던 수많은 사람들이 떠올랐다. 그리고 한 개의 질문이 생각이 났다. 『생각의 비밀』 저자 김승호 대표가 한 말이다.

당신의 직원들은 당신을 만나고 난 후에 더 좋은 사람이 되었습니까?

이 말을 흰 종이에 써 보고 나에게 스스로 질문을 해 보았다.

나와 함께하는 선생님들은 나를 만나고 난 후 더 좋은 사람이 되었는가?

나와 함께하는 학생들은 나를 만나고 난 후 더 좋은 학생이 되었는가?

나와 함께하는 우리 가족들은 나를 통해 더 좋은 사람이 되었는가?

나와 함께하는 나의 조직은 나를 리더로 세우고 나서 더 좋은 조직이 되었는가?

나와 함께하는 주부들은 나를 만나고 난 후 더 좋은 엄마가 되었는가?

매순간 나에게는 선택의 여지가 없다고 생각하고 달려왔다. 상황이 주어지면 앞으로, 앞으로 달려 나갔는데 세월이 흘러 지난날을 돌이켜 보니 내가 선택했던 것들에 모두 다 이유가 있었다는 것을 알게 되었다.

왜 나에게만 이런 시련을 주는지 원망도 고민도 했었다. "본부장님 왜 자꾸 나에게 이런 시련이 생길까요?" 너무나 힘이 들 때 같은 일을 하시는 다른 지역의 본부장님께 이렇게 이야기를 했다. "너에게 주는 시련들은 네가 살아가면서 자만하지 말라는 하나님의 징표일 거야. 계속 성공하고 사람들하고 아무 문제도 없고 가정도 평안하다면 너는 아마 실패를 모르고 안하무인으로 살겠지. 그러지 말라고 네가 경험한 실패들을 너의 마음 밭에 깊이 새겨 그 일을 떠올리라고 하시는 거야."

내가 정말 잘하고 있었는지 갑자기 주변에 사람들에게 물어보고 싶었다.

"선생님, 안은선이에요. 잘 지내시죠?"

"본부장님, SNS 통해 잘 지내시는 거 보고 있어요. 언제나 응원합니다."

"선생님 선생님은 나를 만나고 난 후에 더 좋은 사람이 되었어요?"

갑작스런 나의 질문에 선생님은 큰소리로 웃는다.

"그럼요. 좋은 사람이 됐는지는 모르겠지만, 좋은 사람이 되려고 노력하고 있지요. 본부장님 만난 후에요."

내가 그동안 아무것도 안 한 것이 아니었구나 하는 생각이 들었다. H본부장님과 선생님의 짧은 통화가 나에게 평안함을 주었다. 생각해 보니, 늘 잘살고 잘되면 사람은 자만하게 되어 있다. 아파 봐야 아픈 사람의 마음을 알 수 있고, 힘들어 봐야 힘든 사람의 마음을 알 수 있다. 부모가 되어 봐야 부모의 마음을 알 수 있듯이 나는 내가 처한 모든 상황들이 다 이유가 있었음을 알게 되고 나서 조금은 홀가분한 마음이 들었다.

"본부장님들 나 특강할 테니 일정 좀 잡아 줘요." 어떻게 보면 뻔뻔한 이야기이다. 주산을 잘하지도 유명하지도 않은 내가 여러 지역의 본부장들에게 특강을 해 줄 테니 일정을 잡아 달라고 이야기를 한다는 것이 말이다. 어처구니없는 내 부탁에 본부장 회의를 진행하다가 다들 웃음이 터졌다.

"얼마 전 배우게 된 자기경영에서 내가 하는 일에 사명을 찾고 꿈을 찾는 과정이 참 좋더라고요. 그래서 강사들이 이 내용을 들으면 좋을 것 같아서요."

내가 만난 수많은 방과 후 강사들은 "조만간 이 일을 그만둘 거야. 그때까지 하는 거지, 뭐"라고 이야기를 한다. 꿈도 없고 사명도 없기 때문이다. 내가 잠시 그들을 만난다고 해도 꿈과 사명을 찾아 드릴 수 없다는 것을 잘 안다. 하지만 적어도 본인들이 하는 일이 얼마나 좋은 일이며, 많은 사람들에게 꿈을 주고 있는지를 알려드리고 싶었다.

경기도 광명지역에서 특강을 하게 됐다. 거의 반 협박으로 이루어진 특강에 많은 분들이 참여를 하게 되었다. 몇 년 동안 여러 지역의 선생님들과 함께 만들어 낸 자료를 설명하고 강의를 진행하는 자리였다.

"나는 언제나 공부하는 이〇미입니다. 현재 방과 후 수업을 하면서 항상 고민이 되었습니다. 그런데 다른 사람한테 내가 알고 있는 것을 전해 주고 싶다는 마음을 갖게 해 주는 좋은 시간을 주신 안은선 선생님께 감사드립니다. 이번이 끝이 아니고 앞으로도 꾸준히 활동 많이 하셔서 책으로도 한 번 출간해 보시면 어떨까 생각이 듭니다. 오늘 교육 감사드립니다."

특강을 마치고 소감문을 작성했는데 한 분이 나에게 이런 응원을 보내주셨다. 그분에게 힘을 얻어서 내가 이런 글을 쓰고 있는지는 모르겠다. 중요한 것은 그분께서 나를 만나 잠시라도 자신이 하는 일에 대해 고민을 하고 자신이 아는 것을 다른 사람에게 전해 주고 싶다는 마음을 가지게 된 것이다.

"광명에서 주산 교육이 있어서 별 생각 없이 들어왔다. 안은선 선생님을 만나기 전까지 별 생각 없이 지냈는데 교육을 들으면서 지난 3년 동안의 나를 되돌아보게 하는 시간이었다. 너무나 새로웠다. 단순히 주산을 잘하는 아이가 되게 하는 선생님이 아니라 그 이상의 꿈을 주려고 노력하는 선생님이셨다. 무엇보다 이 시간은 나에게 노후의 꿈까지 다시 한 번 생각하게 만든 훌륭한 수업으로 기억 속에 자리 잡을 것 같다."

내가 수업을 잘하고 특별해서 그들에게 칭찬을 들은 것이 아니라 자신의 꿈을 다시 한 번 생각하게 해 주는 멘토로서의 역할을 충실히 했다는 생각 때문에 광명 특강은 나에게 소중한 기억이 되었다.

김승호 대표는 "내 주변인 100명을 백만장자로 만들어 보겠다는 목표를 적어 놓았다"라고 『생각의 비밀』에서 이야기했다. 나 혼자 잘 먹고 잘사는 것이 아니라 나와 함께하는 사람들에게도 영향력을 끼쳐 그들의 삶도 변화시키고자 하는 것이다.

나에게는 내가 하는 일에 무조건 응원을 보내 줄 수 있는 100명은 있는가?

내가 힘이 들 때 나를 위해 기도해 줄 수 있는 100명은 있는가?

당장 '끝까지 같이 갈 수 있는 사람'을 적었을 때 5분 안에 망설임 없이 100명을 적을 수 있는가?

알리바바의 마윈 회장은 "리더는 비전을 제시해야 하고, 미래를 내다볼 줄 알아야 한다. 리더는 직원이 버티지 못하는 것을 견딜 수 있는 투지와 끈기가 있어야 한다. 리더는 강한 참을성과 받아들이는 역량과 실패를 받아들일 수 있어야 한다"고 했다.

마치는 글

뜨거운 8월을 글을 쓰면서 보냈다.

그동안 전쟁처럼 지낸 나의 세월을 글로 써 보니 정말 많은 것을 했다는 생각이 들어 열심히 살아낸 나에게 칭찬을 해 주었다. 그리고 그동안 살면서 고마웠던 수많은 사람들이 떠올랐다.

부족한 나를 아내로 맞아 열심히 살아 주는 남편에게 너무나 큰 고마움을 전하고 싶다. 바쁜 엄마를 이해해 주는 두 아이들과 나를 위해 끊임없이 기도해 주시는 친정부모님, 언제나 바쁜 며느리를 위해 두 아이를 알뜰히 챙겨 주시는 시어머님께도 감사함을 전한다.

자격증 취득만으로 끝낼 수 있는 과정을 마치고 제안서를 돌렸던 시절, 간절함이 있었기 때문에 버틸 수 있었다. 방과 후 학교에서 수업을 진행하면서 행복감도 있었지만 갑자기 찾아든 수많은 시련들이 나를 성장하도록 도왔던 것 같다. 끝없는 호기심이 바우처 제공기관과 실직자 훈련을 하게 했고, 함께 가야 멀리갈 수 있는 선생님들을 통해 사회적 협동조합도 설립을 해보았다. 내 삶을 살아가면서 많은 사람들이 나의 인생에 도움이 되고 있었다. 나와 함께 총괄본부를 이끌어 가는 안선희, 김선미, 손은정, 이세나, 안상희, 조모란, 곽민성 선생님들과 수많은 선생님들, 매주 토요일 가족들을 희생시켜 가며 아이들을 가르치시는 교육원 식구 이서우, 이정란, 최은경, 김주연 선생님도 내 인생의 한 부분을 차지하는 중요한 분들이다.

부산, 울산, 양산, 제주, 창원 경력단절 재취업 프로젝트를 할 수 있도록 나를 세워주신 사단법인 한국나노주산암산교육협회 박광기 회장님이 계셨기에 이런 소중한 경험을 할 수 있었다.

요즘 나는 몇 년 동안 앞만 보고 달렸던 나에게 휴식년을 주려고 한다. 소중한 만남을 끝까지 지키기 위해 에너지를 보충해야겠다는 생각을 하게 된 것이다.

나는 신앙이 있다. 내가 만약 신앙이 없었더라면 이 힘들고 고단한 삶을 살아내기가 힘이 들었을 것이다. 얼마 전 우연히 찾아낸 내 미니홈피에서 13년 전 절망 중에 있을 때 즐겨 읽던 성경 인용 구절을 찾아 내었다. 이 몇 줄의 글이 그동안 내가 왜 이렇게 살아야 했는지를 이야기해 주는 것 같아 마치는 글에 꼭 넣고 싶었다.

나는 너를 너무도 잘 안단다 (시 139:1)

너의 앉고 일어섬을 알고 (시 139:2)

너의 모든 행위를 알며 (시 139:3)

너의 머리털을 다 셀 정도지 (마 10:29~31)

이는 내 형상대로 너를 만들었기 때문이다 (창 1:27)

너는 항상 내 안에서 살며 기동하며 있느니라 (행 17:28)

너는 나의 소생이니까 (행 17:28)

복중에 짓기 전에 내가 너를 알았고 (렘 1:4~5)

창세 전에 내가 너를 택하였도다 (엡 1:11~12)

너는 우연히 생긴 것이 아니다 너를 위해 정한 날이 내 책에 다 기

록되어 있었고 (시 139:15~16)

너의 태어날 때와 살 곳을 정하였으며 (행 17:26)

너를 신묘 막측하게 만들어 (시 139:14)

어미의 모태에서 지었고 (시 139:13)

내 너를 취하여 태어나게 하였다 (시 71:6)

— 너를 사랑하는 아비로부터